“广州大学俗文化研究中心”
“广州大学中国语言文学学科”资助研究项目

中国古代诗学探论

吴晟　著

商務印書館
2012年·北京

图书在版编目(CIP)数据

中国古代诗学探论 / 吴晟著. —北京：商务印书馆，2012

ISBN 978 - 7 - 100 - 08710 - 0

Ⅰ.①中… Ⅱ.①吴… Ⅲ.①古典诗歌－诗歌研究－中国 Ⅳ.①I207.22

中国版本图书馆CIP数据核字(2011)第223453号

中国古代诗学探论

吴晟 著

商 务 印 书 馆 出 版
（北京王府井大街36号 邮政编码 100710）
商 务 印 书 馆 发 行
三河市尚艺印装有限公司印刷
ISBN 978 - 7 - 100 - 08710 - 0

2012年11月第1版　开本 880×1230 1/32
2012年11月北京第1次印刷　印张 8 5/8

定价：24.00元

目录 Contents

诗学与概念

一、诗学审美意象论

（一）意象的历史生成和语义转换

“意”和“象”，最早见于《周易·系辞上》：

> 子曰：“书不尽言，言不尽意。”然则圣人之意，其不可见乎？子曰：“圣人立象以尽意，设卦以尽情伪，系辞焉以尽其言。”[1]

这里的“立象”指设立八种卦象：乾（☰）、坤（☷）、震（☳）、巽（☴）、坎（☵）、离（☲）、艮（☶）、兑（☱）。它的基本构成符号是 ⚋（阴）和 ⚊（阳）。这两个基本符号是怎样抽象出来的呢？《系辞下》说：

> 古者包牺氏之王天下也，仰则观象于天，俯则观法于地，观

[1] 阮元校刻：《十三经注疏》上册，中华书局影印本1980年版，第82页。

鸟兽之文，与地之宜。近取诸身，远取诸物，于是始作八卦。[1]

所谓“近取诸身”，郭沫若等人根据《系辞》：“乾道生男，坤道生女”、“男女构精，万物化生”，解释说，—和--是分别从男女生殖器抽象出来的符号形式。它是我国先民原始生殖崇拜文化的证示。所谓“远取诸物”，即根据宇宙本质构成元素“阴”、“阳”二气，创制了--、—两个基本符号。综合考察，“近取诸身”（人体）、“远取诸物”（宇宙）即“天人合一”的宇宙观。八卦正是我国先民在这一宇宙观指导下，经过长期观察自然现象和人体创造出来的符号形式。--、—的不同组合，分别可以指代宇宙中六十四种现象。由于“天人合一”，六十四种卦象又与社会生活相通，如上述八种卦象分别代表父、母、长男、长女、中男、中女、少男、少女以及相似相关的人生事象，于是获得了“以通神明之德，以类万物之情”[2]的超象表达意义。正如《系辞下》所释：“易者，象也，象也者，像也。”[3]具体说，即“圣人有以见天下之赜，而拟诸其形容，象其物宜，是故谓之象”[4]。这种“拟诸其形容，象其物宜”正是卦象较之“言”更能“尽意”的超象表达功能。

孔子上述那段话，提及“象”、“意”、“辞”三个基本概念，“辞”即卦辞、爻辞，它是系在易象下面的筮辞，也即“言”。如《屯》“上六”：“乘马班如，泣血涟如。”《贲》“六四”：“贲如皤如，白马翰如，匪寇婚媾。”《大壮》“上六”：“羝羊触藩，不能退，不能

[1] 《十三经注疏》上册，第86页。
[2] 同上。
[3] 同上书，第87页。
[4] 同上书，第79页。

遂，无攸利，艰则吉。”这些爻辞已初步具备了后来诗歌审美意象的基本特征，具有“其称名也小，其取类也大，其旨远”[1]的象征功能。

第一次将“意”与“象”合成一个完整概念者是东汉的王充，他在《论衡·乱龙篇》中先引《周易》乾卦“九五”系辞“云从龙，风从虎”，接着列举古代宗教祭祀及朝廷礼仪中的土龙、木主和熊、麋、虎豹等“画布”图像，继而指出：“夫画布为熊、麋之象，名布为侯，礼贵意象，示义取名也。”[2]在此，“象”的含义已由超象的易象之象，转换为一种具象之象了，“意象”指表意的物质象征。

曹魏时代的王弼在《周易略例·明象》中进一步阐明了意、象、言三者的关系：“夫象者，出意者也；言者，明象者也。尽意莫若象，尽象莫若言。言生于象，故可寻言以观象；象生于意，故可寻象以观意。意以象尽，象以言著。故言者所以明象，得意而忘言；象者所以存意，得意而忘象。”[3]这里的意、象、言已由卜筮领域转换到哲学范畴，并与文艺创作中的艺术构思、审美接受流程暗合。从创作流程看，即意→象→言；从接受流程看，即言→象→意。至此可以说，卜筮、礼法及哲学中的“意”、“象”、“意象”概念，正是后来文艺创作中“意象”的胚胎。

首次将卜筮、礼法和哲学中的“易象”、“意象”引进文学领域并实现其根本性语义转换者是晋代的挚虞，他在《文章流别论》中说：

> 文章者，所以宣上下之象，明人伦之叙，穷理尽性，以究

---

[1] 《十三经注疏》上册，第 89 页。

[2] 王充：《论衡·乱龙篇》，见《诸子集成》第七册，上海书店 1986 年版，第 158 页。

[3] 王弼：《周易略例·明象》，转引自傅璇琮等主编：《中国诗学大辞典》，浙江教育出版社 1999 年版，第 57 页。

> 万物之宜者也。……情之发，因辞以形之；礼义之旨，须事以明之。故有赋焉，所以假象尽辞，敷陈其志。[1]

在这里，《周易》中的“圣人之意”已转换为创作主体之“情”、“志”；超象之易象、礼法中的图像已转换为文学中形象[2]；用来解释卦象的筮辞已转换成创作主体表达“情”、“志”的物态化符号——文学语言。在此基础上，南朝梁代的刘勰在《文心雕龙·神思》中，又从创作构思角度提出了“意象”这一美学概念，他说：

> 是以陶钧文思，贵在虚静，疏瀹五藏，澡雪精神，积学以储宝，酌理以富才，研阅以穷照，驯致以怿辞，然后使玄解之宰，寻声律而定墨；独照之匠，窥意象而运斤；此盖驭文之首术，谋篇之大端。[3]

至此，由“意”、“象”至合成词“意象”，经历卜筮→礼法→哲学→文学领域的演变过程和语义转换，作为一个专门的诗学术语终于生成，并得到后世的认同，被广泛操作于诗学批评之中。

（二）审美意象及其相关概念

显然，刘勰所说“独照之匠，窥意象而运斤”中的“意象”，还

---

[1] 挚虞：《文章流别论》，见郭绍虞主编：《中国历代文论选》第一册，上海古籍出版社1979年版，第190页。

[2] “因辞以形之”，“假象尽辞”，合成“形象”。

[3] 刘勰：《文心雕龙·神思》，见《中国历代文论选》第一册，第233页。

只是属于创作主体构思中的一个环节，即以语言符号传达之前创作主体头脑中的一种“图像”（又称“心像”），它是后世不少学者将“意象”仅仅理解为“意中之象”的主要理由，如“在表象的基础上展开能动的艺术思维（包括艺术想象），最后在头脑中形成即将可以物化的艺术形象的成熟的艺术胎儿——艺术意象”[1]。并且，不少持这种看法的学者都不约而同地举出郑板桥的《题画·竹》作为论据：

> 江馆清秋，晨起看竹，烟光、日影、雾气，皆浮于动疏枝密叶之间。胸中勃勃，遂有画意。其实胸中之竹并不是眼中之竹也。因而磨墨展纸，落笔倏作变相，手中之竹又不是胸中之竹也。[2]

毫无疑问，郑氏所谓“胸中之竹”指艺术家构思中成熟的艺术胎儿——意象。这样一来，“本文”中是否存在“意象”呢？如上所述，创作流程是意→象→言，既然大家都承认“本文”中物态化之语言符号中熔铸了艺术家之意（情、志等），那么“象”是物态化之语言符号（言），还是被语言符号取代而消失了呢？“象”的无家可归从逻辑上是讲不通的。王廷相云：

> 夫诗贵意象透莹，不喜事实黏着。古谓水中之月，镜中之影，可以目睹，难以实求是也。《三百》篇比兴杂出，意在辞表；《离骚》引喻借论，不露本情……斯皆色韫本根，标显色

[1] 朱丰顺：《也谈意象问题》，载《文艺理论与批评》1995年第1期。

[2] 郑板桥：《题画·竹》，转引自葛路：《中国古代绘画理论发展史》，上海人民出版社1982年版，第191页。

相，鸿材之妙拟，哲匠之冥造也。……故示以意象，使人思而咀之，感而契之，邈哉深矣，此诗之大致也。[1]

我认为上文两处“意象”，都是指“本文”中的“意象”即审美意象，而不是指艺术家头脑中的属于精神方面的艺术胎儿——意中之象。可见，“意象”既可指创作构思中的心象，又可指“本文”中物态化的符号形式。正如有的学者指出：创作构思过程中“神与物游”所形成的意中之象称“主体性意象”；语言文学化过程中的意象称“迹化性意象”；表现于作品本体中的意象称“本体性意象”；作品本体与读者接受相联系中具有的一种意象称“兴象性意象”；读者心中再创造的审美意象称“味外性意象”。[2] 这里姑且不论五类意象的划分和称谓是否科学，至少有一点值得肯定，这位学者已注意到观照角度不同，“意象”的阶段就不同[3]。由此看来，把“意象”仅仅视为创作构思中的心象或图景是不全面的，也是不科学的。

下面要讨论的是“本文”中的意象——审美意象。现代语言学奠基人、瑞士语言学家弗里迪南·德·索绪尔（F. De. Saussure, 1857—1913）把语言看作一个符号系统，在符号系统中，索绪尔把词的声音（音响）称为表示成分，即“能指”（signifiant）；把词的意义（概念）称被表示成分，即“所指”（signifie），一个符号即语音形象与词义内涵的统一。他说：“语言符号连接的不是事物和名称，

---

[1] 王廷相：《与郭介夫学士论诗书》，见陈良运主编：《中国历代诗学论著选》，百花洲文艺出版社 1995 年版，第 652—653 页。

[2] 黄霖：《意象系统论》，载《学术月刊》1995 年第 7 期。

[3] 《意象系统论》的作者称“主体性意象”等为五个不同层面，容易误解为意象的层面。夏之放《文学意象论》（汕头大学出版社 1993 年版）把意象分为音义、结构、景象、意味四个层面，也值得商榷。

而是概念和音响形象。”[1] 据此我得出如下图表：

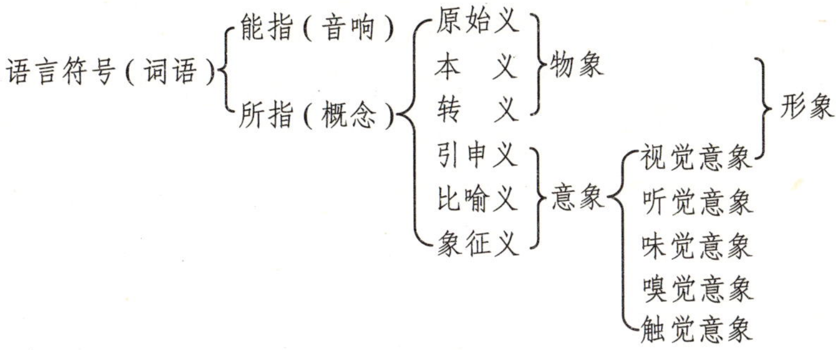

创作构思中的意象只有借助语言符号（词语）才能转化为审美意象。黄霖在《意象系统论》中说：“象只是一种中介而已。”[2] 我认为文学语言符号既是物态化媒介，又是接受的中介，既是信息载体，又是信息本身。如上图所示，词语与意象不能画等号；意象也不能独立于词语之外，它只属于词语的部分层次——所指里的引申义、比喻义和象征义。而物象只是该词语的原始义、本义和转义。比如我们阅读一首只停留在“体物而浏亮”（陆机语）而并没有什么寄托层面的咏菊诗时，脑海里只会浮现“菊花”这一物象，而阅读陶渊明“采菊东篱下，悠然见南山”的诗句时（《饮酒》其五），脑海便会浮现一个洁身自好、安贫乐道的君子——诗人自己的形象，所以说陶诗中这个“菊”便是一个意象。从心理学角度讲，物象与意象都是人们感官意识的记忆，是任何外部世界客体及其现象通过感官而被感知与意识的产物。但“物象”只是现实客体在“本文”中客

[1] 弗里迪南·德·索绪尔：《普通语言学教程》，商务印书馆 1982 年版，第 101—102 页。
[2] 黄霖：《意象系统论》，载《学术月刊》1995 年第 7 期。

观呈示式再现，它是一个常量，其意义即本身；“意象”是艺术家内在情绪或思想与外部对象相互熔化融合的复合物，是客观物象主观化表现。相传为唐代诗人王昌龄所著的《诗格》，这样描述“意”与“象”的熔化融合过程：“搜求于象，心入于境，神会于物，因心而得”[1]。意象之“意”又有内外之分，北宋诗人梅尧臣说：“诗有内外意，内意欲尽其理，外意欲尽其象，内外意含蓄，方入诗格。”[2]即从外意言，必须契合所取象的属性并穷尽它的外延；从内意言，又必须使情绪或思想符合与所取象的逻辑联系，并穷尽该物象的内涵，最后才能达到“意”与“象”的交融契合——内外意寄于象中而含蓄不露。可见，意象不是“意”和“象”的简单相加，“意”与“象”的交融契合凝聚了诗人对物象性态和类属的识别与选择，以及与“意”对应熔化的审美联想和哲学思辨，正如王昌龄《诗格》所说，是一个殚精竭虑的艰苦创造过程：“久用精思，未契意象，力疲智竭，放安神思，心偶照境，率然而生”[3]。意象创造的主要方法是“略形貌而取神骨”，目的是消解“象”含义的清晰性、指向性和单纯性，造成模糊性、不确定性和多义性，以表现诗人丰富复杂的内心情感或思想。所以“意象”是“物象”的深化或变异——“情变所孕”[4]，是一个变量，充满了审美激活力，超越了“象”的原始义、本义和转义，具有“象”外之意。鲜明的主体性、丰富的象征性，是“意象”区别于“物象”的本质特征。

有的学者虽然承认在文学作品中存在文学语言和审美意象两个

[1] 王昌龄：《诗格》，见《中国历代文论选》第二册，第 89 页。

[2] 梅尧臣：《续金针诗格》，见吴文治主编：《宋诗话全编》第九册，江苏古籍出版社 1998 年版，第 9065 页。

[3] 王昌龄：《诗格》，见《中国历代文论选》第二册，第 89 页。

[4] 刘勰：《文心雕龙 · 神思》，见《中国历代文论选》第一册，第 234 页。

级别的符号系统，但又混淆了“意象”与“物象”的区别：

从符号学的观点来看，文学作品包涵着两套符号系统。文学语言是外在的第一级的符号系统，它的“能指”（符号形式）是语言的声音形式及其书写符号，它的“所指”（符号内容）则是语言的表义性、表象性、表情性等多项内容所组成的审美意象系统。这一审美意象层面又作为第二级的符号系统，它的“能指”（符号形式）就是意象本身，它的所指则是一种更为深层的、难以言传的“意味”。[1]

这段话存在两个问题：第一，将文学语言符号所指笼统归为审美意象，将“意象”与“物象”混为一谈；第二，在审美意象层面又有“能指”“所指”之分，显然曲解了索绪尔的原意。我认为，这里所谓第二级的符号系统第一层（即论者所谓“能指”）只是“物象”，至于“更为深层的、难以言传的‘意味’”层面才是“意象”。

有的学者干脆把文学意象系统统称为“文学物象”：

文学物象则是文学意象进一步发展的结果，是文学意象的外化和物化，也即存在于物化状态的文学意象，是得到了一定的物质确定性的文学意象。[2]

由于这位论者把“意象”仅仅看作创作构思中的心象，所以不

[1] 夏之放：《文学意象论》，第 213 页。
[2] 杜书瀛：《文学物象论》，载《文艺研究》1987 年第 6 期。

承认文学“本文”中有意象存在的客观事实，并将语言符号与物象等同起来。

以上辨析了“意象”与“物象”的区别，下面讨论“意象”与“表象”、“形象”的区别。

表象作为人的大脑反映客观事物的一种形态，它的最大特点是直接反映客观事物的形貌并以知识经验储存在人的记忆中。这一定义与“物象”的含义相似，那么二者是否可以画等号呢？《辞海》“表象”条云：“记忆表象是在过去对同一或同类事物多次感知的基础上形成的，较有概括性。……它不仅是事物形象的重现，而且是关于事物的感性知识，尤其是对客观世界的直接感知过渡到抽象思维的一个中间环节。”[1]如果说“事物形象的重现”是“表象”与“物象”的共同特征，那么“由感知到思维的一个中间环节”——中介性，便是表象最重要的本质，即是说表象只是心理活动过程中的一个环节或层次，它一旦被物态化便失去了自身。比如文学“本文”中的客观物象或事象，我们不能称之为表象，而只能称为物象，这是二者的根本区别，也是审美意象与表象的根本区别。现在要辨析的是表象与创作构思中“意象”的区别。我认为，由现实生活知识、经验中的表象转化为意中之象——艺术意象，必须借助艺术家审美观念的作用，对这些表象进行重新分解、转移和整合，即艺术家头脑中的“意象”是融注了艺术家情感、思考的新的表象，是现实生活知识、经验中表象的变异，是富于创造并高于表象的艺术成果。质言之，“表象”与“意象”是创作心理过程中不同的两个级别。

对“形象”，《辞海》这样表述：

[1] 《辞海》（缩印本），上海辞书出版社 1979 年版，第 1220 页。

> 指文学艺术区别于科学的一种反映现实的特殊手段。即根据现实生活各种现象加以选择、综合所创造出来的具有一定思想内容和审美意义的具体生动的图画。社会生活和自然现象都是文艺作品的描写对象，但社会生活是主要描写对象，因此文艺作品中的形象主要指人物形象，其次也包括社会的、自然的环境和景物。[1]

这段话有四层含义：1. 文艺形象是不同于科学抽象的具象；2. 文艺形象主要指人物形象，其次包括社会的、自然的环境和景物；3. 文艺形象主要表现为外部特征，即视觉图画；4. 文艺形象是由艺术家选择、综合所创造出来的思想与审美（或内容与形式）的统一体。前三层含义与“物象”含义叠合，“人”也是一种物。后一层含义则将“形象”与“物象”区别开来，因为“物象”就是它本身的直接意义；同时又与“意象”部分含义叠合，如视觉意象就必须具有可供外部观照之“形”。《周易·系辞》说：“在天成象，在地成形。”[2] 又说：“见乃谓之象，形乃谓之器。”[3] 形质而象文即形实而象虚。所以我认为，“意象”除了视觉意象外，还有听觉意象、嗅觉意象、味觉意象和触觉意象，它们并没有具象之形。有学者这样分析意象：“‘意’指作者主观，‘象’或‘境’指客观外界。”[4] 显然把“象”理解为客观的物、景、事象，并且指它们的外部特征，这种看法以偏赅全。也许有人质疑：音乐不也有形象么？我认为，音乐抒

---

[1] 《辞海》（缩印本），第 814 页。
[2] 《十三经注疏》上册，第 76 页。
[3] 同上书，第 82 页。
[4] 陈植锷：《诗歌意象论》，中国社会科学出版社 1990 年版，第 32 页。

写的应称“意象”才正确，因为它并没有可供观赏的具体之“形”，而是通过旋律唤起听众的系列审美意象，借助联想和想象创造出自己心目中新的意象。谓“音乐抒写形象”实在是长期以来一种不科学的说法。要言之，形象部分层面属物象，部分层面则属意象，二者之间不能等量齐观。

如上所述，“形象”与“意象”叠合的那部分也有差异，“形象”的中心词在“形”，而“意象”的中心词在“意”。由于传统诗歌侧重于表现内心感受、情志、体验等主观性层面，所以我国古人在评价诗歌或论诗时常用“意象”这个术语，诸如：“意象欲生，造化已奇”[1]；“意象幽闲，不类人境”（姜夔《念奴娇》）；“古诗之妙，专求意象”[2]；“气韵分雅俗，意象分大小高下”[3]，等等。而在论诗歌之外的文章等其他文学样式时多用“形象”一词，如陆机《文赋》说：“期穷形而尽相。”[4]“形相”即“形象”，穷尽形象之描写，正是散文和赋的外部特征。又如上面所引挚虞《文章流别论》那段话中，“因辞以形之”，“假象尽辞”，整合之后便是“形象”概念，它正是文章“敷陈其志”的主要物质手段。这是学界将首次把“意象”引进文学领域的人归于刘勰而不是挚虞的主要原因。所以我认为，诗歌内在构造的主要元素是意象，其他文学样式的主要内构元素则是形象或物象。

另外，“形象”在某种场合是作为一个统摄概念，而“意象”只是一个具体概念。如我们常说“形象地表现了……”而不说“意象

---

[1] 司空图：《诗品·缜密》，见何文焕：《历代诗话》上册，中华书局 1981 年版，第 41 页。
[2] 胡应麟：《诗薮·内篇》卷一，上海古籍出版社 1979 年新 1 版，第 1 页。
[3] 方东树：《昭昧詹言》卷一，人民文学出版社 1984 年版，第 29 页。
[4] 陆机：《文赋》，见《中国历代文论选》第一册，第 71 页。

地表现了……”虽然我们又说“形象丰富”，但这里的“形象”仍然属于一个统摄概念，与“抽象”相对而言。

通过以上静态分析可知，“形象”与“意象”是两个同中有异的概念，相同层面是二者的叠合部分，不同层面是它们各自质的规定性。所以我认为，有的学者以“意象”来取代“形象”的做法是不科学的；[1] 而把“胸中之竹”视为“意象”、“手下之竹”视为“形象”的观点也是不严密的。

（三）审美意象的类型

划分类型的根本原则是必须在同一逻辑起点上。逻辑起点不同，划分的类型就不同。目前学界划分的审美意象五花八门，便是依据不同的逻辑起点来划分的结果。我认为，从总体上考察，审美意象的类型可从三个逻辑起点来划分。第一，从表现手法——赋比兴来划分，可分为赋象、喻象和兴象。关于赋比兴，朱熹解释说：“赋者，敷陈其事而直言之者也。”“比者，以彼物比此物也。”“兴者，先言他物以引起所咏之词也。”[2] 可知，赋象即对事物直接陈述、描写，一般说来就是它物态化之词语的原始义、本义或转义，所以从这个意义上说，赋象就是物象。那么，赋象是否属于审美意象的类型呢？宋代李仲蒙说：

> 叙物以言情谓之赋，情物尽也；索物以托情谓之比，情附

[1] 夏之放：《文学意象论》，第 213 页。

[2] 朱熹：《诗集传》卷一，上海古籍出版社 1980 年新 1 版，第 3、4、1 页。

物也；触物以起情谓之兴，物动情也。[1]

即是说，作为审美赋象，实际上都带有作者的主观情感，如马致远《天净沙·秋思》中的“枯藤”、“老树”、“昏鸦”、“小桥”、“流水”、“人家”、“古道”、“西风”、“瘦马”、“夕阳”、“人”、“天涯”都是赋象，即物象，但由于作者以“断肠人在天涯”一意贯之，便使它们意化而转化为审美意象。概言之，凡是摄入文艺“本文”并包含了作者的主观情感的赋象（物象），都可归于审美意象之列。喻象即形象比况，突出特征，暴露本质。如《诗经·魏风·硕鼠》以喻象大田鼠喻贪婪的剥削者；《诗经·邶风·新台》以喻象癞蛤蟆喻霸占儿媳的卫宣公。或刻画人物，使形象动人。如《诗经·卫风·硕人》：“手如柔荑，肤如凝脂，领如蝤蛴，齿如瓠犀，螓首蛾眉。巧笑倩兮，美目盼兮。”其中“柔荑”、“凝脂”、“蝤蛴”、“瓠犀”、“螓首”、“蛾眉”都是喻象。喻象还可化抽象为具象，如李煜的《虞美人》：“问君能有几多愁，恰似一江春水向东流。”化抽象的愁为喻象“春水”，形象可感。兴象即兴起发端，借他物他景起情，引出要歌咏的事象。兴象的功能主要有：1. 烘托气氛。《诗经·邶风·谷风》：“习习谷风，以阴以雨。”以阴雨连绵的天气，烘托弃妇痛苦的心情。2. 激发联想。《诗经·周南·关雎》：“关关雎鸠，在河之洲，窈窕淑女，君子好逑。”以情意专一、相守不离的鸠鸟，使人联想到君子与淑女的美好匹配。3. 象征隐喻。《诗经·周南·桃夭》：“桃之夭夭，灼灼其华。之子于归，宜其室家。”以盛开的桃花，隐喻象征新娘的青春年华和美丽容颜以及家庭的幸福美满。4. 起韵无义。《诗经·秦

[1] 丁福保：《历代诗话续编》中册，中华书局 1983 年版，第 882 页。

风·晨风》："鴥彼晨风，郁彼北林。未见君子，忧心钦钦；如何如何，忘我实多。"前两句兴象与后四句怀人无关。可见，前三种兴象都属于审美意象，而后一种兴象则不属于审美意象。有的学者从"意"与"象"的关系来划分赋象、喻象与兴象，认为赋象侧重客观地描摹物象，即"物象"之"象"；喻象侧重主观情思的抒发，即"意象"之"意"；兴象即情思物化了，隐藏于物象之中，物象情思化了，成为情思的感性显现。"意"与"象"浑然一体，不隔不离。但这里"意象"与刘勰的"独照之匠，窥意象而运斤"中的"意象"同，指的是创作构思中的"意象"[1]。如果我们将这里的"意象"转化为审美意象，则可与我上述看法相表里。

第二，从感觉功能来划分，审美意象可分为视觉意象、听觉意象、嗅觉意象、味觉意象和触觉意象。如"残月像一片薄冰 / 漂在沁凉的夜色里"（舒婷《落叶》），"残月"、"薄冰"、"夜色"为视觉意象；"薄冰"、"沁凉"为触觉意象。"天空和大海的胸襟 / 插满千千万万朵紫罗兰 / 芬芳的世界从另一个世界敲响"（杨炼《蓝色狂想曲》），"天空"、"大海"、"紫罗兰"为视觉意象；"芬芳"为嗅觉意象。"沙漠那麻醉剂的咸味"（杨炼《敦煌》组诗之三《飞天》），"咸味"为味觉意象。有的意象兼具两种或两种以上的感觉功能，如上述"薄冰"既可视为视觉意象，也可视为触觉意象；又如"流水"，既可作为视觉意象，又可作为听觉意象，等等。

第三，从物质属性来划分，审美意象可分为自然意象、社会意象和人体意象。凡是天然的事象为自然意象，如风、云、雷、电、雨、雪等天象；山、水、草、木、花等自然景观，飞禽走兽等动物。

[1] 参见祁海文：《刘勰艺术"意象"论说解》，载《松辽学刊》1992 年第 2 期。

凡是经过人工作用的事象为社会意象。因此动物类凡是野生的归于自然意象，家养的归于社会意象。“人”具有社会性，因而作为审美意象，整体的人归于社会意象，人体的局部如发丝、指尖、明眸等则归于人体意象。

二、寄托、象征辨析

寄托与象征，是我国传统诗歌常见的两种艺术表现手法。《诗经》中多数篇什即寄托象征之作，如《硕人》篇，据《左传·隐公三年》载：“卫庄公娶于齐东宫得臣之妹，曰庄姜，美而无子，卫人所为赋《硕人》也。”[1]《载驰》篇，《诗序》说：“卫懿公为狄人所灭，国人分散，露于漕邑。许穆夫人闵卫之亡，伤许之小，力不能救。思归唁其兄，又义不得，故赋是诗也。”[2]《离骚》则每以“善鸟香草，以配忠贞；恶禽臭物，以比谗佞；灵修美人，以媲于君；宓妃佚女，以譬贤臣；虬龙鸾凤，以托君子；飘风云霓，以为小人”[3]。以后历代诗歌都比较多地运用寄托象征手法，特别是宋词、清词已形成一个十分突出的艺术特点，而且，两者经常并用。游国恩先生等主编的《中国文学史》说：“《离骚》的比兴与所表现的内容合而为一，具有象征的性质。……如草木、鱼虫、鸟兽和风云雷电都赋予了生命，让它们活动，甚至让它们有人的意志，用以寄托诗人的思想感

[1] 李梦生：《左传译注》上册，上海古籍出版社 1998 年版，第 13 页。

[2] 朱东润主编：《中国历代文学作品选》上篇第一册，上海古籍出版社 1979 年版，第 7 页。

[3] 王逸：《离骚经序》，见《中国历代文论选》第一册，第 155 页。

情。”[1] 刘学锴评价李商隐的诗歌说：“由于比兴象征与寄托的广泛运用，诗歌内容的含蕴和诗歌意象的暗示性大大增强了。”[2] 但是，作为美学概念，寄托与象征是不是一回事，它们有何异同，却未见到理论上的阐释。有些论文、论著在评价作品时经常将它们混为一谈。尽管也有学者已经指出“比兴、象征作为两种相关而不相同的艺术表现手法，本不一定联合运用，它们和寄托更不一定直接联系”[3]，但未能对寄托与象征作深入具体的辨析。因此，为了从理论上对这两个美学概念进行初步界定，本论拟将寄托与象征两种表现手法放在一起来论述，以便比较对照。

寄托，作为美学概念，最早由后汉郑众提出。他在《毛诗·关雎传·正义》中说：“兴者托事于物，则兴者起也。取譬引类，起发己心。诗文诸举草木鸟兽以见意者，皆兴辞也……比之于兴，虽同是附托外物，比显而兴隐。”[4] 这里的寄托包含两层意思：第一，寄托是作者借助比兴，将感情“附托外物”的曲折表达。后来吴梅先生在《词学通论》中的表述更为通俗，他说：“所谓寄托者，盖借物言志，以抒其忠爱绸缪之旨。三百篇之比兴，《离骚》之香草美人，皆此意也。”[5] 第二，由于比显兴隐，故寄托有深浅层次之分。后来刘勰发挥了此说：“观夫兴之托谕，婉而成章，称名也小，取类也大。关雎有别，故后妃方德；尸鸠贞一，故夫人象义。”[6] 由于郑众、刘勰论寄托都侧重于兴，所以释皎然干脆明确地将比兴拆开，他说：

---

[1] 游国恩等：《中国文学史》第一册，人民文学出版社 1963 年版，第 85—92 页。

[2] 刘学锴、余恕诚：《李商隐诗选·前言》，人民文学出版社 1986 年版，第 25 页。

[3] 同上书，第 24 页。

[4] 《十三经注疏》上册，第 271 页。

[5] 吴梅：《词学通论》，华东师范大学出版社 1996 年版，第 5 页。

[6] 刘勰：《文心雕龙·比兴》，见《中国历代文论选》第一册，第 71 页。

“取象曰比，取义曰兴，义即象下之意。”[1] 这种把寄托的层次有深浅之别归于比显而兴隐的看法，一直影响到清代的陈廷焯，陈氏仍然认为兴高于比[2]。我认为这种看法不够妥当，因为“比兴”很难截然分开，往往是比中有兴，兴中有比。真正把比兴看作一个完整概念、并提出了较为完整的寄托理论者是清代的周济，他在《介存斋论词杂著》中说：

> 初学词求有寄托。有寄托则表里相宣，斐然成章。既成格调，求无寄托，无寄托则指事类情，仁者见仁，知者见知。[3]

周济把寄托分为两个层次：一是有寄托人，但有寄托痕迹，具体说，即虽然感情内容的载体——意象已经很完整，不失其物的属性，又能准确地传达出作者的情感内容，所谓“表里相宣”。但是，这种寄托的局限在于，这意象还未能同所载情感内容完全密合无间，即诗之生命尚未成为一个“自足体”，物我合一与物我对照并存，寄托的痕迹较为明显。如骆宾王的《在狱咏蝉》：“露重飞难进，风多响易沉。无人信高洁，谁为表予心？”无一字不在咏蝉，又处处是作者自我写照，物我合而为一。但是，“不堪玄鬓影，来对白头吟”，却显然使蝉与我分离为二，而成为相互对照。李商隐的《蝉》也属这个层次的寄托，诗的前三联中，蝉与我打成一片，密合难分，如“本以高难饱，徒劳恨费声。五更疏欲断，一树碧无情。薄宦梗犹

[1] 释皎然：《诗式·用事》，见《历代诗话》上册，第30页。
[2] 陈廷焯：《白雨斋词话》，见唐圭璋：《词话丛编》第四册，中华书局1986年版，第3750页。
[3] 周济：《介存斋论词杂著》，见《中国历代文论选》第三册，上海古籍出版1980年版，第577页。

泛，故国芜已平”。后一联却说：“烦君最相警，我亦举家清”，诗人便由托物言志转为直抒胸臆，透露出寄托的痕迹。

另一种是有寄托入、无寄托出，即情感内容的载体——意象，并且只能是作为一个整体的意象，本身既相当完整，又与这种情感内容完全密合无间，不知何者为我，何者为物，达到了天衣无缝、无迹可求的艺术化境，使诗成为一个自足的生命体。这种寄托，由于隐去了具体意象、具体情感的特指性，便拓宽了诗的情绪，增大了审美上的随意性，从而产生指事类情，见仁见智的多极效应。试看苏轼的《卜算子·黄州定惠院寓居作》：

> 缺月挂疏桐，漏断人初静。时有幽人独往来，缥缈孤鸿影。惊起却回头，有恨无人省。拣尽寒枝不肯栖，寂寞沙洲冷。

这里作为一个整体的孤鸿意象相当完整，如果从表层来看，不失为一首完美的咏物诗，但从深层来看，它明显被赋予了人的性格和情感：惊起回头之恨，与受谤遭贬、忧谗畏讥之意相通；拣枝而栖，又与贤人君子的节操类似，等等。达到了物与人合、情与景会的艺术化境，成为诗人遭贬黄州时期的生命自足体——“寂寞”而不失坚贞节操。读者还可以沿着这种感情线索，“旁通其情，触类以感，充类以尽”[1]。这种寄托，“甚且作者之用心未必然，而读者之用心何必不然”[2]，见仁见智。

但这种寄托必须防止另一种倾向，即虽然物我始终合一，但这

---

[1] 谭献：《复堂词录序》，见《词话丛编》第四册，第 3987 页。

[2] 同上。

“物象”比附明显，专指某事某物，如《类编草堂诗馀》卷一载宋人鲖阳居士对苏轼《卜算子·黄州定惠院寓居作》逐句破解：

> “缺月”，刺明微也。“漏断”，暗时也。“幽人”，不得志也。“独往来”，无助也。“惊鸿”，贤人不安也。“回头”，爱君不忘也。“无人省”，君不察也。“拣尽寒枝不肯栖”，不偷安于高位也。“寂寞沙洲冷”，非所安也。此词与《考槃》诗极相似。[1]

谢章铤反驳说：

> 时东坡在黄州，固不无沦落天涯之感。而鲖阳居士释之……字笺句解，果谁语而谁知之。虽作者未必无此意，而作者亦未必定有此意。可神会而不可言传，断章取义，则是刻舟求剑，则大非矣。[2]

谢氏的批驳可谓切中肯綮，因为如此逐句比附，不仅穿凿，而且降低了作品的审美价值。因为“义可比附，义即不深；喻可专指，喻即不广”，反而限制了读者的审美联想和再创造，使其不能触类旁通，见仁见智。这即周济批评的“专寄托不出”[3]。

由此观来，周济认为寄托层次的深浅取决于作者的情感内容同其载体——意象的密合程度，无疑较寄托层次的深浅取决于比显兴隐的说法来得更准确、更科学。

---

[1] 鲖阳居士：《复雅歌词》，见《词话丛编》第一册，第 60 页。

[2] 谢章铤：《赌棋山庄词话》续编一，见《词话丛编》第四册，第 3486 页。

[3] 周济：《宋四家词选序论》，见《中国历代文论选》第三册，第 582 页。

象征，黑格尔认为“是艺术的开始，因此，它只应看作艺术前的艺术，主要起源于东方”[1]。的确，象征作为一个理论概念，早在《周易·系辞下》里就已被描述：“夫《易》彰往而察来，而微显阐幽。……其称名也小，其取类也大，其旨远，其辞文，其言曲而中，其事肆而隐。”[2]后来曹魏时期的哲学家王弼对这种“称名也小，其取类也大”的现象进一步概括为：“触类可为其象，合义可为其征。”“象征”作为一个术语被明确提出来了，但它还只是属于哲学范畴，所以精确地说“触类可为其象”之“象”还只是指一种抽象的观念符号或图形，它是我们祖先表述思想的一种方法。与此情形相似的还有我国远古时代的造字法，许慎《说文解字叙》云：“仓颉之初作书，盖依类象形，故谓之文。……文者，象物之本也。”又云：“指事者，视而可识，察而见意，上下是也。”[3]仓颉造字固然不可信，但是，这种通过细察而见意的指事造字法，显然是一种象征方法。第一个把“象征”从卜筮学、文字学、哲学等领域引进文学作为一个美学现象者是刘勰，他说：“观夫兴之托谕，婉而成章，称名也小，取类也大。关雎有别，故后妃方德；尸鸠贞一，故夫人象义。”他把寄托与象征现象并提，可能有两种情形：一是他已发现两者的联系；一是他把两者混为一谈。但即使是前一种情形，由于论者只是描述一种美学现象，而未能明确界定为两个美学概念，所以客观上造成了两者的混淆，使“象征”进入审美领域后未能得到理论上的发展，以致后来完全被“寄托”所取代而掩盖。

---

[1] 黑格尔著、朱光潜译：《美学》第 2 卷，商务印书馆 1979 年版，第 9 页。

[2] 《十三经注疏》上册，第 89 页。

[3] 许慎：《说文解字叙》，见严可均校辑：《全上古三代秦汉三国六朝文》第一册，中华书局 1958 年版，第 740 页。

“象征”一词源于希腊语，原指把一块木板（或石块）分成两半，用以作为友爱的信物。后来演变为泛指所有能表达观念或事物的标识物或符号，或以有形的代表无形的；或以现实的代表非现实的；或以非现实的（如书面上的图形）代表现实的（如几何学上的实体）。它既是一个逻辑术语、数学术语，也是一个语义学、符号学和认识论的术语，在神学世界里，在礼拜仪式中，在文学艺术中，它被广泛运用。在以上各个领域的用法里，它们共同的取义部分也许就是“某一事物代表，表示别的事物”。因为希腊语“象征”的动词之意是“拼凑”、“比较”，所以，象征还产生了在符号及其所代表的事物之间进行类比的原意。在文学创作中，象征指用具体可感的形象（意象）表示与之相似或相近的概念、思想或感情，即类似马拉美说的“任何花束中都不存在的花”与中国古代两位诗人白居易、苏轼的诗句“花非花”、“似花还是非花”[1]。

英国著名诗人、评论家T.S.艾略特认为，象征就是“思想的客观对应物”，里德认为是“感情的一种相关物”。日本评论家滨田正秀说，象征是“用小事物来暗示大事物”[2]。法国象征主义诗人波特莱尔把瑞典神秘主义哲学家安曼努尔·史威登堡关于自然界的万物与不可见的精神之间有互相契合的“对应”理论引进文艺领域，认为自然界的草木风云都是可以向人们发出感应气息的“象征森林”，即用象征性意象来暗示和展现对自然物象的观照而产生的直觉、梦幻以及神秘感。

可见，如果说寄托是将情感投入形象或意象的话，那么象征则

[1] 参见杨柳编：《花非花：象征主义诗学》，旅游教育出版社1991年版。
[2] 滨田正秀著、陈秋峰译：《文艺学概论》，中国戏剧出版社1985年版，第31页。

是为观念寻找某种对应物或相关物。综上所述，象征主要可归纳为两类，即黑格尔所说“不自觉的象征”与“自觉的象征”。不自觉的象征，指艺术内容意义和象征所用的感性形象是直接的统一。自觉的象征，指象征所用的感性形象，“一方面见出它自己的特性，另一方面显出个别事物的更深广的普遍意义而不是展示这些个别事物本身”[1]，“普遍意义本身占了统治的地位，凌驾于起说明作用的形式之上，形象变成了一种单纯的符号或任意选来的图形”[2]。

象征中的情感和形象都可抽象为某种观念或观念符号，主要是因为艺术中的象征来自于文字学、哲学等领域，所以黑格尔把象征看作是艺术前的艺术是正确的。但是，他又指出东方的象征只属于不自觉的象征却未说准，因为我国《周易》中的符号象征，恰恰是自觉的象征。

上面对寄托与象征两个概念的演变以及作为审美概念的内涵，作了一番梳理和界定。两者各自的层次可用下列图表示：

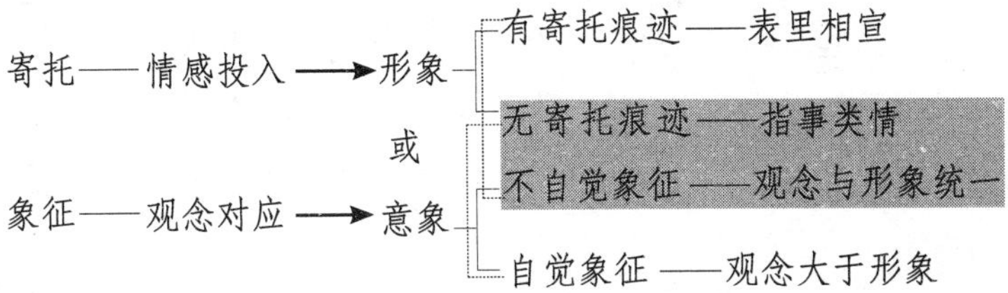

图表中阴影部分是寄托与象征的交叉部分，其中又有相同相异部分。其他部分便是各自的质的规定性。下面试从三个方面来辨析

[1] 黑格尔：《美学》第2卷，第28页。
[2] 同上书，第31—32页。

寄托与象征的异同和相关。(一）两者相同部分：1. 同比兴的关系。2. 叠合的条件。(二）两者的区别：1. 寄托中的形象（或象）和情感不能抽象，象征则能。2. 作为感性的形象或意象在寄托、象征中的不同特点。(三）寄托与象征的相关关系。现分述于后。

（一）寄托与象征的相同部分

1. **同比兴的关系**。如前所述，在我国古代文论里，比兴寄托通常并提，但二者毕竟不能等量齐观。朱熹《诗集传》说："比者，以彼物比此物也；兴者，先言他物以引起所咏之词也。"[1] 由于寄托是作者借某物某事比较曲折含蓄地表达情感，所以比中之明喻和某物某事只是单纯引起情思而本身并不含什么深意而且同这种情思无关之兴，就不能算寄托。因此，我们可以用一句话来概括比兴与寄托的关系，即寄托是带有比较复杂情感内涵之比兴。象征是为某种观念寻找对应物或相关物。而这种观念同对应物或相关物之间的沟通依靠的是艺术联想，确切地说是类似联想。把这种联想化为客观体的表现就是类比。比兴实际上也是一种类比。可见，寄托与象征都同比兴密不可分，只是寄托中兴为体，比为用；象征中比为体，兴为用。

2. **两者叠合的条件**。无寄托痕迹之寄托，是情感内容同作为一个整体的形象或意象完全密合无间。不自觉的象征是艺术内容意义同象征所用的形象或意象直接统一。对照这两个定义，我们就清楚地看到，如果后者加上一个条件，即这个形象或意象是作为一个整

---

[1] 朱熹：《诗集传》，上海古籍出版社 1980 年新 1 版，第 41 页。

体，那么寄托与象征就完全叠合。概括地说，无寄托痕迹之寄托同不自觉象征中的整体象征（不是局部象征）是完全叠合的。班婕妤的《怨诗》，曹植“七步诗”，苏轼的《卜算子·黄州定惠院寓居作》等，都既是寄托之作又是象征之作。这便是寄托与象征容易产生混淆的原因。刘勰的混淆恐怕也在这里。

（二）寄托与象征的不同部分

但是，寄托与象征的不同毕竟是主要的，这种不同又有隐显之别，归纳起来主要有两点。

1. 寄托中的情感内容和意象不可抽象为某种观念或观念符号，象征则能。这是两者明显不同的标志。

从主体看，寄托中的情感内容是主体某时某地的具体心理活动的辐射。“人（主体）与其赖以生存和可能继续发展的客观体的关系，有时还有人与可能直接引起愉快或痛苦的事物的关系，构成情感的内容。”[1] 由于这种主客体关系极不稳定，使主体情感始终处于动态之中，因此这种情感还来不及升华为某种观念。尽管表现于作品中的情感经过作者提炼、浓缩，但读者仍然不能用一两个抽象概念来描述概括。无论哪个层次的寄托都是如此。李商隐的《蝉》所表达的就是作者志行高洁、官场失意、悲愤难诉、欲归不得和家境贫寒等具体复杂情感的模糊集合。苏轼的《卜算子·黄州定惠院寓居作》所表达的情感内容，也绝不是一两句话可以概括的。象征中的情感内容升华为某种观念后，尽管它的载体——形象或意象是具体

[1] 彼得罗夫斯基：《普通心理学》，人民教育出版社 1981 年版，第 398 页。

丰富的，甚至占主导地位，但这种观念开始同象征体分裂。如西方古典主义作品，多以哈哈镜的艺术视角来观照人物的外部性格，所以人物性格似乎相当鲜明，但这种鲜明实际上只是某种观念的抽象形式，或者说是主题观念的化身，成了可以用一个词或一句话概括的精神符号，诸如“悭吝”、“伪君子”等。这种类型化的性格，即是一种性格的象征。又如我国神话传说中开天辟地的盘古、头触天柱的共工、炼石补天的女娲、战胜洪水的大禹，也是一种人类理想观念的化身，一种普通品格的象征。

从客体看，寄托中的形象或物象，只有贯注作者的情感内容才有艺术生命。它的特定内涵只有借助其具体可感性才能被把握，如果它被抽象为某种观念符号，其所载情感内容就失去了依托，意境就无从产生。骆宾王、李商隐的咏蝉诗，都是借“蝉”这一具象来寄托情感的。如果说这只是静态式的托物言志，那么，以动态叙述式的事件如用典故来寄托的作品也莫不如此。如辛弃疾的《念奴娇·登建康赏心亭呈史致道留守》上片云：“我来吊古，上危楼、赢得闲愁千斛。”起笔就透露出全词的情感基调。但这种“闲愁”的内容是什么，作者并未直说，而是借一典故来寄托：“却忆安石风流，东山岁晚，泪落哀筝曲。儿辈功名都付与，长日惟消棋局。”东晋孝武帝末年，谢安建立了显赫的功勋，官至宰相，却被皇帝和权贵猜忌。于是被投闲置散，整日以下棋来消磨时光。这种遭遇很类似作者的遭遇，故借以寄怀。这里谢安的故事就是具体的感性形象，而不是某种抽象的观念性符号或图形。文学艺术特别是视觉艺术，最根本的特点是直接诉诸读者的感性形象。一般说来，如果这种形象被抽象为某种观念符号，文学艺术便失去了其审美价值。但是，具有象征意蕴的观念符号或图形，实际上积淀了社会内容和民族文化心理，已转化为审美主体心理的意象，即他们官能感受中已积淀了观念性想象、理解。因此这种自然形式的符号或图形，对作者来说已不是一具空洞的躯壳，而是能唤起丰富艺术联想、产生审美效应的“有意味的形式”。如我国“原始人群之所以以染红穿带、撒抹红粉，已不是对鲜明夺目的红颜色的动物性的生理反应，而开始有其社会性的巫术礼仪的符号意义在”[1]，即红色本身在想象中被赋予了人类社会所独有的符号象征的观念含义。又如我国仰韶半坡彩陶上由动物形象符号化演变为抽象几何纹的积淀过程，这种抽象的观念性符号或图形，具有特定的民族规定性：如我国古代戏曲的脸谱，对我国观众来说是某种性格的象征；而在西方宗教里，教堂显著墙上的三角形，对于基督教徒来说，是神的三身一体意义的象征。

象征（自觉的）中观念占统治地位，远远溢出它的对应符号，因此读者可以“引而伸之，触类旁通”，从而获得超出符号形式自身的理性内容。我国《周易》分别以—、-- 代表阳爻和阴爻，组成天、地、雷、风、水、火、山、泽八种卦象名。它们又进行排列组合，构成六十四种观念符号。这种原始的占卜符号经后来实践意识，尤其是儒家观念的加入、引申发挥，其象内之义便获得了“通神明之德，以类万物之情”的象外之义。如就“乾”而言，其本义是“天”，可引申为“朝廷”、“君子”、一切充满阳气的事物和具有刚健品质者，等等。这一点同第二层次寄托的“指事类情”相似。但一是融情入象，一是为观念寻找对应符号。进一步说，“指事类情”就是形象的深化与多义化；“观念大于形象”则是观念的深化与泛化。

2. 寄托：客体作为情感相融物存在，是主体对象化，象征：客

[1] 李泽厚：《美的历程》，中国社会科学出版社 1984 年版，第 4—5 页。

体作为观念对应物存在，是客体观念化。这是两者较隐的区别。

上面已界定寄托与自觉象征的区别。寄托与不自觉象征又有什么区别呢？如第 23 页图表所示，阴影部分是二者的交叉部分。如果客体是一个整体形象，并同所载情感密合无间，那么二者完全叠合。但如果客体不是一个整体形象，而是一组形象或意象群呢？先看辛弃疾《摸鱼儿·观潮上叶丞相》：

……人道是、子胥冤愤终千古。功名自误。谩教得陶朱，五湖西子，一舸弄烟雨。

用春秋时代吴王夫差不听伍子胥的劝告，与越王勾践讲和、导致吴国灭亡的惨痛教训和范蠡功成身退同西施泛舟太湖两组形象，寄托作者对南宋王朝投降主义路线的批判和将急流勇退、远谗避害的愤慨。再看鲁迅的《秋夜》：

枣树，他们简直落尽了叶子。……他知道小粉红花的梦，秋后要有春；……他简直落尽叶子，单剩干子……但是，有几枝还低亚着，护定他从打枣的竿梢所得的皮伤，而是最直最长的几枝，却已默默地铁似的直刺着奇怪而高的天空，使天空闪闪地鬼眨眼；直刺着天空中圆满的月亮，使月亮窘得发白。

它写于 1924 年 9 月。当时北洋军阀政府实行封建专制统治，新文化运动正处于低潮时期，封建复古势力猖獗。这一切都使作者精神压抑，苦闷彷徨。但不管周围环境多么黑暗，不管前途如何渺茫，作者不仅没有放弃同黑暗势力战斗，而且更加勇猛。但这种情感内容是通过上述意象群来象征暗示。如以“枣树”象征顽强不屈的革命者；“小红花”象征弱者和普通者；“小青虫”象征无数不惜牺牲生命、追求光明的革命青年；“天空与月亮”象征反动势力及其帮凶的嘴脸等。比照之下，辛词与《秋夜》，一是寄托之作，一是象征之作，二者不能互换。这是因为辛词中的一组形象（意象）是作为情感相融物存在，是作者的对象化——伍子胥、范蠡两个形象都是作者的投影，因此其审美意义即在形象本身。《秋夜》中的意象群却经历了一个积淀整合过程：作者把生活中的独特感受升华为某种观念，然后把它赋予这些自然物象，使之人格化，于是这些物象就成为这种观念的对应物，因而当再现于作品时，它们不只是展示本身，还显出其蕴含的更深广的意义。“枣树”、“小红花”、“小青虫”、“天空与月亮”——这些自然物象的审美价值，就在于它们的观念化。

再从表层形象和深层形象的关系进行外部观照，寄托中是直接的比喻（隐喻）关系，象征中是间接的借代或借喻关系。如骆宾王、李商隐与“蝉”，辛弃疾与谢安、伍子胥、范蠡都是直接的比喻关系，所以是寄托。《秋夜》中的自然物象与其对应的形象，都是借喻关系。又如屠格涅夫的散文诗《门槛》，因为它以“大楼”、“门槛”分别借喻“人类社会生活的伟大事业——革命”和“革命生涯的起点”，以“俄罗斯姑娘”借代作者心目中的“女革命者形象”，以“慢吞吞的不响亮的声音”借代“革命事业对有志向它投身的人们所发出的考验”，以“傻瓜”借代“市侩们”，以“‘一位圣人’”借代“革命的知音”。它或以个别借代整体，或以语调声音特征借代某种人，所以是典型的象征之作。

（三）寄托与象征的相关关系

寄托中的情感是一个动态系统，因此某些作品里，尽管只是在局部借个别意象或事件来寓意，但这意象或事件所载情感始终处于一种流动过程中，所以这“个别情感”即是整篇作品的“整体情感”。这便是寄托只能为体而不能为用的原因。象征（不自觉）中的情感已经升华为某种静态观念并凝结在相对应的物象里，这物象就成了比较稳定的、有特定意义指向的意象来使用，具有某个词或句子相似的独立表意功能。这便是象征可以为用（局部象征）的原因。

所以在中国传统文学里，寄托、象征经常并用。这样既能防止情感一味地袒露，又可克服形象过分隐蔽晦涩，使作品隐显适度、虚实相生，产生出一种“全新的平衡”。如辛弃疾《念奴娇·登建康赏心亭呈史致道留守》，全篇所寄托情感比较显露，但局部却以“柳外斜阳，水边归鸟，陇上吹乔木”象征南宋日趋衰微的国势，以“江头风怒，朝来波浪翻屋”象征政局的险恶和危急，使作品产生半透明的美感。骆宾王、李商隐的咏蝉之作，都是寄托为体、象征为用的典范之作。

寄托中的局部象征有两类，一类是积淀了具体的社会内容并已被读者反复体验过，因而具有明确的指向性，用于任何作品中都不会改变其特定的内涵。如“西北高楼”和“斜阳断烟”意象，对于南宋人来说，分别是故国和衰微国势的象征。又如菊花对我国读者来说，是一种高洁品格的象征；樱花对日本读者来说，是国魂的象征，等等。另一类是只是浸染强烈的主观感情，或者暗寓个人的身世，或者是特定环境中主观心态的外化。只有联系作者身世和具体作品，才能大致把握其特定的内涵。如宝钗和黛玉的《咏白海棠》

诗，都暗寓了各自的身世和志趣。宝钗诗："珍重芳姿昼掩门"，是她恪守封建妇德、矜持豪门千金身份的写照；"淡报始知花更艳"，则是她风格冷峻却含热烈追求的自白。黛玉诗："月窟仙人缝缟衣，秋闺怨女拭啼痕"，暗示她"绛珠仙草"的来历和"眼泪还债"的命运。又如李商隐的《锦瑟》，是一首寄托遥深、令人难解的诗作，主要原因在于：1. 诗人以"锦瑟"作为情感的载体，其本身具有强烈的主观色彩，它并未凝结某种确定的社会内容。2. 中间两联："庄生晓梦迷蝴蝶，望帝春心托杜鹃。沧海月明珠有泪，蓝田日暖玉生烟。"刘学锴认为，它暗示诗人"身世遭逢如梦似幻，伤春忧世似杜鹃泣血，才而见弃如沧海遗珠，追求向往终归缥缈虚幻"[1]。这只能说是大致的把握，因为它究竟寄托了诗人什么感情，到目前为止，学术界仍然众说纷纭，莫衷一是。

---

[1] 《李商隐诗选》，第 255 页。

诗学与本体

一、中国古代诗歌的价值取向

（一）回归诗歌本体

本体，原是一个哲学概念，由德国哲学家郭支兰纽等人提出，后来康德哲学中也继承了这个概念，他把存在分成本体与现象两个范畴。所谓本体，即存在自身最真实、最根本的实体，而现象只是本体的表现，不是本体自身。西方现代较流行的文学本体论，就是研究文学这个事物的最真实的实体。关于文学本体的认识，现代西方有两种截然相反的看法：第一种是英美新批评派的看法，他们认为文学的本体就是作家写出来的文学作品，它作为实实在在地存在着的，具有特定的语言结构形式的东西，所以他们把作品又叫“本文”。另一种是法国现象学家们的看法，认为文学的本体并不是那个外在的作品，因为作品只不过是传达作者某种情绪、观念的工具，它并不是观念本身；真正称得上是文学本体的应该是作家凭借作品所要表达的那个观念。中国古人对文学本体的看法，总的来看持后一种意见：“诗本性情”；但是，从中国古代诗歌的创作实际来看，我认为主要与前一种意见相近。

中国文学的源头之一《诗》，早在西周初至春秋中叶主要有两个作用：一是用于宫廷、贵族的祭祀、典礼、宴会，当作一种仪式或娱乐宾客的节目；一是用于政治、外交和其他生活中，作为言志达意的交际工具。儒家学说的创始人孔子就强调学诗的目的是为了“事君”、“事父”，认为“诵诗三百，授之以政，不达；使于四方，不能专对，虽多，亦奚以为？”[1]《汉书·艺文志》云：“古者诸侯卿大夫交接邻国，以微言相感，当揖让之时，必称诗以谕其志，盖以别贤不肖而观盛衰焉。”[2]据《左传·襄公二十七年》载：齐庆封访鲁，吃饭时失礼，遭到讽刺。《左传·襄公二十六年》载：齐国派高厚参加晋国招待诸侯的宴会，东道主请各代表赋诗，高厚所赋因用得不得体，惹得晋国君臣恼火，结果联合与会诸侯攻齐。以上两种作用都体现了《诗》的实用性，即是说，这时用诗表达的“志”、“意”，还只是某种抽象的政治、伦理和道德观念。虽然《毛诗序》提出了“诗者，志之所之也，在心为志，发言为诗。情动于中而形于言”[3]，仿佛已经认识到诗歌的本体意义，但这里的“志”并非诗人心灵的流露，而仍然指某种政治、伦理和道德观念。《国语·周语上》载邵公语：“故天子听政，使公卿至于列士献诗，瞽献曲，史献书，师箴，瞍赋，矇诵，百工谏，庶人传语，近臣尽规，亲戚补察，瞽、史教诲，耆、艾修之，而后王斟酌焉，是以事行而不悖。”[4]《诗·小雅·节南山》：“家父作诵，以究王讻。式讹尔心，以畜万邦。”

---

[1] 《论语·子路》。

[2] 班固撰、颜师古注：《汉书》第二册，中华书局 2000 年版，第 1383 页。

[3] 《毛诗序》，见《中国历代文论选》第一册，第 63 页。

[4] 《国语》上册，上海古籍出版社 1978 年版，第 9—10 页。

《诗·小雅·巷伯》："寺人孟子，作为此诗。凡百君子，敬而听之。"《诗·小雅·四月》："君子作歌，维以告哀。"《诗·大雅·民劳》："王欲玉女，是用大谏。"《诗·大雅·嵩高》："吉甫作诵，其诗孔硕，其风肆好，以赠申伯。"这些都充分说明先秦诗人所注重的是诗歌的实用价值，而不是诗歌的审美价值。

中国文学另一个源头"楚辞"，特别是屈原的自传体政治抒情诗《离骚》，开创了由集体歌唱到个人独立创作的新纪元。诗中"情"、"志"并重兼取。"以言志激发诗人对生活和政治的丰富情感，又在强烈的抒情氛围中表达他的政治思想与愿为此而献身的坚定意志。"[1]但是，"屈原'志'的观念与荀子之'志'有很大的区别，虽然他所怀、所言之志，即他的治国主张和政治理想，是他十分热烈、十分执着的爱国、救国的雄心壮志，但是他无意以圣人之志为准则，更无意以'百王之道'为己志，而是抒发在种种现实遭遇中所激发出来的、不吐不快的、具有强烈个性特征的情志。情因志生，志因情显，皆与国家生死存亡息息相关，非一己之私"[2]。它说明屈原所言"志"，已与他以前诗歌中自发的所言"志"有质的不同，加入了个体情感乃至生命成分，体现了由集体歌唱到个人独立创作过渡阶段"情"、"志"相辅相成的特点。

"诗言志"观念一直统治到两汉以前的诗坛，所以这个时期的诗歌价值取向，主要是实用价值和道德价值。作为体现在诗歌中创作主体——诗人艺术个性的审美价值尚未被发现，或者居于次要地位。汉魏以后，军阀混战，尸体遍野；晋代魏立，大肆屠杀异己，人的生命

[1] 见《中国历代诗学论著选》，第 36—37 页。
[2] 同上。

价值被严重摧毁，于是引起文人们对生命价值的思考，人的“主体意识”觉醒，文学进入“自觉的时代”[1]，诗歌中诗人自我形象全面确立。《古诗十九首》的基本情感内容，就是由世事无常转向对个体生命价值的思考和珍惜。晋代陆机《文赋》提出“诗缘情”之说，一方面是对屈原抒情观念的进一步发挥；一方面则是对这种思考的深化在理论上的集中体现。与“言志”说不同，这里的“情”不再是某种政治、伦理、道德观念的图解，而是诗人心灵真诚的流露，是诗人对生命的独特体验，是诗人的个体主体性之情。至此，诗人们才获得对诗歌本体价值的深刻认识，“缘情”被界定为传统诗歌本体价值的本质特征。后来刘勰《文心雕龙·体势》、挚虞《文章流别论》关于诗歌体制的发挥性阐述，都是对陆机关于诗歌本体论的认同和强化。从“诗言志”到“诗缘情”，标志着传统诗歌的价值取向，由注重实用价值、道德价值到追求本体审美价值的根本性转变。由于个体主体性和鲜明差别，给诗歌的意象输入了新鲜血液，从而使中国古代诗歌成为血肉丰满的生命存在，构成它个性鲜活各异的生命景观：

> 它不是一般的触景生情、情景交融，更不是抒发偶发性的情感，而是诗人人格理想的对象化，浸透了他们的审美情感和理性思辨——作者把生活中的独特感受升华为某种观念，然后把它赋予这些自然物象，使之人格化，于是这些物象就成为这种观念的“同形同构”或“异质同构”的对应物，因而当其再现于作品时，它们不只是展示本身，还显示出其蕴含的更深广

---

[1] 鲁迅：《魏晋风度及文章与药及酒之关系》，《鲁迅全集》第 3 卷，人民文学出版社 1981 年版，第 504 页。

的意义；它是作者寻找、审视自身价值的人格内容和心理定势的投射与感应，富有知性，耐人寻味。[1]

质言之，诗人个体主体性的全面确立，并扬弃人类主体性的抽象与空洞而成为血肉丰满的生命存在，是中国古代诗歌意象产生的前提，并构成其本质内核。

由于儒家诗教的深远影响，“诗缘情”虽然动摇了“诗言志”的统治地位，但并未取代“诗言志”而成为诗歌的唯一价值取向，而是形成了与“诗言志”并峙为我国传统诗歌的两种基本审美流向格局，只是表现在一定历史时期谁为主导的价值取向。从诗人个体而言也是如此，有的诗人则兼持两种取向，视题材而定，反映社会生活多持“诗言志”取向，抒写个人性情多持“诗缘情”取向；或视体裁而定，诗则多“言志”，词则多“缘情”。

曹丕的《典论·论文》继承了孟子的“养气”说，提出了“文以气为主”的理论命题，强调尊重作家的创作个性，认为“建安七子”，其“气”不同，所擅长的文体也不同。首开了从作家生理和心理素质来评价作品风格的风气。葛洪在《抱朴子·外篇·尚博》中认为，有“文”然后有“德”，因为“文”是古代一切经典和“德”之依托。将诗文的审美价值提到很高的地位，是对儒家“有德者必有言；有言者不必有德”的“文以载道”诗教的有力反拨。范晔《狱中与诸甥侄书以自序》倡导“以意为主，以文传意”，并明确指出“意”是“情志所托”，“自得之于胸怀”，而非“圣人之道”[2]。进一

---

[1] 见拙作《宋词理性成分摭议》，载《江西师范大学学报》1991 年第 2 期。

[2] 范晔：《狱中与诸甥侄书以自序》，见《全上古三代秦汉三国六朝文》第三册，第 2519 页。

步丰富了陆机“诗缘情”本体价值的内涵。沈约则摒弃了诗“发乎情，止乎礼义”的政教价值论，从“情”与“文”的关系上，回归到文学本体尤其是诗歌本体来展示文学的发展史，其首创之功难以抹杀。钟嵘《诗品》是我国第一部以评论五言诗为主的诗歌评论专著，它认为诗是人之感物后“摇荡性情”的产物。人情入于诗，发于诗，才有“动天地，感鬼神”[1]的艺术魅力。显然将抒情视为诗歌的审美本质和本体价值。萧纲则将唯美的文学与政治功利彻底分离，他说：“立身之道，与文章异，立身先须谨重，文章且须放荡。”[2]他在《与湘东王书》中，明确反对“文必宗经”的儒家传统观点，将“吟咏情性”与“摈落六艺”视为文学发展的必然。虽然他的创作流于绮靡放荡，但从某种意义上说，宣泄七情六欲是人性回归在文学中的反映（包括积极与消极反映）。

以上是沿着“诗缘情”的本体价值不断充实发展、深化完善的审美流向。以下我们来看看沿着“诗言志”的实用价值、道德价值不断加强巩固的审美流向。

《毛诗序》云：“故正得失，动天地，感鬼神，莫近于诗。先王以是经夫妇，成孝敬，厚人伦，美教化，移风俗。”[3]强调的是诗歌的政教作用。裴子野在《雕虫论并序》中从儒家正统立场出发，对魏晋以来文学本体价值的回归全面否定。虽然他对南朝宋代“巧而不要，隐而不深”[4]的文风的抨击切中肯綮，但这不是他的真正用意，他的根本目的是对南朝文学冲破儒家“发乎情，止乎礼义”诗教樊

---

[1] 钟嵘：《诗品》，见《历代诗话》上册，第 2 页。

[2] 萧纲：《诫当阳公大心书》，见《全上古三代秦汉三国六朝文》第三册，第 3010 页。

[3] 《毛诗序》，见《中国历代文论选》第一册，第 63 页。

[4] 裴子野：《雕虫论并序》，见《中国历代文论选》第一册，第 324 页。

篱猛烈反击，以维护“文必宗经”的正统地位。元结的诗学观纯属儒家诗教，强调发挥有关政教风化的功用。他早期在《二风诗论》中自述作诗主张是“极帝王理乱之道，系古人规讽之流”[1]。后来在《系乐府序》中又说，他的创作动机是“尽欢怨之声者，可以上感于上，下化于下”[2]。元结这种诗学观成为白居易主张诗歌要“补察时政”[3]之先导。沈德潜创“格调”说，他在《说诗晬语》卷上中认为“诗之为道，可以理性情，善伦物，感鬼神，设教邦国，应对诸侯”[4]，要求诗歌为封建统治的政治目的服务。

但是，多数诗人在“诗言志”与“诗缘情”的取向上二者并重兼取，或者表现出矛盾的态度。如曹丕在提出“文以气为主”的同时，又将文学的价值提高到“经国之大业，不朽之盛事”[5]的地位，强调文学的“训勉”功用，使“诗赋欲丽”之“丽”成为其附庸[6]。曹植由于特殊的身世遭遇，在文学观念上轻视文学价值，认为“辞赋小道，固未足以揄扬大义，彰示来世也”[7]，重弹扬雄视辞赋为“篆虫雕刻”、“壮夫不为”的论调，把“戮力上国，流惠下民，建永世之业，流金石之功”[8]，放在文名不朽之上。然而从创作实际看，曹植的诗歌，较多抒写自己的身世遭遇，体验个体的生存和命运，载道的成分极少，理论和创作的价值取向存在比较明显的矛盾。杜甫是恪守儒家诗教比较执著的诗人，他创作的目的是为他“致君

[1] 元结：《二风诗论》，见《中国历代文论选》第二册，第 92 页。
[2] 元结：《系乐府序》，见《中国历代文论选》第二册，第 94 页。
[3] 白居易：《与元九书》，见《中国历代文论选》第二册，第 97 页。
[4] 叶燮等：《原诗 · 一瓢诗话 · 说诗晬语》，人民文学出版社 1979 年版，第 186 页。
[5] 曹丕：《典论 · 文论》，见《全上古三代秦汉三国六朝文》第二册，第 1098 页。
[6] 同上。
[7] 曹植：《与杨德祖书》，见《全上古三代秦汉三国六朝文》第二册，第 1140 页。
[8] 同上。

尧舜上，再使风俗淳”（《自京赴奉先县咏怀五百字》）的政治理想服务。但是他又忠实于诗歌的“缘情”特质，力图将功利观念内容完全化入诗歌艺术中去，以获得审美价值。他在评价前人和时人作品时，却侧重从诗歌本体价值加以审美评价，如对谢灵运、谢朓、沈约、鲍照、江淹、庾信、何逊、阴铿、初唐四杰、李白等人作品的评价都是如此。韩愈是一个思想颇为复杂和矛盾的作家，他一方面以竭力维护儒家正统为己任，标榜自己是继孟轲之后真正的“传道”者，大张旗鼓地倡导“文以载道”，所以他的散文尤其是政论文，多道学家面孔；一方面又力排众议，大胆冲破儒家某些正统观念之樊篱，将儒家反对的“怪力乱神”写进作品，特别是将幽默诙谐的情调引入诗歌领域，毫不掩饰地抒发自己的真情实感，充分表现自己的个性。给儒家文艺思想禁锢下的诗歌吹进了一股新鲜空气，打破了某些几乎近于正言厉色的说教文学的尴尬局面，不仅开阔了诗歌的创作天地，而且使诗歌由十分拘束的载道转入比较自由的抒写性灵。正如钱钟书所说：“退之可爱，正以虽自命学道，而言行失检，文字不根处，仍极近人。”[1] 黄庭坚鉴于苏轼文章“好骂”而招致罪贬黄州的教训，倡导儒家“温柔敦厚”的诗教，主张“不怨之怨”[2]，反对诗歌“怒邻骂座”[3]、直接批评时弊；一方面又持“诗者，人之情性也”[4] 的价值取向。在创作中多托松、竹、梅等意象，表达自己兀傲绝俗的人格理想和坚贞不屈的节操。

中国古代诗歌以个体主体性为内核，以抒情性主观化意象为表

---

[1] 钱钟书：《谈艺录》（补订本），中华书局 1984 年版，第 63 页。

[2] 黄庭坚：《胡宗元诗集序》，《豫章黄先生文集》卷一六，四部丛刊影印宋刊本。

[3] 黄庭坚：《书王知载〈朐山杂咏〉后》，《黄文节公全集·正集》卷二五，清乾隆刊本。

[4] 同上。

征，所以“缘情”就成为它的本体价值取向。由于承载实用价值和道德价值的“诗言志”审美流向并存，使得中国古代诗歌的发展受到严重干扰，不时地滑向政治教化的空洞而失落个体主体性，或者被人类主体性淹没，从而丧失自身的本体价值。因此，整个一部中国诗歌史，就是诗歌本体价值失落—淹没—回归的历史。一大批诗人始终在为摆脱诗歌从属于政治教化的工具命运、回归诗歌的本体价值不懈地努力，执著实践。值得欣慰的是，在琳琅满目的传统诗歌中，能够产生超越时空、甚至跨越国界的、具有经久不衰艺术魅力的作品，是那些以“缘情”为审美特质、以个体主体性为内核的诗歌，而不是那些承载政治教化功利观念的“言志”之作。当然，那些以意为主体，以情为内核，适当地融入“志”而成为完美统一的有机整体的诗歌，同样能够产生共时审美效应而广为流传，但是这类作品毕竟凤毛麟角。

如上所述，中国古人对文学本体的看法与法国现象学家们的看法相近。但是，“诗本性情”除了指诗是传达作者某种精神、观念这一层含义外，当还包含另一层含义，那就是：诗同时又是诗人生存状态、生存心理的表征，它不只是诗人及其精神，观念的载体或中介。如严羽在《沧浪诗话·诗辨》中所列诗之五法“体制”、“格力”、“气象”、“兴趣”、“音节”，“实指诗之本体五大审美要素及其呈现于接受者心目中的审美特征。五大审美特征的合成，体现了诗是一个有生命的整体”[1]。

诗歌回归本体的意义在于：诗人主体意识的觉醒，使得诗歌摆脱了作为政治、伦理和道德的附庸或工具命运，回归到“文学即人

[1] 见《中国历代诗学论著选》，第519页。

学”的本体价值上来。世界上最难认识的莫过于人自身。人是说不尽的神秘精灵，其情感的模糊性，内心世界的广阔性与丰富性，社会关系的复杂性，文化心理、气质性格的多样性……给艺术家的审美表现带来困惑。作为以表现人的情感为特质的诗歌，只有不断开掘感情载体——意象，才能肩负这一重大“使命”。所以我们认为，只有以个体主体性为内核，以抒情性主观化意象为表征的诗歌，才具有本体价值和意义，道理就在这里。

（二）建构象征世界

茅盾在《夜读偶记》里，系统地论证了现实主义是中国文学的传统方法，并认为中国文学的历史基本上就是现实主义与反现实主义的斗争史。这种观点明显比较偏颇，没有被普遍接受。目前通行的《中国文学史》，则把现实主义和浪漫主义概括为我国传统文学的两种基本创作方法，认为《诗经》和“楚辞”分别为这两种创作方法的直接源头。这种观点长期以来被普遍认同。我认为这两种创作方法不足以概括我国传统文学特别是以个体主体性为内核、以抒情性主观化意象为表征、并造成主题多义或朦胧审美效应的中国古代诗歌的创作实际。

意象与情感是诗歌两个内构要素，它们的不同构成关系，形成三种不同的创作方法：情感大于意象，主要表现为浪漫主义创作方法；情感与意象交融（所谓情景交融），主要表现为现实主义创作方法；意象大于情感，即情感隐藏在意象之中，则主要表现为象征主义创作方法。如屈原在作品中抒发理想，展开丰富的想象等就属于浪漫主义手法，而“香草美人”等则属于象征主义手法。

中国传统诗歌中的象征手法，与西方现代文学中的象征主义有着本质的区别，后者在理论上主张现实世界是虚幻的、痛苦的，而“另一个世界”则是真实的，诗歌的目的在于暗示“另一个世界”。为此，它要求摆脱自然主义描写外界事物的倾向，努力描写精神生活，探求内心的“最向真实”，凭着直觉臆造出来的某种不可捉摸的理想的美和抽象的意象，也就是作为诗歌中的外界事物的描写，没有实在的意义，而只是一种任意的或心情的附加品。[1] 中国古代诗歌中的象征，仅仅是一种创作方法，即“有寄托入，无寄托出”的手法。因为它达到了“指事类情”[2] 的艺术化境——隐去了具体情感的特指性，所以具有“称名也小，其取类也大”[3] 的象征功能。

中国古代诗歌以个体主体性为内核，决定了它建构象征世界的价值取向。在封建社会，当处于皇帝比较开明的时代，或天下比较太平的时期，个人言论相对自由，个体主体性也在一定程度上得到张扬。但是这种“自由”和“张扬”毕竟有一定限度，并且必须纳入封建道德规范，或不能触犯统治集团的利益。如屈原是我国古代第一个在诗中表现自我形象的诗人，他不为当世所容，除了他的政治主张与统治集团的利益根本冲突外，一个很重要的原因是他张扬个性的言行与现实格格不入。汉代班固批评屈原“露才扬己”[4]，就是当时一种具有代表性的看法。屈原这种精神在后世许多作家身上得到发扬光大。李白就十分钦慕屈原的人品和诗品，他说：“屈平词赋悬日月，楚王台榭空山丘。”（《江上吟》）李白傲岸的性格不为权

[1] 《西方现代哲学与文艺思潮》，上海文艺出版社 1987 年版，第 199 页。

[2] 周济：《介存斋论词杂著》，见《词话丛编》第二册，第 1630 页。

[3] 刘勰：《文心雕龙·比兴》，见《中国历代文论选》第一册，第 71 页。

[4] 班固：《离骚序》，见《中国历代文论选》第一册，第 89 页。

贵所容而遭谗言，结束了三年供奉翰林的生活，愤然离开了长安。柳永虽词名远扬却一直考不中进士，因为权贵们鄙视他与伶工乐伎为伍，说他“士行尘杂”而加以排斥。柳永对这种歧视十分愤慨，写了一首《鹤冲天》：“何须论得失，才子词人，自是白衣卿相”，“忍把浮名，换了浅斟低唱”。据吴曾《能改斋漫录》卷一载：一次发榜，仁宗看到柳永的名字便一笔勾掉，说：“且去浅斟低唱，何要浮名？”[1]我认为，柳永这种遭遇，不仅仅是因为他与乐工歌伎为伍，还因为他把这些经历尽情无遗地吐露在词中，最根本的原因是他蔑视功名富贵，嘲讽科举制度，毫不掩饰地张扬自己的个性。

承平时代尚且如此，其他时期便可想而知。纵观整个封建社会，多数时期政治黑暗腐败，言论没有自由，文网密布，文人们稍有不慎便招致祸患。因此他们内心十分恐惧、压抑和苦闷，生命价值在寂寞中燃烧毁灭。然而政治上越是高压，诗人们越是执著地探索个体生命的生存价值和意义。在儒家“达则兼济天下，穷则独善其身”的处世哲学影响下，多数诗人出于一种社会责任感和正义感，仍然要干预现实，指陈时弊，发表自己的看法。为了避免祸害，他们便将情感隐藏在象征性意象之中，曲折含蓄地传达出来：或借古讽今；或托自然物象寄托自己的坚贞节操和人格理想，从而在象征世界里，顽强地张扬被压抑被扭曲的个体主体性。

中国古代诗歌以抒情性主观化意象为表征，也决定了它建构象征世界的价值取向。从表现客体看，汉字多数具有象征性功能，为诗人创造意象、建构象征世界提供了可能。从创作主体看，《诗经》、“楚辞”所开创的比兴寄托、象征暗示的表现手法，为后世诗人自觉

[1] 吴曾：《能改斋漫录》卷一，见《词话丛编》第一册，第135页。

取法。杨载《诗法家数·诗学正源》把比兴手法推为“诗学之正源，法度之准则”[1]。陈廷焯在《白雨斋词话》中则将比兴手法对后世的影响描述为“伊古词章，不离比兴”[2]。王逸《离骚经序》云：“《离骚》之文，依《诗》取兴，引类譬喻。故善鸟香草，以配忠贞；恶禽臭物，以比谗佞；灵修美人，以媲于君；宓妃佚女，以譬贤臣；虬龙鸾凤，以托君子；飘风云霓，以为小人。”[3] 刘勰《文心雕龙·比兴》也说：“楚襄信谗，而三闾忠烈，依《诗》制《骚》，讽兼比兴。”[4] 比兴手法之所以为后世诗人奉为圭臬，是由传统诗歌重抒情轻叙事说理的本体特质的审美品格决定。李东阳《麓堂诗话》云：“所谓比与兴者，皆托物寓情而为之者也。盖正言直述，则易于穷尽，而难以感发。惟有所寓托，形容摹写，反复讽咏，以俟人之自得，言有尽而意无穷，则神爽飞动，手舞足蹈而不自觉，此诗之所以贵情思而轻事实也。”[5]

在理论上，刘勰《文心雕龙》中特撰《比兴》篇，用“拟容取心”来界定比兴的特点，是对《诗经》以来的比兴理论的升华和深化，具有发明意义，为后世诗歌创作灵活地操作比兴手法，拓展了更为宽广的艺术天地。陈子昂在《与东方左史虬修竹篇序》中批判了南朝齐梁以来“彩丽竞繁，而兴寄都绝”的诗风，标举比兴寄托，对于扭转初唐诗坛仍然有市场的齐梁“绮靡”过甚的“宫体”诗风，使唐代诗歌向“兴寄”的本体回归、沿着“缘情”的审美流向健康发展，起到了廓清道路的关键作用，成为下启盛唐的划时代诗人之

[1] 杨载：《诗法家数》，见《历代诗话》下册，第 727 页。
[2] 陈廷焯：《白雨斋词话》，见《词话丛编》第四册，第 3750 页。
[3] 王逸：《离骚经序》，见《中国历代文论选》第一册，第 155 页。
[4] 刘勰：《文心雕龙·比兴》，见《中国历代文论选》第一册，第 71 页。
[5] 李东阳：《麓堂诗话》，见《历代诗话续编》下册，第 1374—1375 页。

一。清代自张惠言提倡用比兴说词，掀起了一股崇尚比兴寄托的词学思潮。张惠言在《词选序》中说：

《传》曰："意内而言外谓之词。"其缘情造端，兴于微言，以相感动。极命风谣里巷男女哀乐，以道贤人君子幽约怨悱不能自言之情。低徊要眇以喻其致。盖《诗》之比兴，变《风》之义，《骚》人之歌，则近之矣。[1]

其后，周济、陈廷焯、谭献等进一步发挥了这种理论。周济论寄托已如上述。陈廷焯《白雨斋词话》卷二云：

感慨时事，发为诗歌，便已力据上游。特不宜说破，只可用比兴体。即比兴中，亦须含蓄不露，斯为沉郁，斯为忠厚。[2]

他甚至认为操作比兴的表现方法，有助于诗歌风格特征的形成，显然是对《词选序》论点的补充和发展。谭献在《复堂词录序》中说：

是故比兴之义，升降之故，视诗较著。夫亦在于为之者矣。……旁通其情，触类以感，充类以尽。甚且作者之用心未必然，而读者之用心何必不然。[3]

---

[1] 张惠言：《词选序》，见《词话丛编》第二册，第1617页。
[2] 陈廷焯：《白雨斋词话》，见《词话丛编》第四册，第3797页。
[3] 谭献：《复堂词录序》，见《词话丛编》第四册，第3987页。

他指出由于比兴手法在词中的运用，使得词之主旨、意象、意境，具有“旁通其情，触类以感，充类以尽”的象征功能，为读者的审美再创造提供了自由的广阔天地。

在创作中，以比兴寄托的表现手法建构象征世界，成为中国传统诗歌一个鲜明的价值取向。曹植的一生以曹丕称帝为界，分为前后两期。后期备受压抑迫害。据刘义庆《世说新语·文学第四》载：曹丕曾命他七步之内为诗，不成者行大法。曹植文思敏捷，立马吟就：“煮豆持作羹，漉菽以为汁。其在釜下燃，豆在釜中泣。本自同根生，相煎何太急！”[1]它以象征手法表现了骨肉自相残杀的险恶环境和自己遭受迫害的愤怒心情。他的《吁嗟篇》、《野田黄雀行》、《七哀》、《美女篇》等，都是以象征手法，分别传达了他“十一年中而三徙都”的生活处境和痛苦心情，寄托了他解救受害者的理想和反抗情绪，也表达了君臣不偶、怀才不遇的失意感情。阮籍处于司马氏统治的政治高压之下，满腔愤懑不平却不能直说，因此他的八十二首《咏怀诗》多用比兴手法，或用自然事物象征，或用神话游仙暗示，使得诗旨隐晦曲折。正如钟嵘《诗品》所说：“言在耳目之内，情寄八荒之表”，“厥旨渊放，归趣难求”。[2]左思的代表作《咏史》八首，往往错综史实，连类引喻，名为咏史，实为咏怀。张玉穀《古诗赏析》评价说：“或先述己意，而以史事证之。或先述史事，而以己意断之。或止述己意，而史事暗合。或止述史事，而己意默寓。”[3]总之，无论哪种情形，均借古讽今，借史咏怀，具有象征特征。陈子昂不仅在理论上倡导恢复诗歌比兴传统，在创作上

---

[1] 张㧑之：《世说新语译注》，上海古籍出版社 1996 年版，第 200 页。

[2] 钟嵘：《诗品》，见《历代诗话》上册，第 8 页。

[3] 张玉穀著、许逸民点校：《古诗赏析》，上海古籍出版社 2000 年版，第 251 页。

也积极实践这一理论主张。他的《感遇》三十八首五言古诗，多数托物寓意，运用以香草香花象征自己高洁品质的传统手法，描写兰草和杜若春夏欣欣向荣，空绝群芳，待到秋风一起便摇落凋零，表达自己政治上失意、不能及时有为的苦闷。张九龄《感遇》十二首，也多托物寄怀。其中第七首以橘自况，以桃李影射当权得势的小人，暗示朝政的紊乱和小人的得宠，寄托自己对遭受排挤打击、被贬失意的身世遭遇的愤愤不平。李白诗中的“大鹏”意象，杜甫诗中的“瘦马”意象，都是诗人自我形象的象征。李贺、李商隐更为自觉、娴熟地操作象征手法，堪称象征主义诗人。陈式《重刻昌谷集注序》云：“贺之为诗，无有不题定而觅意，却又意定而觅题。多是题所应讳，则借他题以晦之。”[1] 它指出了李贺诗歌题旨多隐讳的特征。我认为这种特征的形成，主要是操作象征手法的结果。朱鹤龄《笺注李义山诗集序》认为李商隐“其《梓州吟》‘楚雨含情俱有托’，早已自下笺解矣。”[2] 因此李商隐爱情诗的内涵比较复杂，除了少数作品确属实赋本事，为纯描写爱情生活外，多数作品既写爱情，又寄托政治内容和身世之感，正如诗人自白：“巧啭岂能无本意？”（《流莺》）“为芳草以怨王孙，借美人以喻君子。”[3] 李贺、李商隐所建构的象征世界，分别给读者“虚荒诞幻”[4]、“独恨无人作郑笺”的审美效应（元好问《论诗三十首》其十二）。

---

[1] 陈式：《重刻昌谷集注序》，见王琦等《李贺诗歌集注》，上海古籍出版社 1978 年版，第 371 页。

[2] 朱鹤龄：《笺注李义山诗集序》，见刘学锴：《汇评本李商隐诗》，上海社会科学出版社 2002 年版，第 8 页。

[3] 李商隐：《谢河东公和诗启》，见董诰等编：《全唐文》第八册，中华书局 1983 年版，第 8119 页。

[4] 杜牧：《李贺集序》，见《中国历代文论选》第二册，第 186 页。

中国古代诗歌发展到宋词，建构象征世界就成为诗人们的主要价值取向。婉约派之所以被尊为词坛正宗，我认为主要原因是它操作比兴寄托为主的创作方法，建构起一个以抒情性主观化意象为表征、从而开掘人性深度的象征世界。它的主要特点是，多托男女欢情表现诗人的身世遭遇和理想怀抱，摒弃了人类主体性的空洞，使诗向本体接近、回归和深入。即使是反映现实斗争和时代精神为主的豪放派，也常用比兴寄托手法，曲折委婉地表现自己进与退的矛盾心情，年岁渐老、功业未就的苦闷，遭贬失意的孤独，报国有心、请缨无路的悲凉，备受猜忌排挤、知音难觅的凄楚等。苏轼的《水调歌头》（“明月几时有”）、《定风波》（“莫听穿林打叶声”）、《卜算子》（“缺月挂疏桐”）等，都是寄托象征佳作。他的《水龙吟·次韵章质夫杨花词》不仅情调幽怨缠绵、风格婉约低回，“似花还是非花”一语，还成为象征主义的形象注脚。豪放派的另一位代表辛弃疾，他的代表作《水龙吟·登建康赏心亭》曲折迂回地表达了功业未就的抑郁心情。《菩萨蛮·书江西造口壁》用比兴手法，表达自己渴望恢复中原的爱国思想，及其羁留后方、抑塞不舒的苦闷。《摸鱼儿》（“更能消、几番风雨”）通篇用比兴手法，极写春意阑珊的哀怨之情，寄托政治上的幽愤之感。像《祝英台近·晚春》、《青玉案·元夕》都是寄托遥深、词旨难明的象征之作。梁启超认为后者词旨是“自怜幽独，伤心人别有怀抱”[1]。总之，纵观辛弃疾的词作，不论是抒发“气吞万里如虎”的豪情，还是诉说个人失意的苦闷，多数都具有“欲说还休，却道天凉好个秋”（《丑奴儿》）——言在此而意在彼的象征特点。

---

[1] 梁令娴：《艺蘅馆词选》丙卷引，广东人民出版社 1981 年版，第 96 页。

元明诗词相对沉寂，意象化程度稍逊前代。但是比兴寄托手法仍然为多数诗人取用。王冕的《梅花》诗，关汉卿的《南吕一枝花·不伏老》，王鼎的《拨不断·大鱼》、《醉中天·大蝴蝶》，马致远的《天净沙·秋思》，王磐的《朝天子·咏喇叭》，于谦的《石灰吟》等，都是象征佳作。清代诗坛以王士禛为代表的“神韵派”，以袁枚为代表的“性灵派”，多操作比兴寄托手法，建构象征世界。清代词坛，由于浙西词派和常州词派，都在理论上倡导比兴寄托说，比兴寄托之作空前繁荣，蔚为奇观。近代诗坛的“南社”，也继承了比兴传统，寄托革命怀抱和理想以及坚贞不屈的民族气节。

周作人认为，“兴”“用新名词来讲或可以说是象征”[1]。这话有点绝对化。我认为，并非凡是比兴都具有象征功能。是否可以这样说，比兴是建构象征世界的主要创作方法之一。另一点要说明的是，中国古代诗歌所操作的象征创作方法，与西方象征主义只是作为一个历史范畴的文学流派异质，它往往与浪漫主义、现实主义创作方法结合使用，源远流长，经久不衰。因此，建构象征世界不是中国古代诗歌的唯一价值取向，但应该是它的主要价值取向。日本学者厨川白村在《苦闷的象征·创作论》中指出：“生命力受了压抑而生的苦闷懊恼乃是文艺的根柢，而其表现法乃是广义的象征主义。”[2] 可以说，中国古代诗歌的根柢正是诗人“生命力受了压抑而生的苦闷懊恼”，所以建构象征世界成为它的主要价值取向之一，就顺理成章了。

---

[1] 周作人：《扬鞭集序》，《扬鞭集》上册，北新书局 1926 年版。

[2] 《鲁迅全集》第 10 卷，第 232 页引。

二、中国古代诗歌的生命探索

艺术家对生命探索有两种基本形式：一种是表层的。从人文科学角度看，作为感性冲动的生命，艺术家常常探索承载、交错在人这种生物形式上的社会、历史、文化的关系，体现为艺术家对历史和个体生命的把握。这种探索艺术家通常能意识到，属于“经验”层次。另一种是深层的。它表现出艺术家对生命本身的“生命向力”的体悟，属于超验的。在作品中经常体现出一种人的生命对未来的追求及深刻的生命的、死亡的体验。这种体悟艺术家通常不能清醒地觉察到。但是，正是这种发自生命本体的感性冲动，孕育了人类最辉煌的生命之花——艺术。[1] 恩斯特·卡西尔说：“我们更多的是生活在对未来的疑惑和恐惧、悬念和希望之中，而不是生活在回想中或我们的当下经验之中。……在某种意义上，这种倾向似乎没有超出一切有机生命的界线。……它与其说是一种单纯的期望，不如说已变成人类生活的一个绝对命令。并且这个绝对命令远远超出了人的直接实践需要的范围。在它的最高形式中它超出了人的经验范围。”[2] 艺术家对生命的探索，形成一道多彩多姿的生命风景线。本论所观照的只是这一亮丽风景线的一个景点。

（一）对人类生存状态的呈示

形而上的探索、奋斗、殉道与形而下的衣食住行、生老病死、

[1] 参见李丽芳：《论艺术家生命体验的意义》，载《思想战线》1990 年第 3 期。
[2] 恩斯特·卡西尔：《人论》（中译本），上海译文出版社 1985 年版，第 69—70 页。

本能欲望，构成人类生存状态的基本层次，后者是多数普通个体生命的生存状态。自从诞生以来，人类就生存在充满矛盾的世界之中。在远古社会，这种矛盾主要表现为人与自然的冲突对抗；在阶级社会里，这种矛盾则表现为人与社会、人与人、人与自我的斗争。从此，人类一直在为调节、改变这种生存状态执著地抗争。人类由于对生存现状的不满，因而产生了对理想生存状态的虚构。儒家心目中的理想生存状态是："浴乎沂，风乎舞雩，咏而归"（《论语·先进》）；"五亩之宅，树之以桑。……鸡豚狗彘之畜，无失其时。……百亩之田，勿夺其时。……谨庠序之教，申之以孝悌之义。……老者衣帛食肉，黎民不饥不寒"（《孟子·梁惠王章句上》）。道家理想中的生存状态是："甘其食，美其服，安其居，乐其俗。邻国相望，鸡犬之声相闻，民至老死，不相往来"（《老子》第十八章）；"卧则居居，起则于于，民知其母，不知其父，与麋鹿共处，耕而食，织而衣，无有相害之心，此至德之隆也"（《庄子·盗跖》）。佛教认为，凡世如同无边的苦海，主要来自人类种种欲望的困扰。佛教宣称它的神职就是帮助人类涤除欲望，超度现实人生的苦海，达到来世的极乐。但是，无论是儒家的大同社会，还是道家的小国寡民，或是佛教的极乐世界，都只是一种形而上的精神家园。人类难以超越的依然是衣食住行等基本生存状态，正如陶渊明所说："人生归有道，衣食固其端。孰是都不管，而以求自安？"（《庚戌岁九月中于西田获早稻》）人生的终极归依是"道"，但衣食是人生存的前提。衣食来源于农业生产，人们怎么能够不经营耕织而获得生存的保障呢？陶渊明虽然主要接受了道家思想的影响，但是他的归隐田园主要是不愿与污浊的官场同流合污，保持自己高尚的节操；决不像其他隐士那样，一味清高，似乎不食人间烟火，高蹈于人类生存状态之外，而是关注现实人生，“结庐在人境”，栖身于人类生存状态之中。他说：“先师有遗训，忧道不忧贫。瞻望邈难逮，转欲志常勤。秉耒欢时务，解颜劝农人。”（《癸卯岁始春怀古田舍》）他对儒家所倡“道”即治世方针、理论，不是没有考虑过，但觉得太高远难以实现，于是立志长期参加劳动耕作，切实关注衣食等最基本的生存问题。务实的人生态度，使得陶渊明对人类生存状态有比较清醒的认识：“人生无根蒂，飘如陌上尘。分散逐风转，此已非常身。落地为兄弟，何必骨肉亲！得欢当作乐，斗酒聚比邻。盛年不重来，一日难再晨。及时当勉励，岁月不待人。”（《杂诗十二首》其一）他认为人生在世如无根之木、无常之花，没有着落，没有根柢；又好比大路上随风飘转的尘土。由于命运不能自主，人生漂泊不定，种种遭遇和变故不断改变着人，使得人渐渐迷失了自我。既然如此，又何必在乎骨肉之亲、血缘之情呢！人生在世应该如同兄弟一样相亲相爱。这种泛爱的理想追求本于儒家的“仁爱”思想。《论语·颜渊》云：“四海之内，皆兄弟也。”“得欢当作乐，斗酒聚比邻”，既然人生短暂，欢乐又不长久，所以一旦遇上就不要轻易放过。这种思想又本于《古诗十九首》：“人生天地间，忽如远行客”，“人生寄一世，奄忽若飘尘”，“昼短苦夜长，何不秉烛游”，“不如饮美酒，被服纨与素”。但与《古诗十九首》中及时行乐的消极思想不同，陶渊明在诗中含有勉励人们抓紧时机、珍惜光阴、实现生命价值的积极意义。封建社会社区个体生命的生存状态，更令人悲哀的是频仍的人祸天灾。试读梅尧臣的《田家语》：

谁道田家乐？春税秋未足。
里胥扣我门，日夕苦煎促。

盛夏流潦多，白水高于屋。
水既害我菽，蝗又食好粟。
前月诏书来，生齿复板录。
三丁籍一壮，恶使操弓韣。
州符今又严，老吏持鞭朴。
搜索稚与丈，唯存跛无目。
田间敢怨嗟，父子各悲哭。
南亩焉可事？买箭卖牛犊。
愁气变久雨，铛缶空无粥。
盲跛不能耕，死亡在迟速。

前四句写田家的春税到秋还未能交足，地保、里长上门催逼急促；次四句写在水灾、蝗虫的侵袭下，秋收无望，田家处境更加悲惨；“前月诏书来”八句写兵役给田家带来的严重灾难，只有跛子和瞎子幸免，造成了室无壮丁的凄惨情景；后八句写在租税、天灾、兵役的煎逼下，田家有怨无处诉说，为了自备兵器，只有把牛犊卖了，致使农田荒芜。加上淫雨连绵，无米下锅，连稀粥也吃不上，瞎子和跛子又无力耕种，只有等着饿死。这首诗写的虽然只是北宋时期田家的悲惨处境，但富有典型意义，概括了整个封建社会田家的生存状态。

封建社会田家这种多灾多难的生存状态，在当时的现实中无法逃避，无法改变，所以不少诗人只有在幻想中建构一个没有剥削和压迫的“世外桃源”，正如陶渊明《桃花源记并诗》所描绘：

相命肆农耕，日入从所憩。

桑竹垂余荫，菽稷随时艺。
春蚕收长丝，秋熟靡王税。
荒路暧交通，鸡犬互鸣吠。
俎豆犹古法，衣裳无新制。
童孺纵行歌，斑白欢游诣。
草荣识节和，木衰知风厉。
虽无纪历志，四时自成岁。
怡然有余乐，于何劳智慧。

继陶渊明之后，历代文人歌咏桃源之作层出不穷，其中著名的有王维的《桃源行》、韩愈的《桃源图》和王安石的《桃源行》，它们都取材于桃源故事，虽然各具创作特色，艺术情趣也不相同，但一个共同的特点就是，反映诗人对乱世的厌恶与对淳朴平等社会的向往。从生命探索角度讲，就是向往一种理想的人类生存状态。

衣食住行、七情六欲不能满足，各种灾害的威胁等，都不是人类生存的最大困惑。随着社会的进化，科学的发展，这些都能得到逐步解决以至消除。人类生存最大的悲哀，莫过于宇宙无穷与人生有限矛盾无法解决，这是人类生存状态内在的、深层的矛盾。试看张若虚的《春江花月夜》：

江畔何人初见月？江月何年初照人？
人生代代无穷已，江月年年只相似。
不知江月待何人，但见长江送流水。

这里的“江”和“月”代表宇宙，“江月年年只相似”，表明宇宙永恒。“人生代代无穷已”，似乎说人生世代相续、也永恒无穷，但从“江畔何人初见月？江月何年初照人”的发问可知，初见月的人，被月初照的人，如今已无从知道，因为他们早已谢世，早已被后辈取代。江月似乎有情在等待什么人，但这个人不是某个个体生命，而是群体生命；不是一代人，而是无穷代人。它的新陈代谢在历史的长河中简直是弹指一瞬，所以江月永远等不到这个“人”，只有长江流水依旧。诗人将江月写得如此多情，实则写出了时光的无情，宇宙的无情，从而在无情中揭示出人类生存的深刻矛盾。这首诗被闻一多先生誉为“诗中的诗，顶峰上的顶峰”[1]，我认为就在于它超越了时空，揭示了整个人类生存状态的共同矛盾，产生了“共时效应”。

（二）对个体生存心理的体验

与人类生存状态主要作为外在形式呈示不同，个体生存心理是内在情绪。不同的诗人对前者可以通过冷静客观的审视，把握其共同性、普遍性特征。对后者则不然，诗人只有切入个体生命内部进行体验，才能揭示其本质。人类生存状态林林总总，千姿百态，实际可概括为两种基本层次状态。个体生存心理则如平静的河床，其内部潜流的涌动十分活跃，极为丰富，诸如由节序如流引起生命短暂的感叹；对孤独寂寞的咀嚼；对生的渴求、死的恐惧；对理想境界的向往追求……无数个体生命的独特体验，构成人类生存的多层次景观。

[1] 闻一多：《唐诗杂论》，上海古籍出版社 1998 年版，第 18 页。

宇宙无穷而人生有限，这是不以人的意志为转移的客观事实。如何在有限的人生，做出一番事业，建立功名，或者过得充实快意，每个人都曾经设计规划过。然而在现实生活中往往事与愿违，哪怕是最低的愿望也得不到满足，过高的企望更易化为泡影。“人生在世不称意”，恐怕是绝大多数个体生命的命运写照。因此由节序如流引起生命短暂、功业未就的感叹，从而转向焦虑悲哀或者及时行乐，便成为个体生命生存的一种普遍心理。

> 汩余若将不及兮，恐年岁之不吾与。
> ……
> 日月忽其不淹兮，春与秋其代序。
> 惟草木之零落兮，恐美人之迟暮。(《离骚》)

这是屈原的生存心理。一年四季周而复始，时光流逝而不停留，引起诗人“美人迟暮”的深深忧虑；从草木由盛而衰，联想到自己老之将至而焦灼不安。屈原曾经满腔热情辅佐楚怀王，举贤任能，修明法度，联齐抗秦，以期振兴楚国，实现“美政”。可是楚怀王昏庸不察，听信小人谗言而疏远他，楚襄王则将他流放到江南。在政治理想破灭之后，屈原转向自身节操的修养：“老冉冉其将至兮，恐修名之不立”，“进不入以离尤兮，退将修吾初服”，“及年岁之未晏兮，时亦犹其未央。恐鹈鴂之先鸣兮，使夫百草为之不芳”(《离骚》)。诗中反复申诉自己的高尚节操，多次表示要趁年壮时努力修身立名，又处处流露出岁月蹉跎、唯恐美好的名声树立不起来的忧虑。感叹世事无常、人生短促，则是《古诗十九首》所反映的共同生存心理。与屈原感到人生短暂自勉趁早修身立名不同，《古诗十九首》的作者，在人生短暂面前所采取的态度是，或追求及时行乐；或捷足先登占据要职；当然也有洁身自好、对身后名誉的在乎。总之，他们认为圣人与平民百姓一样，最终都免不了一死；服药求仙又常中毒身亡；那些“惜费”者，不知道及时享受，却苦苦地为子孙后代经营积累，忧心忡忡，简直愚蠢之至，遭到世人嗤笑。他们这种生存体验、人生态度，虽然隐含着主体性的觉醒、对生命的珍惜，但与屈原修身爱国、用全部生命追求崇高理想相比，显得消极颓废。反映了汉代末年经历了董卓之乱的一代文人生存的共同心态。

中国古代诗人对个体生存心理的体验，有时是通过对自然事物细致的观察和细腻的体验，来反观万物之灵长——人的生存价值和生命意义。杜甫《春夜喜雨》：“好雨知时节，当春乃发生。随风潜入夜，润物细无声。”热烈讴歌春雨滋润万物茁壮成长的勃勃生机。白居易《赋得古原草送别》：“离离原上草，一岁一枯荣。野火烧不尽，春风吹又生。”描写古原草的枯荣，侧重于它的茂盛，并由此生发，写出野草顽强的生命力，透露出诗人的坚强意志和豪迈气概，富有人生哲理，给人启迪。

死亡意味着生命的终结。儒、道两家对死亡都作过探索，孔子说：“未知生，焉知死？”（《论语·先进》）他所关注的是活着的人。庄子从相对论的观点来看待生死，所以显得达观，他说：“上与造物者游，而下与外死生无始终者为友。”（《庄子·天下》）但是儒、道两家都未曾切入死者角度来设想离开人世后所发生的主客观方面的情形。陶渊明是我国第一个切入死者角度来体验死亡心理的诗人。试看他的《拟挽歌三首》。第一首写生命终结——死亡和入殓，阐述自己的生死观：人有生必有死，即使死得早也不算短命。人死后灵魂便消散了，只剩下一具尸体装入棺材，从此世间的得失、是非、荣辱都不复知觉。否定了当时流行的道家的长生之术和佛教的形尽“神不灭”思想，反映了作者朴素的唯物思想。接着设想儿女、朋友抚棺痛哭的情景，最后说，遗憾的是生前未能饮足酒，反映了作者对生之内涵、生活情趣的理解。第二首写受奠。紧承前首诗说，生前饮酒不足，此时虽然灵前觞中斟满了新酿的春酒、案前设满了丰盛的佳肴，却再也品尝不了了。亲戚朋友在身旁哭泣，自己欲言却发不出声音，欲看他们一眼却睁不开眼睛。而一旦葬于荒山，想回家已永无时日了。第三首写送殡下葬过程。以“荒草”、“白杨”渲染墓冢的荒凉萧瑟，然后倒叙在“严霜”中出殡的凄凉氛围。接着说，一旦葬于坟墓，便进入漫漫黑夜，不论贤士达人都无可奈何。送殡人各自回家了；家属亲戚，因与自己有血缘关系，想起死者也许会有点难过，还可能持续一段时间；但那些与自己关系疏远者，则很快将死者遗忘，因为他们参加葬礼，只是出于应酬，其内心并不会有悲伤可言。表明诗人看破世态炎凉。最后说，人死之后还有什么可说呢？只是把尸体托付于大自然。这与诗人“纵浪大化中，不忧亦不惧；应尽便须尽，无复独多虑”（《形影神·神释》），“聊乘化以归尽，乐夫天命复奚疑”（《归去来辞》）的观点一致，反映了诗人对死亡的大彻大悟。这在崇尚清谈、言及死亡却心惊色变的当时，尤为难能可贵。

陈子昂是一个有远大理想的知识分子，他以卓越的政治才识博得皇后武则天的赏识，被拜为麟台正字。武则天代唐自立，建立武周政权后，他升为右拾遗。他从儒家兼济天下的思想出发，提出了安人的系列政治主张，充分显示了他的远见卓识和政治才干。王夫之说：“陈子昂以诗名于唐，非但文士之选也。使得明君以尽其才，驾马周而颉颃姚崇，以为大臣可矣。”[1] 可惜陈子昂这些进步主张并未被武则天采纳。相反，由于“言多切直，书奏，辄罢之”[2]，屡屡碰壁，甚至“坐缘逆党”而被收系入狱，空有抱负，才华难展。在十多年的政治生活中，陈子昂曾两次从军边塞。万岁通天元年(696) 契丹李尽忠、孙万荣叛唐，陈子昂随建安王武攸宜东征契丹。由于武攸宜武断无能，东征大败。子昂曾献奇计，未被采纳，反而被贬为军曹。陈子昂悲愤交织，“因登蓟北楼，感昔乐生（毅）、燕昭之事，赋诗数首，乃泫然流涕而歌曰‘前不见古人，后不见来者。念天地之悠悠，独怆然而涕下’。时人莫之知也”[3]。一二句俯仰古今，写出时间之绵长；第三句登楼远眺，写出空间之辽阔，然后在以时间为经、空间为纬的广阔无垠的宇宙背景中，诗人直抒怀才不遇的愤懑之情和知音难求的孤独感。它之所以引起古往今来无数有志之士的强烈共鸣，就在于它不仅成为他们怀才不遇的孤独写照，而且从哲学层次上揭示出宇宙无穷、人生有限这一人类无法克服的对抗性矛盾中个体生命最深刻的孤独。陈子昂仿佛是站在时空的坐标轴中心，一声长啸，与整个宇宙的律动共振，在历史的长河上空回响震荡，经久不息。

（三）对人生命运价值的思考

孔子继承了殷周以来的天命思想，承认天是人的死生、贵贱的主宰者，天命不可抗拒。他说：“畏天命。”（《论语·季氏》）又说：

---

[1] 王夫之：《读通鉴论》卷二一，中华书局 1975 年版，第 19 页。
[2] 陈子昂：《谢免罪表》，《全唐文》卷二三八，第 2412 页。
[3] 卢藏用：《陈子昂别传》，见《全唐文》卷二三八，第 2413 页。

“获罪于天，无所祷也。”（《论语·八佾》）庄子不但感到不能抵挡没落的命运，而且连生存的条件也失去了保证，于是只好幻想精神上的绝对自由。在处世态度上，他主张顺应自然，被动接受命运的安排。荀子则提出了“人定胜天”的积极思想，强调发挥人的主观能动性，否定了传统的“天命观”。纵观人类的命运，比较普遍的是：人生如风中转蓬，往往自己不能把握命运，像是有一种神秘、巨大的力量在控制你。不管你多么努力，总是达不到主观愿望；或者事与愿违；付出了却得不到应有的回报；生活过，进取过，却得不到社会的承认和理解。因此，人生命运的主宰究竟是自己还是别的什么？人生价值究竟是只有奉献没有索取，或者只有索取而不讲奉献？或者个人的奉献与索取、社会的承认和理解，相辅相成，辩证统一？它成为人类关心和思考的主要问题之一。

汉代末年，董卓之乱以及关东州郡将领征伐董卓中的争权夺利，使社会处于旷日持久的大动乱之中，广大人民在频仍的战争中遭受严重的灾难，造成了中原一带“白骨露于野，千里无鸡鸣”的荒凉惨象。时代的剧变，个体生命遭到毁灭性打击，于是引起文人对人生命运价值的思考。曹操以一个政治家、军事家的气魄，奏响了生命的最强音，试看他的《步出夏门行·龟虽寿》：

神龟虽寿，犹有竟时；
腾蛇乘雾，终为土灰。
老骥伏枥，志在千里；
烈士暮年，壮心不已。
盈缩之期，不但在天；
养怡之福，可得永年，

幸甚至哉，歌以咏志。

神龟虽然长寿，毕竟有死亡之日；腾蛇尽管能够腾云驾雾，终究要化为灰土。年老的千里马虽然伏在马棚里，但它仍有驰骋千里的雄心。奋发有为之士，即使到了晚年，他的壮志也依然不会消失。生命的短长，并非全由“天命”决定；有益地调养身心，就可以益寿延年。多么令人欣慰啊，能用诗歌道出我的志向。它一反《古诗十九首》作者感叹人生短暂转而追求及时行乐的消极颓废的人生态度，抒发了作者磊落豪迈的胸襟和自强不息的信念，唱出了老当益壮、积极进取的心声，阐明在自然规律面前追求长生不老是愚蠢虚妄的，并以“养怡”自勉，有益地调养身心，可以适当地延缓衰老，而利于事业的建树。否定了人命全由“天命”决定的观点，表达了作者朴素的唯物思想和积极乐观的人生态度。

政治腐败、社会黑暗时期，是封建社会知识分子生存、生命价值遭到严重践踏、命运极其悲惨的时期。政治越是腐败，社会越是黑暗，个体生命价值越是被践踏，人们越是执著思考生存价值、生命意义，因此对人生命运的探索特别深刻。顺宗即位时，柳宗元参加了王叔文集团，被任命为礼部员外郎，与王叔文、刘禹锡等积极从事政治、经济、军事各方面的革新，如罢宫市、免进奉、擢用忠良、贬谪赃官等，做了不少有利于人民的大事。但这些措施触犯了宦官、旧官僚的利益，引起了他们的忌恨，在他们的联合反攻下，王叔文执政不到七个月，“永贞革新”便告失败，王氏集团的人纷纷被逐出朝廷，柳宗元被贬为永州司马。十年后改为柳州刺史，宪宗元和十四年（819），死于柳州，年四十二岁。永州地处湖南和广东交界之处，当时人烟稀少，荒僻偏远，“涉野有腹虺、大蜂，仰空视地，寸步劳倦。近水即畏射工、沙虱，含怒窃发，中人形影，动成疮痏”[1]。但是柳宗元并没有被困难吓倒，韩愈《柳子厚墓志铭》说他“居闲益自刻苦，务记览，为词章泛滥停蓄，为深博无涯涘，而自肆于山水间”[2]。贬谪永州期间，柳宗元几乎将整个身心投入山水情趣之中，以消解内心的苦闷和孤独，思考人生命运和价值。著名的《永州八记》就创作于此期，它把山川景物写得很美，似乎流露出一种悠闲自得的情趣，致使一位慕其名远道而来的青年把慰问改成了祝贺。为此柳宗元特地写了一篇《对贺者》表露自己寄情山水的心迹：“子诚以浩浩而贺我，其孰承之乎？嘻笑之怒，甚乎裂眦，长歌之哀，过乎恸哭。庸讵知吾之浩浩非戚戚之尤者乎？”[3]诗人又在长诗《游南亭夜还叙志七十韵》中表明自己“投迹山水地”，是“放情咏《离骚》”。此期间柳宗元的作品，用他自己的话来概括即“凄神寒骨，悄怆幽邃”（《至小丘西小石潭记》）。试看《江雪》：

千山鸟飞绝，万径人踪灭。
孤舟蓑笠翁，独钓寒江雪。

“飞鸟”、“人踪”灭绝，只剩下“千山”与“万径”构成的宇宙空间，而且被一片白雪覆盖，这是一个怎样的世界？它正是一个与污浊官场相对立的清绝境界，多么“凄神寒骨”！最后推出一个特写镜头：在如此冰封雪冻、人鸟绝迹的天地，居然有一位身着蓑衣、

---

[1] 柳宗元：《与李翰林建书》，《柳河东集》下册，上海人民出版社 1974 年版，第 494—495 页。
[2] 韩愈：《柳子厚墓志铭》，见马其昶：《韩昌黎文集校注》，上海古籍出版社 1986 年版，第 511—512 页。
[3] 柳宗元：《对贺者》，见《柳河东集》上册，第 226 页。

头戴箬笠的老头，正在大雪冻封的寒江垂钓！这一反常行为，令人匪夷所思。但是如果我们联系作者遭贬失意的创作背景就不难理解，那字里行间所透露的正是对生命孤独的高峰体验。

有宋一代乃至整个封建社会，对人生命运价值思考得最多、最透彻者莫过于苏轼。试看他的《百步洪二首》其一：

长洪斗落生跳波，轻舟南下如投梭。
水师绝叫凫雁起，乱石一线争磋磨。
有如兔走鹰隼落，骏马下注千丈坡。
断弦离柱箭脱手，飞电过隙珠翻荷。
四山眩转风掠耳，但见流沫生千涡。
崄中得乐虽一快，何异水伯夸秋河。
我生乘化日夜逝，坐觉一念逾新罗。
纷纷争夺醉梦里，岂信荆棘埋铜驼。
觉来俯仰失千劫，回视此水殊委蛇。
君看岸边苍石上，古来篙眼如蜂窠。
但应此心无所住，造物虽驶如吾何。
回船上马各归去，多言譊譊师所呵。

这首诗为宋神宗元丰元年（1078）苏轼在徐州知州任上所写。百步洪在徐州东南二里。全诗平分二层，前十二句极写百步洪的激流陡起猛落之势：或如兔走鹰落；或如骏马奔腾；或如飞箭离弦；或如闪电过隙；或如荷叶跳珠，舟行其上，势如掷梭，就连熟练的水手，也禁不住大声惊呼，惊起水边的野鸭。船上的乘客目睹漩涡迭生，惊涛骇浪，体验山峰旋转、急风扑面，感到十分惊险和刺激！后十二句转入畅谈人生。人生在世，生命犹如不可逆转的逝水，但人的意志却能够超越时空，为自己主宰。那些争权夺利、钩心斗角的人们，不谙朝代盛衰、功名荣辱、世事沧桑之理，当他们觉悟过来，俯仰之间，美好的光阴已如逝水一去不复返。劳智经营、苦心忙碌了一辈子，失去的太多，再回头看看流水，依然盘曲如故。作者认为，一个人如果能够持平常心、无住心——不为外物所拘，安闲自若，就能从宇宙无穷而人生有限的对抗性矛盾中超脱出来，获得精神上自由。这就是苏轼对人生命运价值的思考：不为权势所系，不为名利所牵，不为外物所拘，临危不惧，处变不惊，命运自主，过好当下的每一天，就能活得自适安闲、乐观超旷。

三、意象派诗与中国古典诗歌差异的文化阐释

（一）英美意象派诗

二十世纪初兴起于西方诗坛的英美意象派（Imagism）诗，直接渊源于中国古典诗歌，但从理论和创作实际来看，两者在意象经营、传达视角、诗旨义项和审美效应上却有较大差异。艾兹拉·庞德在《意象主义者的几个“不”》中给“意象”定义为：“在一刹那时间里呈现理智和情感的复合物的东西。”[1]又在《关于意象主义》中将意象分为两种：主观的——“它们被吸收进大脑熔化了，转化了，

[1] 彼德·琼斯编、裘小龙译：《意象派诗选序》，漓江出版社1989年版，第152页。本论以下所引意象派理论而未标明出处者，均见此书。

又以与它们不同的一个意象出现”；客观的——“攫住某些外部场景或行为的情感，事实上把意象带进了头脑；而那个旋涡（中心）又去掉枝叶，只剩下那些本质的、或主要的、或戏剧性的特点，于是意象仿佛像那外部的原物似地出现了”。据此，意象派建立了六条创作原则，其中两条是：“1. 运用意象把握具体细节，扬弃含混不清的泛泛之论。2. 务求诗歌的坚实与清新，摈弃笼统的含混。”可见，意象派只是舍弃那些与中心意象无关的词语，甚至抽掉连接意象的词；意象的高度浓缩也只是“去掉枝叶，只剩下那些本质的、或主要的、或戏剧性的特点”的锤炼，最终目的不是使意象模糊化，而是使它更加坚实与清新。所以庞德极力贬低和反对意象的象征作用，他说：“象征主义者的象征有固定的价值，像算术中的数目，像 1，2 和 7。意象主义的意象有着可变的意义，像代数中的 a，b，x……”如他的创作示范《地铁车站》：“人群中涌现的那些脸庞 / 潮湿黝黑树枝上的花瓣。”据说原稿三十多行，最后删定仅剩下这两句。“脸庞”和“花瓣”为诗中两个基本意象，是诗人努力捕捉“瞬间，一件外向和客观的事物使自己改变了、突变为一件内向和主观的事物”，再现诗人步出地铁车站那瞬间的美感经验：在阴暗潮湿的地下铁道里，突然瞥见几张美丽的脸庞，仿佛抬头之间从湿黑枝头发现几片花瓣。由此看来，意象派不仅消解了诗中的个体主体性，完全采取局外人的零度传达视角，而且其追求所谓“绝对不用任何无益于表现的词”的高度浓缩，并非为了扩大意象的张力，从《地铁车站》看，“脸庞”与“花瓣”两个基本意象，即使熔化了诗人的理智与情绪，但充其量只是通过两个意象的并置、映衬使得它们更加坚实与清新，以唤起读者对二者之间相似点的注意而已，倒是像算术中的 1，2 和 7，有固定的价值，根本不像代数中的 a，b，x 有着可变的意义。诗旨也比较单纯。爱德华·斯托勒、特·尹·休谟、理查德·阿尔丁顿三人创作的同题《意象》诗都是如此：零度传达，运用暗喻或明喻手法及意象的并置对位法，以获得意象的坚实清新与诗旨的单纯。

1909年庞德发表了一首题为《对现代诗中的朦胧精神的反叛》的意象诗，从诗题便知，庞德反叛的是现代诗中意象的“朦胧”，他把现代诗的朦胧意象喻为在“浓雾的暗晦的光中生活”的“苍白的、病病歪歪的幽灵”和“瘦弱的蜉蝣”。从这里我们可以更加清楚地看到意象派追求意象的“坚实与清新”是与“朦胧”根本对立的。

1916年，庞德翻译了王维、王昌龄、李白等人的诗，结成《华夏集》出版。意象派诗人威廉·卡洛斯·威廉斯晚年也翻译过中国古典诗歌。庞德曾把李白的“惊沙乱海日”（《古风》其六）译为“惊奇。沙漠的混乱。大海的太阳”。不仅曲解了原意，而且改变了意象的组合方式——由映衬式组合改成并置式组合，大大削弱了原诗的表现力。从客观上看，庞德不懂中文，加上时代和民族差异，庞德要理解中国古典诗歌丰富深厚的意蕴比较困难；从主观上看，可能是作者有意使诗的意象单纯化，以获得他所追求的意象的坚实清新与诗旨单纯的审美效果。此外，庞德还改写了几首中国古典诗歌，如汉代班婕妤的《怨诗》：“新裂齐纨素，皎洁如霜雪。裁为合欢扇，团团似明月。出入君袖怀，动摇微风发。常恐秋节至，凉飙夺炎热。弃捐箧笥中，恩情中道绝。”庞德的改作《题扇诗，给她的帝王》：“噢洁白的绸扇/像草叶上的霜一样清湛/你也被弃置在一旁。”除了对原作意象作了大幅度删除简化外，最关键的是消解了原作的个体主体性，取消了原作意象的象征义。原作中的“团扇”就是作者的自我写照，并作为一个整体象征性意象贯穿全诗：它的“皎洁”、“团团”象征诗人如霜似雪的高洁品质和明月般的绝世美貌；它那“齐纨素”柔美坚韧的质地，象征诗人对成帝坚贞不渝的爱情；它发出“微风”象征身为妃子的诗人，曾在皇帝之侧时时进谏规劝和供皇帝享受；“常恐秋节至，凉飚夺炎热”，则抒发诗人担心与成帝之间的恩情将会彻底割断的忧虑；“秋节”在这里具有特定的象征含义，象征宫内险恶的环境。据《后汉书·外戚传》载：班婕妤后因擅宠的赵飞燕的谗言被贬入长信宫侍奉太后，至死未得与成帝见面，有力地印证了“恩情中道绝”并非多余的担心。由于前六句从各个侧面描写和赞颂团扇，充分地蓄势，所以下文突然转折，写团扇无辜被弃，便成功地渲染了全诗的悲剧效果。庞德的改作由原作的第一人称抒情改成第三人称叙述，又因追求意象的坚实清新与诗旨单纯，只保留了原作团扇“皎洁如霜雪”的表层含义，意象要单纯得多，并且前后句仅仅构成一种类比关系，本体“你”和喻体“绸扇”同时出现，与《地铁车站》手法相同。也得不出团扇“被弃置在一旁”的必然结局。

从理论、创作到翻译、改作，都表明英美意象派诗消解自我、追求意象的坚实与清新以获得诗旨单纯之审美效果的明显特征。

（二）中国古典诗歌

中国古典诗歌意象是诗人殚精竭虑、惨淡经营的生命结晶。王昌龄说：“久用精思，未契意象，力疲智竭，放安神思，心偶照境，率然而生。”[1] 意象经营的主要方法是“略形貌而取神骨”，目的是消解“象”含义的清晰性、不确定性和单纯性，造成模糊性、确定性和多义性。因此，诗之意象充满了审美激活力，具有引申义或比喻义或象

[1] 王昌龄：《诗格》，见《中国历代文论选》第二册，第89页。

征义等“象外之意”。英美意象派无论是主观性还是客观性意象，在经营方法上与中国古典诗歌意象经营略同，但在经营目的上却相反，它追求意象的坚实清新与含义的单纯，反对意象的象征和朦胧。

与英美意象派以零度传达视角来呈示意象、消解自我本质不同，中国古典诗歌最显著的特征，是以个体主体性为内核来经营意象。如陶渊明的《饮酒》其五：“结庐在人境，而无车马喧。问君何能尔，心远地自偏。采菊东篱下，悠然见南山。山气日夕佳，飞鸟相与还。此中有真意，欲辨已忘言。”其中五、六句为历代传诵。苏轼说：“因采菊而见山，境与意会，此句最有妙处。近岁俗本，皆作‘望南山’，则一篇神气都索然矣。”[1]“见”字所以妙，就在于无意；“望”字所以俗，就在于有意，于东篱之下采菊抬头之间无意见到南山，才见“悠然”意味。王国维在《人间词话》中，以“采菊”二句作为“无我之境”的范例，认为达到了“不知何者为我，何者为物”的境界。[2]“无我”并非境中没有诗人形象，而是主观与客观打成一片，达到了“境与意会”、物我相融的艺术化境。“山气”二句同一妙谛：山气自佳，飞鸟自还，无关人意，纯是自然。但赏其佳处，见其鸟还，其中分明有诗人在。而所谓山气宜人、飞鸟自在，实际上均为诗人闲适心境之写照。总之，诗人的整个精神已融入大自然之中。“菊”、“山”、“飞鸟”与诗人已合而为一。可见，这首诗中意象、意境的内核融注了诗人自我形象——个体主体性。王安石的《明妃曲》其一咏王昭君之事，全诗分两层：一层写昭君出塞时情景，极力刻画她“低徊顾影”——眷恋故国的无限柔情、使得元

[1] 苏轼：《题渊明饮酒诗后》，见《宋诗话全编》第一册，第 786 页。
[2] 滕咸惠：《人间词话新注》，齐鲁书社 1981 年版，第 36 页。

帝“不自持”的美貌以及丹青妙手“画不成”的气质。二层写昭君入塞后仍身着汉服、思恋故国的爱国情怀。它一反《西京杂记》以来将造成昭君不幸遭遇的责任推到贪图贿赂的画工毛延寿身上的做法，而把她失意的遭遇归咎皇帝的昏庸。最后两句直接议论：“君不见咫尺长门闭阿娇，人生失意无南北！”诗人在写了王昭君远嫁匈奴、失意于北方边塞之后指出：即使未出南方的汉武帝时期的陈皇后不是也同样遭受失宠被打入长门宫的失意么？说明人生失意并没有地域之别，它是一个带有普遍性的问题，特别是封建社会多数知识分子的命运写照。这首诗是宋仁宗嘉祐四年（1059）王安石提点江东刑狱时作。王安石对人生失意的悲剧有如此深刻的理解，与他个人的志节和遭遇有关。他是北宋一代最有卓识的政治家，他所领导的革新运动，遭到多数官僚士大夫的反对，他不媚于流俗的人格也遭到俗辈的恶毒攻击。诗中虽咏昭君，却借他人酒杯浇自己胸中的块垒。这种突出的个体主体性，又逻辑地指向人类主体性——封建社会一代知识分子的共同命运遭际。

以上二例表明，中国古典诗歌，无论哪种传达视角，都寄寓了诗人的自我形象，这与英美意象派诗消解个体主体性有本质差异。

中国古典诗歌中，连接意象的词或字往往起“意化”的重要作用：或造成诗旨的多义；或造成诗境的朦胧。如《蜀相》是唐肃宗上元元年（760）春，杜甫初游成都拜谒诸葛亮祠而作。其中颔联写祠内景物：“映阶碧草自春色，隔叶黄鹂空好音。”由六个意象组合而成，因“自”、“空”两字连缀使得诗旨产生多义。仇兆鳌认为是写“祠庙荒凉，而感物思人”[1]。萧涤非则认为：“诗人的意图，正是要

[1] 仇兆鳌：《杜诗详注》第二册，中华书局 1979 年版，第 736—737 页。

把祠堂的春景写得十分美好，然后再用‘自’‘空’二字将这美好的春景如莺声等一齐抹倒，来加倍突出对诸葛亮的倾慕之情。如果理解为‘荒凉’，便不能起到这种反衬作用。”[1] 而马茂元反驳说：“其实，仇氏所谓‘荒凉’，非关景物本身，指的是‘祠庙荒凉’；而所谓‘祠庙荒凉’，是就环境气氛而言的，亦非谓颓垣断壁，残破不堪也”，认为萧涤非“对仇说倒是一种误解”。[2] 可见，连接“意象”的词也具有消解感情指向性的作用，从而造成诗旨的模糊与多义，见仁见智。这又与英美意象派恪守“使用精确的词”、“更不是仅仅是装饰性的词”创作出来的“硬朗、清晰的”而不是“模糊的”诗明显差异。

中国古典诗歌另一美学品格是意象的指向性、确定性与多义性、不确定性的统一。如“岁寒三友”、“四君子”作为审美意象有其确定的文化含义，它是超时空的，不同时代的中国读者所解读的结果，大致相同。另一种意象在特定时代有着特定的象征含义。如“残阳”、“西北高楼”，在南宋诗人笔下分别是“半壁江山”和“故国”的象征。吴文英《高阳台·过种山》：“莫登临，几树残烟，西北高楼。”“西北高楼”置于“几树残烟”的氛围之中，暗示故土已失、山河破碎。但所谓意义确定的意象只是相对的，它们在具体作品中的意义又是可变的。如“竹”意象在杜甫《将赴成都草堂途中有作，先寄严郑公五首》其四中却作为丑恶的象征：“新松恨不高千尺，恶竹应须斩万竿。”“菊”意象在农民起义军领袖黄巢笔下，则赋予了崭新的意义。《不第后赋菊》：“待到秋来九月八，我花开后百花杀。冲天香阵透长安，满城尽带黄金甲。”以菊花为喻，抒发作者

[1] 萧涤非：《介绍杜甫的七律〈蜀相〉》，见《唐诗鉴赏集》，人民文学出版社 1981 年版，第 152—153 页。

[2] 马茂元：《漫谈杜诗〈蜀相〉：兼与萧涤非先生商榷》，载《江海学刊》1982 年第 6 期。

要求举行农民起义的政治抱负和推翻腐朽的唐朝统治阶级、以争取伟大胜利的雄心壮志。它一反文人墨客把菊花作为洁身自好、清高脱俗象征的传统，以金黄的菊花比喻农民起义军，在艺术上富有独创性。又如马致远《天净沙·秋思》："枯藤老树昏鸦，小桥流水人家，古道西风瘦马。夕阳西下，断肠人在天涯。"诗中十个不同的物象组合在一起，含义比较确定：渲染一种凄凉萧瑟的晚秋气氛。然后以"断肠人在天涯"一意贯之，将这些物象意化后，诗旨反而模糊起来：羁旅漂泊的劳顿，思念亲人的惆怅，时光流逝的感叹，人生失意的孤寂……它不是简单的指向性、确定性的明喻，由于隐去了情感本体的特指性——为什么断肠，便造成见仁见智的审美随意性，具有象征功能。象征主要是一种隐喻。刘勰《文心雕龙·隐秀》说："隐也者，文外之重旨也。""隐以复意为工。""夫隐之为体，义主文外。"[1] 它与英美意象派诗的明喻或暗喻意象不同。

中国古典诗歌意象的指向性与不确定性的有机统一，从而造成诗旨的多义或审美上的朦胧效应，是英美意象派诗意象坚实清新、诗旨单纯所没有的。

（三）中、西比较

从以上简略的比较可知，英美意象派诗与中国古典诗歌，在传达视角、意象经营、诗旨义项、审美效应诸方面，都存在明显差异。以下试从三个方面对造成这种差异作出简要的文化阐释。

---

[1] 刘勰：《文心雕龙·隐秀》，见赵仲邑：《文心雕龙译注》，漓江出版社 1982 年版，第 334—335 页。

1. 社会角色定位差异

英美意象派出现于二十世纪初。十九世纪七十年代，西欧的英、法、德、荷、比以及大西洋彼岸的美国，都相继完成了自由资本主义向垄断资本主义的过渡，于十九世纪末二十世纪初进入了帝国主义阶段。生产资本的高度集中，金融寡头的垄断操纵，无法转嫁的经济危机，以及列强瓜分世界的侵略扩张等，加剧了帝国主义时代的种种矛盾。随着这些矛盾的不断激化，终于爆发了第一次世界大战（1914—1918）。

动荡不安的社会，必然产生动荡不安的社会心理。十九世纪末思想家诺尔陶描述了“世纪末的情绪”：“世纪末是世纪末这个时代的特质，其中有狂热的不安，笨重的失意，可怕的预言及卑屈的绝望，不论什么时候都感到世界就要消灭的样子。”[1]

另一方面，垄断资本主义的迅猛发展，使西方进入高度物质文明的现代工业社会。现代资本主义的腐蚀作用，工业的畸形发展，生产生活节奏的加速，大中城市人口的膨胀，黑社会势力猖獗，暴力恐怖犯罪迭起等，成为一股巨大的异己力量，对人产生全面扭曲和严重异化，主要表现在人与社会、人与人、人与自然（包括大自然、人性和物质世界）、人与自我四种基本关系上的尖锐矛盾和畸形脱节，以及由此产生的精神创伤和变态心理：孤独、忧郁、疑虑、愤懑、恐慌、绝望、虚无，并成为西方社会普遍的心态。在这种社会心态的支配下，西方人给自己在社会角色中的定位，基本上是逃避个性、消解自我。在这种社会历史背景下应运而生的现代派文学，其基本特征之一就是转向主观世界。它主要接受了非理性主义哲学

[1] 《中国现代文学思潮流派论集》，人民文学出版社 1984 年版，第 11 页。

的影响，把本能（欲望）和潜意识视为人的本质。西方文人这种社会角色定位，便决定了现代派的“内倾”取向，并非张扬个体主体性，而是逃避现实，消解自我。正如象征派大师 T. S. 艾略特所说：“诗人并没有一种可以表现的‘个性’，而只有一种特殊的媒介物，而且只是一种媒介物，而不是个性。在这种媒介物中，印象与经验以特殊而意想不到的方式组合起来。”“诗不是放纵情绪，而是避却情绪；诗并不是表达个性，而是避却个性。”[1] 诗人追求达到“把一个人的成分都溶混于非个人的和普遍之中。”[2] 这种“非个性化”创作倾向，正是英美意象派一个显著表征。彼德·琼斯指出，艾略特“在其使诗的声音非个人化的倾向上，也是意象派的。非个人化是他创作经常出现的一个思想，一个艺术家的发展过程是不断自我牺牲和不断消灭个性”。通过上述分析，我们清晰地看到，英美意象派的意象显然是诗人瞬间感觉的产物，但在呈示意象时，诗人基本上是作为一个客观的旁观者在作零度叙述，它与中国晚唐五代时期以温庭筠为代表的“花间词派”很相似。英美意象派消解个体主体性的取向，主要取决于他们给自己在社会舞台中的角色定位。

中国古代诗人生活的封建社会，虽然一直处于动荡不安之中，如春秋争霸，董卓之乱，魏晋易代，安史之乱，牛李党争，元祐更化，宋、辽、金对峙，或经历了异族的野蛮统治，饱尝了亡国的哀痛等，但是封建社会作为一个整体，毕竟是超稳定的。纵观封建社会知识分子的命运，尽管仕途失意、人生坎坷是他们的共同遭际，尽管他们恪守儒家“达则兼济天下，穷则独善其身”的信条，但在具体实践

[1] 艾略特著、曹庸译：《传统与个人才能》，载《外国文艺》1980 年第 3 期。
[2] 艾略特著、周煦良译：《诗与宣传》，载《新诗》第 1 期，1936 年 7 月。

中，他们中绝大多数人仍然是“身在江湖，心存魏阙”，难以彻底忘怀政治，自觉把“治国平天下”视为自己的职责和使命。像屈原、陈子昂、杜甫、韩愈、柳宗元、刘禹锡、欧阳修、王安石、黄庭坚、陆游、辛弃疾、文天祥、王夫之、顾炎武、龚自珍等儒家思想信奉者不必说，以老庄思想为主导的阮籍、陶渊明、李白、苏轼等也未能彻底忘怀世事：陶渊明在平淡静穆中仍然时见“金刚怒目”式的激愤；李白在登上莲花山、幻想仙游之际，却“俯视洛阳川，茫茫走胡兵。流血涂野草，豺狼尽冠缨”（《古风》其十九）；苏轼在“乘风”欲归“天上宫阙”时，却又感到“何似在人间”（《水调歌头》）。即使是孟浩然、王维、韦应物、林逋、柳永、姜夔、吴文英、刘克庄、张炎等，或隐居山林寺庙；或放浪江湖市井；或寄身贵人门下。要么幻想“终南捷径”；要么晚年出仕；要么嘲风弄月，借古讽今。总之，中国古代诗人无论持哪种处世态度，他们给自己在社会中的角色定位是：关注现实人生，突出主体人格地位。它是中国古代诗人始终执著张扬个体主体性的精神品质和自觉意识。

2. 思维方式差异

爱因斯坦说：“西方科学的发展是以两个伟大的成就为基础，那就是：希腊哲学家发明形式逻辑体系（在欧几里得几何中），以及通过系统的实验发现有可能找出因果关系（在文艺复兴时期）。在我看来，中国贤哲没有走上这两步。”[1] 古希腊的形式逻辑，奠定了西方传统思维方式的基本品格。其主要特征是通过形式、分析和演绎来推导、求证假说，而不是单纯的处理客体。随着近代科学的发展，

---

[1] 《爱因斯坦文集》第 1 卷，商务印书馆 1976 年版，第 574 页。

英国近代实验科学始祖培根，又开创了重观察和实验、重视例证和归纳的科学方法论思想，形成西方以实证性、局部性和精确性为特点的思维方式。这种思维方式反映到诗歌创作中来，便是追求意象的坚实清新与诗旨的单纯，而不是朦胧多义。

艾略特说："变得不是自己就更成为自己。"[1]表明英美意象派"非个人化"只是消解个体主体性而并非连艺术创造个性也一同抛弃。休姆说："人们不妨说意象是在诗中产生的……此刻，这一过程十分迅速。因此诗人必须不断地创造新的意象。"庞德在谈及他创作《地铁车站》时说："在那一刹中，一件外向的、客观的事物使自己改观，突变入一件内向、主观的事物。"显而易见，意象派关于意象是"一刹那时间里呈现理智与情绪的复合物的东西"的定义，引进了弗洛伊德所谓潜意识成分。彼德·琼斯指出，意象派在经营意象时正是"或从神话中找，或从大脑中找"。"潜意识"是极富个性的，它的物态化便成为个性各异的意象。如"脸庞"与"花瓣"，月亮"像一个红脸庞的农夫"、星星"像城市中的儿童""脸色苍白"（休姆《秋》），以及上述三首题为《意象》的诗之意象，都是颇私人化的意象。这是因为西方经历了理性主义纯粹思辨时代，人们用来表达思想和情感的语言十分精微之后便走向它的反面。后来兴起的反理性主义思潮旷日持久，严重摧毁了传统语言，留下的几乎是一片语言废墟。人们试图借传统语言来表达思想情感，几乎一筹莫展。诗歌领域更为严重，任何一个经验性意象都难以被认同。于是出现了严重的"失语症"，诗的意象也陷入了混乱状态。在这种语言废墟上操作意象，反而为现代派随心所欲提供了方便之门。正如庞

[1] 艾略特著、周煦良译：《诗与宣传》，载《新诗》第1期，1936年7月。

德所说："艺术却从来不要求任何人去作什么，去想什么，去成为什么。艺术就像一棵香蕉树那样存在着，你既可以观赏它，也可以在树荫下小坐，也可以摘香蕉吃，还可以把它当柴烧，你满可以随心所欲。"[1] 这是英美意象派诗意象为"在一刹那时间里呈现理智与情绪的复合物的东西"、"私人化"特征非常突出的文化内因。

在中国古代却没有迎来一个纯粹思辨的时代。春秋战国时期，"百家争鸣"，诸子各家纷纷著书立说，宣扬自己的政治主张，阐释自己的哲学思想。应该说进入了一个思辨的时代。但从现存的诸子著作来看，多数仍然带有较浓的文学色彩，即非纯粹的说理而是形象的议论。尽管其中的儒、道思想以及后来的禅宗思想成为统治思想，并交互影响着中国古代文人，但并未出现谁取代谁的趋势，表现在某个时期还出现合流或互补现象。即便是魏晋玄学、宋明理学带有较为纯粹思辨色彩的哲学思潮，仍然未超越儒、道、禅三家的思想范畴，相反成为它们的延伸或补充。所以中国传统思维方式，始终具有直觉性、整体性和模糊性特点。"它倾向于对感性经验作抽象的整体把握，而不是对经验事实具体的概念分析；它重视对感性经验的直接超越，却又同经验保持着直接的联系；它主张在客体的统一中把握整体系统及其动态平衡，却忽视了主客体的对立以及概念系统的逻辑性和形式化，因而缺乏概念的确定性和明晰性。"[2] 这种思维方式反映在语言上，汉语言的基本特征，是对客观事物以及复杂的社会生活，特别是人的内在感情，主要进行直观式描述而非逻辑性本质抽象。从我国"六书"造字法来看，汉语言文字多数具

[1] 庞德：《严肃的艺术家》，见《现代西方文论选》，上海译文出版社 1983 年版，第 260 页。
[2] 贺善侃等：《思维艺术学》，中国纺织大学出版社 1995 年版，第 230 页。

有象征性，因而模糊性是它的鲜明特征之一。它客观上决定了中国古典诗歌意象具有模糊性特点；从主观上看，中国古代诗人有意识进行模糊化思维，在经营意象时自觉消解意象的清晰性、指向性与单纯性，从而获得意象的模糊性、不确定性与多义性。另一方面，中国传统思维基本上呈现稳定状态。在漫长的封建社会，在一个以诗歌闻名于世的文明古国，思维的稳定甚至定势，使得文化的承传也比较稳定。历代诗人在经营新的审美意象时，总是难以割裂经验性意象的文化含义，使得中国古典诗歌意象，呈现指向性与不确定性的有机统一，从而生成多项诗旨的鲜明表征。

3. 创作方法差异

在英美诗坛，自文艺复兴以来，涌现了一大批闻名于世的伟大或著名诗人。英国有威廉·莎士比亚，威廉·华兹华斯，柯勒律治，瓦尔特·司各特，约翰·济慈，波西·比西·雪莱和拜伦等；美国有朗费罗，华尔特·惠特曼等。为什么英美意象派不近师他们自己前辈，却跨越英吉利海峡和大西洋，远绍中国古典诗歌而舍近求远呢？我们的看法是，因为作为现代主义文学流派之一的英美意象派，转向“自我的精神呐喊”，力求反映内心“最高真实”的主观性创作倾向，决定了它不可能继承当时文坛的批判现实主义和现实主义传统。事实上批判现实主义文学和现实主义文学的最高成就在小说和戏剧。诗坛未出现浪漫主义文学时期那样著名的诗人，也未出现有影响的作品和流派。而 19 世纪浪漫主义文学时期在表现主观上与意象派的价值取向相近，但浪漫主义的“主观”是“高度的理想主义”，是张扬个体主体性。这与意象派对“自我”生存都感到困惑以至逃避感情、消解个体主体性，开掘个人的直觉、本能、潜意识、变态心理等，格格不入，所以意象派猛烈抨击浪漫主义过于感伤。休姆说："对他们来说诗始终只是写出那围绕着无限这一词的种种情感"，"我坚决反对那些软弱无力的想法，认为诗除非是为了这一件事或那一件事的呜咽或想叹，否则就不能算作诗"。休姆所生活的年代之前不远时代的诗，在他看来，正落到这种浪漫颓废的深处。"只在我们获得一种新的技巧，一种新的信念，使我们自己可以在其中获释时，我们才会迎来诗坛的万紫千红。"意象派又力图摆脱浪漫主义"个人化"的朦胧精神，追求一种硬朗的诗风。"这种非个人化的、客观的态度，自然在引出了意象派的又一特色——他们对维多利亚时代有说教语调的深恶痛绝。""维多利亚时代"指英国女王亚历山大德丽娜·维多利亚时代。这一时代中、后期，华兹华斯、柯勒律治、司各特、济慈、雪莱、拜伦等一大批著名第一代、第二代浪漫主义诗人相继去世，文坛出现了新浪漫主义和唯美主义，这些诗人除了颓废便是喋喋不休的说教。在美国诗坛，庞德抨击说："从1890年起，美国的大路诗是可怕的大杂烩。未经铸造，大多数甚至烘也没烘过，快速连奏，一堆面团似的。第三流的济慈、华兹华斯的笔墨，老天爷也不知道是什么鬼东西。第四流的伊丽莎白式的、钝化了的、半融化了的、软绵绵的空洞音调。"在当时唯一与意象派审美趣味相近的只剩下法国的象征派了。但庞德等人极力贬低象征的作用。正当意象派"山穷水尽时，找到了中国古典诗歌"。如前所述意象派并未领悟中国古典诗歌的内蕴，只是看到它"含蓄"、"不带说教和评论"的表征，所以走向了它朦胧多义的反面——坚实清新与单纯。这种误读而带来的偏差，并不能完全归咎于意象派对中国古典诗歌的隔膜和陌生，可能是他们审美趣味指导下的自觉取舍。休姆预言："一个不事修饰，硬朗、实在、古典主义诗时代正在来临。”这里的“古典主义”指“希腊式的硬朗”。庞德也说过：“我说现代，因为它用意象派的简洁语言写成的，纵然主题是古典的……客观——毫不滑来滑去；直接——没有滥用的形容词，没有不能接受检验的比喻。它是直率的谈吐，和希腊人一般直率！”意象派追求意象的坚实与清新，另一影响来自美国诗人 E. E. 肯明斯印刷式的作诗法。休姆认为：“这种新诗不像音乐，更像雕塑，它竖起一个石膏似的意象，并把它交给读者。”肯明斯的有形状的诗是为了指明整体句法——形状就是句法。这一作诗法使得意象派在经营意象时，注重“把词组而不是词看作意义的单位”。

与西方文坛形形色色的主义频繁更替不同，中国文学史上，自《诗经》、“楚辞”奠定现实主义、浪漫主义、象征手法以来，它们便成为我国古代文学创作中三种基本创作方法。它们被操作于文学创作中，只是呈现因人因时因地而异的倾向性选择；也并未随时代的更替而出现谁取代谁、谁优谁劣的现象。这种比较稳定的创作方法，使诗人们可以自由取舍。有的诗人喜欢操作现实主义的创作方法；有的诗人则喜欢操作浪漫主义创作方法；有的诗人则惯用象征主义创作方法。在中国古代，由于这三种创作方法并存，并且不存在互相对立和排斥，所以同一诗人，视题材和感情表达需要，可能同时兼取其中两种或三种创作方法。另外在中国古典诗歌里，这三种创作方法中，象征手法所经营的意象张力较大，因而相对来说操作较多。但浪漫主义和现实主义创作方法，也同样能够经营具有表现力强的意象。换言之，中国古典诗歌的三种基本创作方法，在意象经营上差别不大，即不是影响意象经营的主要因素。形成中国古典诗歌或朦胧或含蓄或具神韵——这一鲜明民族文化品格的主要因素，是传统哲学和由此形成的我国民族独特的直觉、悟性、模糊、整体思维方式等。

诗学与内构

一、中国诗歌意象组合的几种主要方式

意象是诗歌内在构造的基本元素。任何一首诗无论长短，都不是单个意象的孤立呈示，而是由几个或一组意象组合而成。只有北岛的《生活》一诗是个例外，它只有一个意象——“网”。但有人否定它是诗。我认为“网”意象与题目构成组合关系，成为本体“生活”之喻象，具有象征含义。从这个意义上说，它能够成为读解的“本文”，因此姑且算得上诗了。歌德说：“艺术要通过一种完整体向世界说话。”[1] 一个孤立的意象绝对不能算作“完整体”。克莱夫·贝尔认为，意象的组合，不仅是为了意象的作用得到确认，而且是实现比各部分相加之和的价值大得多的整体价值的最终手段。如杜甫的《登高》颈联：“万里悲秋常作客，百年多病独登台。”据罗大经分析，二句包含了八层意思：“盖万里，地之远也。秋，时之惨凄也。作客，羁旅也。百年，暮齿也。多病，衰疾也。台高，迥处也。

[1] 爱克曼辑录：《歌德谈话录》，人民文学出版社 1978 年版，第 137 页。

独登台，无亲朋也。十四字之间，含八意，而对偶又精确。”[1]另外，意象组合的方式不同，意象的含义也不同。如“春风”这一物象，在不同的组合方式里含义有别：“二月春风似剪刀”（贺知章《回乡偶书》）中的“春风”即其本义；“春风不相识，何事入罗帏”（李白《春思》）中的“春风”隐喻爱情；“春风不度玉门关”（王之涣《凉州词》）中的“春风”象征皇恩。可见，诗意的生成增殖，解不尽的艺术魅力，取决于意象的最佳组合，而不是单个意象的设计——尽管它的语义十分丰富，但如果在诗中只是孤立的或者组合不当，终究是十分有限而黯然失色。下面介绍中国诗歌意象组合的几种主要方式。

（一）并列式意象组合

所谓并列式意象组合，即同一空间或同一逻辑起点两个以上意象的平行组合，意象之间没有因果关系、递进关系，若干个别意象只是作为一幅完整画面的局部景点。

并列式意象组合，从形式上可分为：1. 本句并列。杜牧《江南春》：“水村山郭酒旗风。”“水村”、“山郭”、“酒旗”、“风”四个意象并列，组合成一幅江南水乡图。杜牧最擅长绝句，往往能在有限的篇幅里，充分表现丰富的内容。我认为这句诗包含了白居易“日出江花红似火，春来江水绿如蓝”（《忆江南》）和韦庄“春水碧于天，画船听雨眠。垆边人似月，皓腕凝霜雪”（《菩萨蛮》）的诗意，写出了江南水乡景色之美、生活之美和人情美的特色。2. 对句并列。

[1] 罗大经：《鹤林玉露》乙编卷五，中华书局 1983 年版，第 215 页。

王维《使至塞上》:“大漠孤烟直,长河落日圆。”描写西北边塞风光。诗人精心选择了最能反映边塞风光特征的四个意象,然后以两个描写性词语“直”、“圆”并列组合在一起,便获得了鲜明的视觉效果。赵殿臣注云:“边外多回风,其风迅急,袅烟沙而直上,亲见其景者,始知直字之佳。”[1]“圆”字写出了边塞大漠的空旷,因近地平线,故觉落日圆且大。由于王维这两句诗在并列式意象组合上十分成功,被王国维称为“千古壮语”[2]。3. 名词性意象并列组合,其中无一动词或虚词连缀。温庭筠《商山早行》:“鸡声茅店月,人迹板桥霜。”“鸡声”、“茅店”、“月”、“人迹”、“板桥”、“霜”均为“早行”的典型物象,因注入诗人凄清孤寂的情绪而被“意”化,成为上句“客行悲故乡”之“悲”情的延伸和载体。由于抽掉了意象之间逻辑联系的动词,只是宽泛地给读者以某种情绪的感染,并不限制读者在此基础上自由的审美创造,因此能充分调动读者的想象力,从而产生“含不尽之意,见于言外”的艺术效果。4. 全诗并列。张继《枫桥夜泊》:

月落乌啼霜满天,江枫渔火对愁眠。
孤苏城外寒山寺,夜半钟声到客船。

诗人在这首诗中所表现的是自己的一次旅途感受:在一个秋天的夜晚,诗人泊船枫桥,由于旅情客愁而辗转难眠,寒山寺的夜半钟声格外清晰地传到了他的耳畔。在表现周围的环境时,诗人精心

[1] 赵殿臣:《王右丞集笺注》,上海古籍出版社 1984 年版,第 156 页。
[2] 滕咸惠:《人间词话新注》,第 44 页。

选择了“月落”、“乌啼”、“霜满天”、“江枫”、“渔火”等最能体现秋天和夜晚景色的典型意象，然后把它们并列组合起来，有效地传达出自己四周的环境，以及它在诗人心头引起的反应，构成一种适于表现旅情客愁的氛围。这种氛围被营构出来后，诗人接以此诗最点睛的意象——“夜半钟声”。这一意象之所以关键，是因为钟声唯有夜半才传得更远，听得更切，而对于满怀客愁的游子来说，也正是这传得更远、听得更切的夜半钟声，才能衬托出旅途的寂寞与客愁的难禁。这首诗如果缺了这一关键意象，便会失去灵魂；然而如果没有前面几个典型意象的烘托，“夜半钟声”这一关键意象也就不会显得如此情韵悠远了。可见，这首诗的意象是凝练性与丰富性的完美结合体，它没有旁枝杂叶的细节铺陈，而又显得意蕴丰富且笔墨浓酣。既然诗的意象既要凝练又要深刻，那么它就不是某个孤立意象所能承载得起的。诗人在创作时，总是把意象并列在一起，创造出超过它们简单相加之和的价值效果，构筑起意味不尽的意象世界。《枫桥夜泊》正是通过系列意象并列手法，创造出一幅意蕴深远的江南客愁图。

并列式意象组合，从内容上可分为：

1. **顺接**。王之涣《登鹳雀楼》：“白日依山尽，黄河入海流。”鹳雀楼在蒲州（治所在今山西省永济县）西南城上，面对中条山，下临黄河，为登临胜地。这两句写登楼所见，由夕阳西下至黄河入海，是根据诗人视线的移动顺接。

2. **逆接**。黄庭坚《秋思寄子由》：

黄落山川知晚秋，小虫催女献功裘。
老松阅世卧云壑，挽住沧江无万牛。

这首诗为元丰四年（1081）秋，黄庭坚任吉州太和县（今江西省泰和县）县令时怀念友人苏辙所作。前两句描写黄叶满山、虫声匝地的深秋景色，景中含情，以见秋思；由小虫近耳之鸣而兴发催献功裘之拟。第三句笔势陡折，凸现经历岁月、高卧云壑的老松形象，若托体山阿，遗世独立。末句再转，写老松俯视沧江，竟欲挽住滔滔的激流，而恨身无万牛之力，空留以回转逝波余憾。这种逆接似匪夷所思，实则前两句暗示时不我待的用世之志，后两句接以大才闲置的慨叹，顺理成章。

3. **化抽象为具象**。贺铸《青玉案》以美人不来发端，抒写诗人的孤寂生活和幽恨闲愁："试问闲愁都几许？一川烟草，满城风絮，梅子黄时雨。"用系列喻象并列组合成一种境界，来描写抽象的愁情，形象可感。周紫芝说："贺方回尝作《青玉案》词，有'梅子黄时雨'之句，人皆服其工，士大夫谓之贺梅子。"[1]

（二）对比式意象组合

所谓对比式意象组合，即通过两组刻意提炼的典型意象组合。或互为对立，或互为映衬，产生鲜明的视觉效果，从而起到深化主题的作用。它具体又可分为以下几种形式。

1. **两种场面对比**。指把语义上、情感上相互对立或矛盾的意象组合在一起，构成强烈的艺术对立统一的效果。高适《燕歌行》：

战士军前半死生，美人帐下犹歌舞。

[1] 周紫芝：《竹坡诗话》，见《历代诗话》上册，第341页。

它在广阔的幅度上对边地战争生活高度提炼和概括，不仅突出了广大士兵为保卫边疆奋不顾身的英勇气概，讽刺边地将领因骄傲轻敌、荒淫失职，造成战争失败，使广大士兵遭受极大痛苦和牺牲，更重要的是通过对立意象的组合，描绘了军中苦乐不均、将帅生活腐化的现状。发人深省，具有强烈的现实意义。

2. **两种处境对比**。唐玄宗天宝三载（744），杜甫与李白在洛阳相识，随后一同游梁宋，结下了深厚友谊。不久，李白赴江东，杜甫去长安。天宝五载春，杜甫在长安怀念李白，写下了《春日忆李白》诗，前四句高度赞扬李白的诗才和诗风，后四句表达对李白的深切怀念，其中颈联尤为精警，为后世传诵：

渭北春天树，江东日暮云。

渭北即渭水之北，泛指长安一带，杜甫所处之地。江东指长江中下游的江南，当时李白正流寓苏州、扬州、金陵、会稽等地。当时杜甫处境比较安定，生活也比较快意，故以“春天树”自况；李白在漂泊之中，处境不佳，故以“日暮云”比喻。两句抓住两地景物特征，不用一动词，由名词性意象组合而成，造成对比，表达了诗人对李白的深切怀念以及对他的前途的忧虑。

3. **两种情景对比**。李白《赠孟浩然》颔联：

红颜弃轩冕，白首卧松云。

“红颜”与“白首”分别表示孟浩然的青壮年和晚年两个时期；“轩冕”指达官贵人的车马冠服，表示仕途；“松云”指山林松风白云，表示隐居。“弃”、“卧”字便把孟浩然弃富贵如敝屣的高风亮节和寄情山水的林泉高致，十分传神地勾勒出来了，两者互为对比，相得益彰，突出了孟浩然风流自赏、潇洒清远的风度人品和超然不凡的文学才华，抒发了作者对孟浩然的钦敬爱慕之情。

4. 两种色彩对比。司空曙《喜外弟卢纶见宿》颔联：

雨中黄叶树，灯下白头人。

司空曙、卢纶是“大历十才子”中成就较高的两位诗人，两人又是表兄弟，关系至密可知。俞陛云《诗境浅说》谓此诗“前半首写独处之悲，后言相逢之喜”[1]。这两句以“黄叶树”比喻人之衰老，并与“白头人”形成鲜明对比，烘托出衰老孤独的凄凉境况。谢榛《四溟诗话》卷一云：“韦苏州曰：‘窗里人将老，门前树已秋。’白乐天曰：‘树初黄叶日，人欲白头时。’司空曙曰：‘雨中黄叶树，灯下白头人。’三诗同一机杼，司空为优：善状目前之景，无限凄感，见于言表。”[2]后来马戴也有“落叶他乡树，寒灯独夜人”之句（《灞上秋居》）。我认为司空曙此联“为优”表现在三个方面：第一，它多了“雨中”、“灯下”两氛围，更增添了凄凉孤独之感。第二，全由名词性意象组合而成，无一动词或虚词连缀，更富艺术张力。第三，色彩对比鲜明，起到了相互映衬的视觉效果。其他三者或具其中一、二，所以逊色。

---

[1] 俞陛云：《诗境浅说》，上海书店影印本 1984 年版，第 18 页。
[2] 谢榛：《四溟诗话》，见《历代诗话续编》下册，第 1142 页。

(三) 通感式意象组合

通感，指把视觉、听觉、嗅觉、味觉和触觉沟通起来。通感式意象组合，即五种不同感觉意象互为沟通转化。韩愈《听颖师弹琴》是通感式意象组合的成功范例，诗中听觉意象——琴声转化为视觉意象："勇士赴战场"——状琴声的昂扬激越、刚劲雄健；"浮云柳絮无根蒂，天地阔远随飞扬"——状琴声的起伏回荡、轻柔宛转。对"跻攀分寸不可上，失势一落千丈强"，钱钟书分析说："这两句可以和'上如抗，下如坠'印证，也许不但指听觉通于视觉，而指听觉通于肌肉运动觉：随着声音的上下高低，身体里起一种'抗'、'坠'、'攀'、'落'的感觉。"[1]

在古代诗人中，最擅长通感式意象组合者当推李贺。《天上谣》："银浦流云学水声。"视觉意象"银河"、"流云"转化为听觉意象"水声"。《马诗》其四："此马非此马，房星本是星。向前敲瘦骨，犹自带铜声。"这里敲"瘦骨"的触觉转化为带铜声的听觉，不仅写出了马骨的坚劲，更写出了骏马的风神。《昌谷北园新笋》其二："斫取青光写楚辞，腻香春粉黑离离。无情有恨何人见？露压烟啼千万枝。"新竹的青光为视觉意象，李贺却把它诉诸触觉"斫取"；视觉意象"露"、"烟"分别转化为触觉意象"压"和听觉意象"啼"。

林逋《山园小梅》："暗香浮动月黄昏。""香"是嗅觉意象，"暗"是视觉意象，诗中两者沟通，突出梅花的清淡幽远。又如他的《梅花》："小园烟景正凄迷，阵阵寒香压麝脐。"嗅觉意象"香"与触觉意象"压"沟通转换，突出梅花香气的浓郁。

---

[1] 钱钟书：《通感》，载《文学评论》1962 年第 1 期。

在现代诗歌中，通感式意象组合现象更为常见。洛夫《随雨声入山而不见雨》：“沿着路标一直滚到我的脚前 / 伸手抓起 / 竟是一把鸟声。”“鸟声”是听觉意象，在这里转化为能“抓起”的触觉意象。北岛《走吧》：“心敲着暮色的鼓。”听觉意象“鼓声”转化为视觉意象“暮色”。“心”如何能击鼓？这里实际上是诗人在“寻找生命的湖”的旅途上，在暮色苍茫中，迷惘、孤独而又不甘寂寞、沉沦等多重的组合。舒婷《路遇》：“自行车的铃声悬浮在空间”，“铃声把碎碎的花香抛在悸动的长街”。前一句听觉意象“铃声”转化为视觉意象“悬浮”；后一句听觉、嗅觉、视觉、心里感觉交织转换。《落叶》的通感意象更为丰富，如“残月像一片薄冰 / 漂在沁凉的夜色里”，“我听到你的足音 / 和落叶混在一起”。视觉意象“残月”、“夜色”同触觉意象“薄冰”、“沁凉”沟通组合；听觉意象“足音”因视觉意象“落叶”组合增添了可感性。杨炼《蓝色狂想曲》：“峭壁震颤 / 发出黑色的回响”，“寒冷的磷火阴森地摆动”。“黑色的回响”即听觉、视觉的沟通；“寒冷的磷火”即视觉与触觉转换。

（四）荒诞式意象组合

所谓荒诞性意象组合，即不符合事理逻辑的两个以上的意象组合，具体说就是在现实中不可能发生的，在心里感觉中却能够实现。它是诗人潜意识的感性显现，是诗人感知世界的一种深刻表征。试看洛夫的《与李贺共饮》：

嚼着五香蚕豆似的
嚼着绝句。绝句。绝句。

你激情的眼中
温有一壶新酿的花雕
自唐而宋而元而明而清
最后注入
我这小小的酒杯
我试着把你最得意的一首七绝
塞进一只酒瓮中
摇一摇，便见云雾腾升
语字醉舞而平仄乱撞
瓮破，你的肌肤碎裂成片
旷野上，隐闻
鬼哭啾啾
狼嗥千里

这段是全诗的第二节，写自己与李贺一边饮酒、一边嚼着五香蚕豆进行艺术构思。“绝句”在这里有两层含义：一指近体诗的一种形式——七言或五言绝句；一指绝妙诗句。连用三个“绝句”并用句号断开，表示苦吟或强调，抓住了李贺“呕心沥血”的构思特征。这些内容都被高度压缩在荒诞式意象组合里，笔墨经济，意象张力极大。以下七行写李贺酣饮后“激情”迸发。其中“自唐”一句，把千余年的历史压缩成短暂的一瞬，表示李贺构思过程，既取消了诗人与李贺所处的遥远时空距离，又含有李贺写出的诗句后无继响之意。“最后注入 / 我这小小的酒杯”，写两人的感情交流沟通。“我试着”两句写诗人仔细品味李贺写出的绝妙诗句。“摇一摇”两句描述李贺诗歌的反理性、不拘平仄、重感觉的情感与形式特征；又指李诗字字金石，掷地有声。“你的肌肤碎裂成片”，说明诗歌构成李贺的生命。朱自清《李贺年谱》说：“大抵贺赋性怪僻，而多奇情异采；既遭谤毁，幽忧弥甚，遂出其全力为诗。”[1] 最后三句化用李贺《秋来》“秋坟鬼唱鲍家诗”句意，既描述李贺诗歌风格的“虚荒诞幻”[2]，暗含“鬼才”之意，又揭示出李诗愤世嫉俗的感情特质。可见，荒诞式意象组合，在这首诗中运用得比较成功，使诗旨获得了极大的包孕性。再看雪迪的《饥饿》：

我听见那种饥饿的声音
日夜嗥叫在我的面孔里
我的手在喉咙里挣扎
在吐出的日子里布满爪印
……
我最大的伤口，在牙间生长
我听见那种声音
我听见死亡的人在我脸上
一次又一次胜利地歌唱
我把手伸进喉咙里
开辟一条无声地嚎叫的航线

这首诗写饥饿体验，它一反传统诗歌的写法，以荒诞式意象组合手法，写“面孔”、“喉咙”、“牙齿”的感觉：“饥饿的声音”在

[1] 《朱自清古典文学论文集》下册，上海古籍出版社 1981 年版，第 521 页。
[2] 杜牧：《李贺集序》，见《中国历代文论选》第二册，第 186 页。

“面孔里”“日夜嗥叫”；“死去的人”在“脸上”“一次又一次胜利地歌唱”；“喉咙”里如同有“手”在“挣扎”；“牙齿”间好似生长着“伤口”。这一切在现实生活中看似荒诞不经，但它是诗人所体验来自生命内部的呐喊。诗人从他独特的饥饿体验中，穿透饥饿者外表的平静，倾听到生命深层的“嗥叫”——挣扎、伤口恶化般的嗥叫，所谓“无声的嗥叫”。作者认为“文字的各种奇妙的排列与组合揭示创作主体的内在情绪与存在意识”。[1]“奇妙的排列与组合”，在这首诗中即意象的荒诞式组合。荒诞式意象组合的原理是艺术变形，变形程度越大，所获得非现实存在的形式就越具荒诞性、离奇性和超现实性。它作为诗歌内在构造的一种方式，只有真正表现人类的生命体验与存在状态，才具有深刻性和审美意义。

（五）交替式意象组合

所谓交替式意象组合，指诗人将同一时间发生在不同空间或不同空间发生的事情组合在一起。与对比式意象组合不同，它强调的不是对比，而是高度概括，把跨度极大的时空压缩到诗歌时空中来，以表现丰富的内容，从而起到集中表现主题的作用。李白的《峨眉山月歌》比较典型：

峨眉山月半轮秋，影入平羌江水流。
夜发清溪向三峡，思君不见下渝州。

[1] 唐晓渡等：《中国当代实验诗选》，春风文艺出版社1987年版，第34页。

诗写李白初离蜀地的依依惜别之情。全诗四句却用了五个地名："峨眉山"、"平羌江"、"清溪"、"渝州"、"三峡"，为我们展示了一幅千里蜀江行旅图。王麟洲评价说："四句入地名者五，古今目为绝唱，殊不厌重。"[1] 即并没有给人冗赘之感，这是因为诗人所用地名都具有意象张力：峨眉山，使人联想到弯弯的蛾眉，又与半轮秋月正好形成视觉上的鲜明对照；平羌江，使人想到江水平静地流淌；清溪和三峡，隐隐给人幽深宁静之感；渝州，也因"渝"字三点水旁及"州"字为水中岛屿之义，而与诗人的水路旅行的主题融合起来，其中"山月"这一中心意象贯穿整个意境，使得江行体验与怀人之情统一起来。就这样，诗人通过巧妙的交替式意象组合，使五个地名所构成的广阔空间融入这首小诗之中，犹如"天籁"妙成，非常贴切自然，显示了诗人组合意象的高超技巧。王勃《送杜少府之任蜀川》首联：

城阙辅三秦，风烟望五津。

"城阙"指长安，送别之地；"三秦"，今陕西省一带地区，古为秦国。项羽灭秦，分其地为雍、塞、翟三国，故称三秦。"五津"指岷江的五大渡口——白华津、万里津、江首津、涉头津、江南津，这里泛指蜀川，杜少府即将赴任之地。由于意象的交替式组合，便把跨度如此大的送别之地与赴任之地连接起来了，造成鲜明的空间效果，为下文"海内"、"天涯"张本，从而表达"海内存知己，天涯若比邻"的豁达乐观情绪。陆游《书愤》：

---

[1] 王琦注：《李太白全集》上册，中华书局 1977 年版，第 443 页。

楼船夜雪瓜洲渡，铁马秋风大散关。

诗人在表现“瓜洲渡”时，用了“楼船”与“夜雪”两个相关的意象；在表现“大散关”时，用了“铁马”和“秋风”两个相关的意象。“楼船”与“铁马”代表人事；“夜雪”与“秋风”代表时间；“瓜洲渡”与“大散关”代表地点，是南宋两个边防重镇。在把这些意象交替组合到一起时，诗人并没有用一般言语中所用“在何时”、“在何地”等关联词来连接，而全由名词性意象构成，从而使这些看似意义单纯的意象，产生丰富的意蕴——传达出边防重镇紧张、萧条的整体氛围，高度概括了诗人转战南北、戎马倥偬的军旅生涯。

交替式意象组合的另一含义是，各种感觉意象层现迭出、错综交替呈示，与通感式意象组合不同，它没有发生感觉沟通转换，而是不同的感觉意象同时并置。吴文英的词较有代表性。张炎评价说：“吴梦窗词如七宝楼台，眩人眼目，碎拆下来，不成片断。”[1]“七宝楼台”指吴词意象的交替式组合，“眩人眼目”指吴词的朦胧审美效应。

（六）辐辏式、叠映式意象组合

辐辏即车辐集于轴心。辐辏式意象组合是诗歌中以某个意象为焦点，其他意象都围绕它展开，形成一个环形结构，焦点意象犹如车轮的轴心，围绕着它的其他意象则好似车轮边际上的各点，连接各点与焦点的是诗人的情绪，如同连接轴心与轮圈的木条或钢条。

---

[1] 张炎：《词源》，见《词话丛编》第一册，第 259 页。

试看汉乐府民歌《江南》：

江南可采莲，莲叶何田田。鱼戏莲叶间：鱼戏莲叶东，
鱼戏莲叶西，鱼戏莲叶南，鱼戏莲叶北。

如前所述，传统诗歌里写到江南，一般抓住水乡这一特征来写，这首诗歌也是如此。但是这首诗歌的独特之处，是它并没有直接写水，而是通过“莲”、“鱼”两个典型意象来暗示。如果说这种写法在传统诗歌里并非“空前”，那么它后四句写法或许堪称“绝后”。虽然它只变换四个字——东、西、南、北，如此简单。但下一个“戏”字便不同凡响，诗意立即生成并增殖：古代采莲的活儿是妇女们干的，诗中虽未写人，但处处有人。从这一美丽的画面，我们不正感到妇女们划着小船，唱着歌儿采莲么？青青的莲叶把妇女们映衬得更加充满青春活力而光彩照人。她们嬉戏追逐，轻快的小船一忽儿东，一忽儿西，一忽儿南，一忽儿北，逗得鱼儿也忽儿东，忽儿西，忽儿南，忽儿北。人鱼相乐，更加衬托出妇女们采莲欢快的劳动场面。如果说“莲叶”是诗中的焦点意象，那么“鱼群”便是围绕它展开的意象群。用图表示如下：

北岛《古寺》中的焦点意象是“古寺”，围绕它诗中展开了系列相关意象：钟声、蛛网、柱子、年轮、石头、山谷、小路、龙、怪鸟、房檐、铃铛、文字、荒草、鞋印、残碑、石龟、门槛，它们辐辏式组合在一起，便把古寺的古老、陈旧、封闭、荒凉等表现出来，构成一个特定的发展缓慢的历史时空，象征超稳定状态的中国封建社会。

所谓叠映式意象组合，即意象的叠加幻化，犹如电影蒙太奇幻化镜头，具有对比、强调、象征等多种作用，极富包孕性，既笔墨经济又回味无穷。岑参《寄左省杜拾遗》：

白发悲花落，青云羡鸟飞。

如果用电影镜头来表现，先是出现“白发”的特写镜头，再幻化出“花落”的特写镜头，或者反过来，形成对比，表达诗人对空虚无聊、沉闷乏味、身心极不自由的朝官生活的厌倦，抒发了诗人对时事和身世的无限感慨。北岛《宣告》：

从星星的弹孔中
将流出血红的黎明

血淋淋的“弹孔”幻化成闪烁的“星星”，从“弹孔”中流出的鲜血，幻化为“血红的黎明”。这首诗是献给在那个“错误的年代”被“四人帮”罪恶的枪弹杀害的遇罗克烈士的。叠映式意象组合，赋予意象深刻的象征含义：一个烈士牺牲了，他将化作夜空中一颗璀璨的星星；他高大的形象、为真理正义而勇敢斗争的精神，将永远活在人们心中；他流出的鲜血，将化作火红的黎明，迎来新时代的曙光；在那错误的年代，要实现“只想做个人”的最低愿望，却要付出生命的代价。

二、中国诗歌心理时空的几种主要形式

黑格尔认为，作为语言艺术的诗歌，是第三种艺术。绘画提供明确的外在形象，但在表现内心生活方面还有欠缺，于是才有了音乐；音乐在表现内心生活的特殊具体方面欠明确，于是才有了诗歌。在黑格尔看来，诗歌是空间艺术和时间艺术这两个极端在一个更高的阶段上，在精神内在领域里的统一。[1] 因此在表现运用上，它兼具空间艺术和时间艺术的长处，从而形成自己独特的表现手法。我认为，这种独特的表现手法就是心理时空的构造方式。

心理时空是按照艺术家的主观情感，将现实时空切割、组合而建立的新的时空，它打破现实时空的次序和逻辑，使之转换，或跳跃，或互化，或变异，或泛化，或取消等。下面介绍中国诗歌心理时空的几种主要形式。

（一）改变视角

现实时间的持续性、顺序性，现实空间的方位性，是依据宇宙中某个视角为焦点的参照物来确定的。如果不断改变观察视角，那

[1] 参见黑格尔：《美学》第3卷下册，第3—5页。

么这种持续性、顺序性和方位性就会被打破而进入心理时空。中国意象诗改变视角主要有三种方式。

1. **散点透视**。与焦点透视不同，散点透视没有固定的视点，因而所获得的事物比例关系不符合现实事理的逻辑；所构成的时空也更为自由和广阔。试看王维的《终南山》：

太乙近天都，连山接海隅。
白云回望合，青霭入看无。
分野中峰变，阴晴众壑殊。
欲投人处宿，隔水问樵夫。

首联平地远眺，分别写终南山的高峻与阔大。首句目光与山峰构成仰角，次句目光与山峦、“海隅”构成直线，即零角；颔联移步山中，写南山近景。颈联笼括南山总貌，但视点与首联不同，前者平居远眺，有仰视、平视，这里立足“中峰”，是俯瞰。末联又转回立足地面平视，“隔水”构成空间立体感。苏轼说：“味摩诘之诗，诗中有画。”[1]精通绘画和音乐的王维，不仅将绘画的构图、色彩，还将音乐的流动感，运用于这首诗歌的意境创造之中，造成一种具有立体感、运动感的心理时空。它有力印证了黑格尔所说诗歌是把空间艺术和时间艺术这两个极端在一个更高阶段上，在精神内在领域里的统一。

2. **时间落差**。如果说散点透视主要是空间的改变，那么时间落差则主要是时间的改变，从而造成视角的改变。如李商隐《夜雨寄北》：

---

[1] 苏轼：《书摩诘蓝田烟雨图》，见《中国历代文论选》第二册，第 305 页。

君问归期未有期，巴山夜雨涨秋池。

何当共剪西窗烛，却话巴山夜雨时。

这首诗是作者在梓幕期间寄赠在长安的友人的。首句包含一问一答，问在过去时，答在现在时，包含两重时间。次句描写滞留之地的景象，点明季节、天气，并交代复信的时间。这些凄凉萧瑟的物象，由一个“涨”字绾结，便成为诗人滞居异地、欲归无期的凄凉心境之象征性意象。但我认为这首诗的最独特之处在后两句，它紧扣“夜雨”，遥想他日重逢、今宵巴山夜雨的情景都将成为西窗之下剪烛夜晤的话题。“西窗夜烛”这一典型场面本来属于未来时空，由于后一句的特殊处理，便成为现在时空；两个“巴山夜雨”一属现在时空，一属过去时空，字面虽重复，意味却不同。总之，由于视点的改变，使得现在时空与未来时空重叠、过去时空与现在时空交织。时间的巨大落差，拓展了本诗的心理时空，使有限的画面富有极大的包孕性，十分耐人寻味。

3.**视角易位**。诗歌中的叙述角度与观察视角有着密切的联系，因为叙述角度的改变，往往伴随视角的易位，从而带来时空的改变。江河《纪念碑》：“我常常想 / 生活应该有一个支点 / 这支点 / 是一座纪念碑。”这里的“我”是抒情的主体，“纪念碑”是以第三人称叙述的对象。“我就是纪念碑，我的身体里已垒满石头。”这里的“我”已切入“纪念碑”角度，转向第一人称独白。“斗争就是我的主题 / 我把我的诗和我的生命 / 献给了纪念碑。”“我”又回到抒情主体，“纪念碑”又成为叙述的对象。屹立在天安门广场的纪念碑，在诗中是一个极富包孕性的中心意象：它既是包括诗人在内的一代觉醒者和沉思者的象征，又是中华民族昨日苦难的见证、今日扬眉吐气、神圣尊严的标志，以及“太阳每天从东方升起”般充满“魅力”和“希望”的未来预言。它就像一座无形的桥梁，连接我们民族的过去、今天和未来，这种极大的时空跨度和审美张力，诗人成功地运用视角易位手法，就把整个一部中国历史浓缩到诗的时空中来，从而“在艺术上也获得了有限与无限、单纯与丰富的辩证统一”[1]。

（二）时空转换

与改变视角不同，时空转换指诗人的视角变化不明显，重点在时空的转移和换置上：或时间基本不变空间转换；或空间基本相同时间转换；或时空同时转换。

1. **同一时间的空间转换**。即不同空间同时发生的事情，由于一维性时间不能同时复现二度空间，所以叙述性的小说只有采取“花开两朵，各表一枝”的分叙方法，而在抒情性的诗歌里，则可运用时空转换的方式，表现不同空间同时发生的事情。杜甫《月夜》：

今日鄜州月，闺中只独看。
遥怜小儿女，未解忆长安。

香雾云鬟湿，清辉玉臂寒。
何时倚虚幌，双照泪痕干。

天宝十五载（756）六月，安史叛军攻入长安，杜甫携家逃难，

[1] 李丽中：《朦胧诗·新生代诗百首点评》，南开大学出版社1988年版，第164页。

住在鄜州（治所在今陕西省富县）。七月肃宗即位灵武（今宁夏回族自治区灵武县），杜甫前往投奔，途中为叛军所俘，带到长安，幸因官职卑微未被囚禁。从此，他在沦陷的都城里住了一段时间。这首诗写月夜思家的心情。首联、颈联设想妻子独自久久望月的形象，空间在“鄜州”，写妻子思念自己，暗含自己思家。二度空间一隐一显。颔联写自己遥想家中妻小，空间在“长安”，显豁首联、颈联的潜在含义，隐显二度空间互换。六句写尽别离之情，末联期盼全家团圆，空间转入“鄜州”，以家人寄居之地为归宿，伸足思家之情。时间上转入未来。

2. **同一空间的时间转换**。即表现不同时间内同一空间所发生的事情，经常运用于寻访、怀旧、登临之作之中，在鲜明对比、强烈反差中抒发一种人事沧桑、物是人非的惘然若失之感。崔护《题都城南庄》比较典型：

> 去年今日此门中，人面桃花相映红。
> 人面不知何处去，桃花依旧笑春风。

据唐代孟棨《本事诗·情感》载，这首诗有一段颇具传奇色彩的本事：“博陵崔护……举进士下第。清明日，独游都城南，得居人庄。一亩之宫，而花木丛萃，寂若无人。扣门久之，有女子自门隙窥之，问之：‘谁耶？’以姓字对，曰：‘寻春独行，酒渴求饮。’女入，以杯水至，开门设床命坐，独倚小桃斜柯伫立，而意属殊厚，妖姿媚态，绰有余妍。崔以言挑之，不对，目注者久之。崔辞去，送至门，如不胜情而入，崔亦睠盼而归。嗣后绝不复至。及来岁清明日，忽思之，情不可抑，径往寻之。门墙如故，而已锁扃之。因题诗于左扉曰……”[1] 诗中同一空间——都城南庄“此门中”，不同时间发生的事情——寻春遇艳。“桃花”不仅点明季节，为“人面”设置美好环境，衬托出少女光彩照人的容颜，而且成为少女青春年华的象征以及少女与诗人一见倾心、脉脉含情的美好情事之暗示。后两句转入“今日”空间——重寻不遇。春风温馨、桃花烂漫的季节依旧，花木扶疏、桃柯掩映的门户如故，但户中那位含情脉脉、光彩照人的少女却不知去向。同一空间的异同映照对比，表达了诗人因感失去美好事物的无限怅惘之情。

3. **时空同时转换**。这种时空转换方式多运用于记游性作品中，所谓“移步换形”法。随着诗人的游踪，时间依次推移，空间依时转换，犹如电影蒙太奇手法，画面层现迭出，使人目不暇给。陆机《赴洛道中作》其一，写诗人离家赴洛阳途中所见景物和引起的感慨。旅途的景物随着诗人的行踪，移步换形。诗人由“南津”——南面的渡口与亲人分别，沿着北面的小洲踏上了征程：“行行遂已远，野途旷无人。山泽纷纡余，林薄杳阡眠。虎啸深谷底，鸡鸣高树巅。哀风中夜流，孤兽更我前。”空间由“旷无人”的“野途”—“纷纡余”的“山泽”—“杳阡眠”的“林薄”（树林草丛）—“深谷”—“树巅”；时间由视觉景物转入听觉的“虎啸”、“鸡鸣”，再转入触觉的“哀风”，暗示出从白天到“中夜”的流逝。又如韩愈的《山石》诗，时间由“黄昏”—“夜深”—“天明”；空间随之由山路—寺院—深山，诗人所见景物也随之转换：“新雨足”—“烟霏”—“山红涧碧”—“松枥皆十围”。

[1] 孟棨：《本事诗》，见《历代诗话续编》上册，第10—11页。

(三) 时空跳跃

时空跳跃，在时空处理上与时空转换中的移步换形相近，时空同时转换。不同的是，它不像时间转换基本上依照时间流程——物质运动过程的持续性和顺序性来展开时空，而是冲破时间的持续性和顺序性、空间的逻辑性，按照诗人主观情感对时空进行切割，然后重新组合。由于时间逆挽、空间跨接，时空错综交织，出现大幅度地跳跃。试看李白《行路难》：

金樽清酒斗十千，玉盘珍馐值万钱；
停杯投箸不能食，拔剑击柱心茫然。
欲渡黄河冰塞川，将登太行雪满山。
闲来垂钓碧溪上，忽复乘舟梦日边。
行路难，行路难！多歧路，今安在？
长风破浪会有时，直挂云帆济沧海。

这首诗是天宝三载（744）李白离开长安时所作。他曾怀着“奋其智能，愿为辅弼”的政治理想，被征诏入长安，“仰天大笑出门去，我辈岂是蓬蒿人”（《南陵别儿童入京》），希望干一番事业，不料只做了个供奉翰林的御用文人，加上他不愿“摧眉折腰事权贵”的傲岸性格，为朝廷小人谗言被逐出长安。诗中写世路艰难，充满了政治上遭受挫折后的抑郁不平之感。“欲渡”四句在空间由“黄河”跳跃到“太行山”，象征人生途中的艰难险阻和事业的事与愿违；时间上由现实跳跃到历史上周朝姜尚晚年在皤溪（今陕西省宝鸡市东南）垂钓而遇周文王之事，再逆接商朝伊尹曾梦乘舟经过日边而被商汤重用之事，表达了诗人宏远的抱负总有一天会实现的坚定信念。时空的大幅度跳跃，是适应诗人由苦闷到抑郁不平再到慷慨昂奋的大起大落的感情表达需要的。

再看卞之琳《距离的组织》：

想独上高楼读一遍《罗马衰亡史》，
忽有罗马灭亡星出现在报纸上。
报纸落。地图开，因想起远人的嘱咐。
寄来的风景也暮色苍茫了。
（“醒来天欲暮，无聊，一访友人罢。”）
灰色的天。灰色的海。灰色的路。
哪儿了？我又不会向灯下验一把土。
忽听得一千重门外有自己的名字。
好累呵！我的盆舟没有人戏弄吗？
友人带来了雪意和五点钟。

由象征中世纪文明衰落的“罗马灭亡星”忽然出现在中国的上空，暗示一个旧中国社会距离崩溃不远，一个新的国家即将诞生。从诗中可知，题中“距离”指时空距离，它有多层含义：第一，世界范围的古代社会与中国社会现实的时间距离；第二，诗人由此产生的梦幻与现实中国社会的时间距离；第三，友人信中附寄名片中风景与诗人梦幻中风景的距离。这些跨度极大的多层时空被诗人“组织”到诗中有限的篇幅里来，跳跃极大，转换极快，构成此诗极为丰富的心理时空。

舒婷《还乡》也是由二度时空构成：“今夜的风中／似乎充满了

和声 / 松涛、萤火虫、水电站的灯……”“流浪的双足已经疲倦 / 把头靠在山的肩上”，“纯洁的眼睛重像星辰升起 / 照耀我”，“青春的背影正穿过呼唤的密林 / 走向遗忘”。——这是现实时空。“月色还嘻笑着奔下那边的石阶吗”，“或许只要伸出手去 / 金苹果就会落下 / 血液的瀑布 / 使灵魂像起了大火般雪亮”。——这是过去时空。在二度时空之间，诗人用了过渡句提示，如“记忆如不堪重负的小桥 / 架在时间的河岸上”，“如十年前一样”。诗歌的心理时空虽然跳跃很大，但读者并不难把握，这是舒婷诗歌的一个特点：恰到好处地掌握了“朦胧”与“晦涩”的临界点。显然，诗中的过去时空指“童年”，象征十年动乱中一代青年的天真幼稚、狂热轻信等；现在时空指成熟的青年，“还乡”就是回归自我——过去一度被扭曲、今天要恢复正常的自我。回归自我犹如“还乡”能够实现，但失去的青春不能再来。

（四）时空变异

时空变异指时空的压缩或延展，概括起来主要有四种基本形式。

1. 时间压缩。现实中上下几千年在心理时间里可能成为弹指一瞬，所谓“更变千年如走马”（李贺《梦天》）。试看余光中《访故宫》：

若把脚后跟提得够高
一尺半的门槛
从光绪到乾隆
只一跨，就进入大内了
至于永乐年间

则还在汉白玉雕龙的
三台丹墀的上面

这首诗写于1992年8月，相距光绪（1875—1908）、乾隆（1736—1795）年代有近一二百年的历史了，但诗人访故宫时，仿佛“只一跨，就进入大内了”。抽象的时间不仅由“一跨”这一动作赋予了具象的长度，而且被高度压缩。“至于永乐年间（1403—1442）”三行用时间凝固法，交代故宫建造的时间在明成祖时期和所用材料——白色大理石。走进故宫的人自然会想起它的建造年代和有关历史，所以仿佛走进了历史长廊。诗人表达这种感受用时间压缩法是再贴切不过了。

2. **时间延长**。在现实时间里，一瞬间极其短暂，稍纵即逝，然而自然界的万物和社会生活中的事物却瞬息万变；人的心理活动也极其丰富。一位敏锐的诗人最善于抓住这一瞬间，在艺术上运用延长时间的手法，揭示人物复杂丰富的内心活动，最大限度地表现瞬息万变的自然现象和人生事象，使一瞬间成为最富于包孕性的顷刻。罗门《车祸》：

他走着　双手翻找着那天空
他走着　嘴边仍支吾着炮弹的余音
他走着　斜在身子的外边
他走着　走进了一声急刹车里去

他不走了　路反过来走他
他不走了　城里那尾好看的周末仍在走

他不走了　高架广告牌

将整座天空停在那里

现实中车祸的发生仅仅是一瞬间过程，诗人以“他走着”与“他不走了”反复手法，将时间延长，充分展示车祸遭遇者的痛苦挣扎和死亡瞬间的感觉：顿时天旋地转，双手在空中乱晃，仿佛在“翻找着天空”，嘴里立即发出一声惨叫，好像“炮弹的余音”，身体霎时失去平衡，犹如“斜在身子的外边”。尽管本能地试图挣脱，但由于惯性，终于“走进一声急刹车里去”。第二节分别写车祸遭遇者死亡瞬间的感觉、奄奄一息和生命终结，层次细腻，极富包孕性：“好看的周末”表示休闲的日子，使人想起热闹的场面和旋转的舞步，反衬车祸遭遇者不能动弹和再不能光临、享受了，同时又揭示出死者临终之际对人间生活的最后一丝留恋。“高架广告牌”是繁华热闹街市的标志，既交代发车祸发生的地点，又起到反衬车祸遭遇者生命渺小的作用。诗以旋转的天空开头，以停止的天空结束，展示车祸遭遇者由挣扎到死亡的全过程。

3. **空间压缩**。一位诗人要在有限的篇幅里表现他目力所及的事象已经不容易了，何况去表现他视野之外的事象就更加困难。在这种情况下，如果他运用空间压缩法，这一矛盾便迎刃而解。杜牧《江南春》为我们提供了这一范式：

千里莺啼绿映红，水村山郭酒旗风。

南朝四百八十寺，多少楼台烟雨中。

明朝学者兼诗人杨慎批评说：“‘千里莺啼’，谁人听得？‘千里绿映红'，谁人见得？若作十里，则莺啼绿红之景、村郭楼台、僧寺酒旗，皆在其中矣。"[1] 作为一个诗人兼批评家的杨慎，居然对文艺的心理时空全然无知。在他看来，诗中所写的空间，应以诗人目力所能及为限，殊不知诗人可以借助想象把他视野之外的空间经过压缩法表现于诗的空间中来。在这首诗里，杜牧不仅将千里江南的春景作了压缩，时间也作了泛化。前两句所写黄莺啼鸣、红绿相映、酒旗招展，显然是风和日丽的晴天，后两句所写却是迷蒙的烟雨。可见诗中"千里"与"多少"都只是虚写。诗人正是以典型化的手法，抓住江南春的特征，粗中有细地展示江南春的多层次景观。所以杨慎的批评遭到何文焕的反驳，他说："即作十里，亦未必尽听得着，看得见。题云《江南春》，江南方广千里，千里之中，莺啼而绿映焉。水村山郭无处无酒旗，四百八十寺，楼台多在烟雨中也。此诗之意既广，不得专指一处，故总而命曰《江南春》……"[2]

4. **空间展延**。冯文炳《十二月十九夜》写冬夜向炉烤火而获得禅悟：

深夜一枝灯，
若高山流水，
有身外之海。
星之空是鸟林，
是花，鱼，是天上的梦，
海是夜的镜子。

---

[1] 杨慎：《升庵诗话》卷八，见《历代诗话续编》中册，第800页。
[2] 何文焕：《历代诗话考索》，见《历代诗话》下册，第823页。

思想是一个美人，是家，
是日，
是灯，是炉火，
炉火是墙上的树影，
是冬夜的声音。

在有限的空间——室内，诗人因“美人”般的“思想”而获得顿悟，那无声的“炉火”顿时化作“冬夜的声音”而流动起来，充满整个宇宙，死寂的夜焕发了生机；熊熊正旺的“炉火”又化作“一枝灯”，朦胧的室内顿时豁然通明，有限的空间立即与无限的宇宙接通——室内与“高山流水”接通，“流水”与“海”接通，“高山”与“花”的“鸟林”接通，“鸟林”、“花”与“星之空”接通，“海”由“鱼”与“星之空”接通，因而空中之星如海里之游鱼，化静为动；“海”又如“鸟林”、“花”，视觉、听觉、嗅觉沟通。由“炉火”—“灯”—“星”—“思想”，一个比一个明亮，层层升华，最后又合而为一，成为无上正觉。“灯”便是禅悟后最高境界之象征。

（五）时空互化

时空互化，即变时间顺序为空间程序之时间的空间化和变空间程序为时间顺序之空间的时间化。

1. **时间的空间化**。时间是抽象的，看不见摸不着，但它会在事物上留下痕迹。如花开花落，沧海桑田，新陈代谢……一位敏锐的诗人能够从事物的细微变化中感受到时间的存在。时间在诗中有两种表现形式：一是直接标示出来，如某年某月，春夏秋冬，晨午昏夜等。一是通过空间物质形式，赋予时间以质感，即时间的空间化。陈敬容《流向遗忘：季节的寓言之一》，写于十年动乱结束后的1981年6月。诗一开头便将时间空间化：

幻影随流水流向了遗忘，
白丁香呵依旧像白云一样。

“流水”、“白丁香”、“白云”都是具有空间形式的事物。在无形无影的时间流逝中，自然界的万物新陈代谢，有的逝去了如同“流水流向了遗忘”；有的留下来“依旧像白云一样”。这两句在诗中反复三次，错综交替地分别将逝去的和留存的时间空间化，让读者充分感受时间的存在。其中以“古老的园亭”、“熟悉的门墙”、“高高的菩提、银杏、海棠”、“湛蓝的晴空”这些空间意象表示“依旧像白云一样”留存的事物；以“寂寞的徘徊”、“乳燕呢喃的拂晓”、“妖蛇爬行的晚上”、“意外的灾难”、“妖蛇的笑语”、“黑夜”、“迷惑的夕阳”表示“随流水流向了遗忘”的“幻影”——忧虑、悲悯、凄伤。最后以“织一缕记忆/缠绕在花叶、花丛上”，将时间凝固在具体空间形式的花叶上。总之，十年动乱的时间，通过系列视觉意象空间化了，具体可感。

2. **空间的时间化**。同一时间里的空间物质形式林林总总，千姿百态。能否在有限有诗的篇幅里尽可能摄取全景式的画面，是衡量一个艺术家才能高下的标志之一。诗人兼画家的王维，在其《山居秋暝》中成功地处理了这一矛盾：

空山新雨后，天气晚来秋。

明月松间照，清泉石上流。
竹喧归浣女，莲动下渔舟。
随意春芳歇，王孙自可留。

山间秋天傍晚的景色，对于处在特定观察点的诗人来说，自然是同时呈现的。如果用绘画表现出来，完全可以实现。但对于诗歌来说，就有一定难度。深谙绘画构图原理的王维，正是运用绘画技法，将空间时间化——把同时呈现的完整空间，先切割为“空山”、“新雨”、“明月”、“清泉”、“浣女”、“渔舟”等具体意象，然后按一定时间流程，将它们加以艺术组合，从而在心理时空中，让读者在审美中实现“完形”。

空间的时间化与同一时间的空间转换不同，前者各个局部空间都是某个整体空间的有机组成部分，均为实体；后者不同的空间各自构成一个整体，不存在分割，是不同维度的空间，并且有实有虚。所以前者称完形复合，后者称组接并存；前者统一于时间内不发生转换，后者于同一时间内并置，发生转换。

(六) 超越时空

1. 时空的泛化。即诗中的时间不能确定何年何月，空间也不能确定何地何处。它被抽象为一种宇宙意识。诗中的主人如同一位居高临下的哲人，只是呈示人类生存状态、阐发人生哲理。但它又与一般的“无时间性”的哲理诗不同，它本来有时空观念，只是诗中主人进入一种物我两忘的境界后超越了原来的时空。典型之作有张若虚的《春江花月夜》，全诗紧扣春、江、花、月、夜的背景来写，而以“月”为主体，写它由升起—高悬—西斜—落下的全过程，时空感很强。其中诗人由“月”而悟出人生哲理，进而揭示出人类的生存状态时便超越了时空：

> 江畔何人初见月？江月何年初照人？
> 人生代代无穷已，江月年年望相似。
> 不知江月待何人，但见长江送流水。

这里的“江畔”、“何人”、“初见”、“江月”、“何年”、“初照”、“代代”、“年年”、“长江”、“流水”均被泛化，不能确指，它只是指向人生有限而宇宙无穷这一矛盾及其所蕴含的人生哲理。这种超越时空的宇宙意识与庄子的宇宙意识一脉相承，又下启李白的“青天明月来几时？我今停杯一问之。……今人不见古时月，今月曾经照古人”（《把酒问月》）和苏轼的“明月几时有？把酒问青天。不知天上宫阙，今夕是何年？”（《水调歌头》）等。

真正意义上超越时空的宇宙意识，必须以超越人生有限与宇宙无穷这一人类存在最根本性的矛盾为内核和前提。所以说《春江花月夜》的超越时空，只是局部性的、暂时性的超越。综观全篇，诗人最后又不得不回到现实时空，抒写思妇与游子的两地相思。这是因为，在唐代，无论是张若虚的《春江花月夜》，还是陈子昂的《登幽州台歌》，或是柳宗元的《江雪》，他们或面对永恒的宇宙，感到人生无常，如梦似幻，心情迷惘中又夹杂几份留恋和憧憬；或从宇宙无限与个体生命有限的对立中，产生人生、历史、政治的沉重感和个体生命的孤独感。超越时空至宋代自一代文豪苏轼登上文坛以后才发生了本质的变化。试看张孝祥的《念奴娇·过洞庭湖》：

尽挹西江，细斟北斗，万象为宾客。
扣舷独啸，不知今夕何夕。

它是作者于宋孝宗乾道二年（1166）六月被谗落职北归，途经洞庭湖感悟而作。它表明宋人已逐步从前人的困惑、苦恼、迷惘中挣脱出来，达到了一种更为高层次的超旷境界。

2. **时空的取消**。即在诗歌中看不出过去、现在和未来的某一具体时间，也看不出空间的特指性，诗歌的视野是未经分割、浑然一体的。余光中《访故宫》：

而摆了几百年的架子
所有守宫的兽像
都蠢蠢欠起身来
在雕座上笑谈起前代
许多讹传的野史
直到储秀宫深处传来
慈禧的一声咳嗽把所有的飞凤、蟠龙
都吓了一大跳
所有的龟鹤和太监
肃静中，听见更远处
沿着运河
正隐隐地撼动
八国联军的炮声

这里所写都是历史上发生过的事情；或未曾发生的事情；或可

能发生的事情；或不可能发生的事情。但在现在时空里却全部发生了，确切地说是在诗歌的心理时空中一一发生了。所以说，所谓时空的取消，是指物理时空的取消；所谓超越时空，也只是指超越物理时空而进入心理时空。如果认为时空的取消指诗中“无时间性”，那就大错特错了。洛夫有一首诗，题为《与李贺共饮》，一看便知在物理时空中是不可能实现的，因为诗人生活在今世，而李贺是我国古代——唐代的诗人，两人相距近一个世纪。但在这首诗里，诗人取消了物理时空的界限，在所创造的心理时空中，委实同李贺痛饮了一番。

诗学与哲学、宗教

一、中国古代诗歌的哲学探究

（一）中国古代诗歌的意象化特征

“意象”一词最早见于《周易·系辞上》“圣人立象发尽意”[1]，这里的“象”指六十四种卦象，还只是某种抽象的观念符号或图形，正如三国时王弼在《周易略例·明象》中所说：“触类可为其象，合义可为其征”，具有“称名也小，取类也大”的象征作用。后来刘勰在《文心雕龙·神思》中提出：“独照之象，窥意象而运斤”，“神用象通，情变所孕”，始把意象从哲学范畴引进文学领域，至此，意象之“象”不再是某种抽象观念符号或图形，而是一种具象，意象遂成为一个美学概念。但诗歌中的具象主要包括意象和物象，二者之间有何异同呢？从心理学角度言，二者都是诗人感官意识的记忆，即任何外部世界客体及现象通过感官而被感知和意识的产物。但物象仅仅是现实客体在作品中客观呈示式再现，它是一个常量，其意

[1] 《十三经注疏》上册，第82页。

义即本身；意象是诗人内在情绪或思想与外在对象相互熔化融合的复合物，是客观物象主观化表现。相传为唐代王昌龄所著《诗格》，这样描述“意”与“象”的熔化融合过程：“搜求于象，心入于境，神会于物，因心都得。”意象之“意”又有内外之分，北宋诗人梅尧臣认为“诗有内外意”[1]，即从外意言，必须切合所取象的属性并穷尽它的外延；从内意言，又必须使情绪或思想符合与所取象的逻辑关系，并穷尽该物象的内涵，最后才能达到“意”与“象”的交融契合——内外意寄于象中而含蓄不露。可见，意象不是“意”和“象”的简单相加，“意”与“象”的交融契合凝聚了诗人对物象性态和类属的识别选择，以及与“意”对应熔化的审美联想和哲学思辨，正如王昌龄《诗格》所说，是一个殚精竭虑的艰苦过程。意象创造的主要方法是“略形貌而取神骨”，目的是消解“象”含义的清晰性、指向性和单一性，造成模糊性、不确定性和多义性，以表现诗人丰富复杂的内心情感或思想。所以意象是物象的延展或变态——“情变所孕”，是一个变量，充满了审美激活力，除了自身意义外，还具有“象”外之意。中国古代诗歌中的意象多数具有多义性（保留了《周易》中意象的象征性功能）或朦胧的美感效应。

20世纪初兴起于西方诗坛的意象派主将庞德说：“正是因为有些中国诗人，满足于把事物表现出来而不加说教和评论，所以人们不辞繁难地加以迻译。”[2]另一位组织者、美国女诗人爱米·罗厄尔也说：“含蓄是我们从东方学来的东西之一。”[3]这两段话说明中国古代诗歌意象化特征很突出，尽管并未形成一个意象派。但从理论和

---

[1] 梅尧臣：《续金针诗格》，见《宋诗话全编》第一册，第148页。

[2] 转引自《意象派诗选》，文中所引意象派理论与作品均见此书。

[3] 转引自赵毅衡：《意象派与中国古典诗歌》，载《外国文学》1979年第4期。

创作来看，中、西诗歌却具有不同的美学品格。庞德在《意象主义者的几个"不"》中给意象定义为："在一刹那时间里呈现理智与情绪的复合物的东西"。又在《关于意象主义》中扩展了"复合物"这一概念，它将意象分为两种：一种是主观的，一种客观的，进而指出："在两种情况中，意象都不仅仅是思想，而且充满了能量。"庞德所谓主观性意象与我国古人对意象的解释基本一致，而客观性意象则类似物象。但从意象派在创作中对意象的具体操作实际看，情形就迥然有别。弗林特将意象派的创作原则概括为三条：1. 直接处理无论主观的或客观的"事物"。2. 绝对不用任何无助于表现的词。3. 在节奏上，运用具有音乐性的词句，而不受制于呆板的节拍。庞德说："考验是在第一个宣言中三条的第二条。"试看他的创作示范《地铁车站》：

人群中　涌现的　那些脸庞
潮湿黝黑　树枝上的　花瓣

"脸庞"和"花瓣"为诗中两个基本意象，是诗人努力记录"瞬间，一件外向和客观的事物使自己改观、突变入一件内向、主观的事物"，再现诗人步出地铁车站瞬间的美感经验：在阴暗潮湿的地下铁道里，突然瞥见美丽的脸庞，仿佛抬头之间从湿黑枝头发现几片花瓣。由此看来，意象派追求所谓"绝对不用任何无助于表现的词"的高度浓缩，并非为了扩大意象的张力，如后来意象派三条原则又扩充为六条，其中两条是"运用意象把握具体细节，扬弃含混不清的泛泛之论"，"务求诗歌的坚实与清新，摈弃笼统的含混"。它们只舍弃那些与中心意象无关的字句，甚至抽掉连接意象的词，意象浓缩也只是“去掉枝叶，只剩下那些本质的、或主要的、或戏剧性的特点”之锤炼，根本目的不是使意象模糊化而是使它更加坚实清新，所以庞德极力贬低和排斥意象的象征作用，他说：“象征主义者的象征有固定的价值，像算术中的数目，像1，2和7。意象主义的意象有着可变的意义，像代数中的a，b，x。”从《地铁车站》看，“脸庞”与“花瓣”两个基本意象，尽管熔化了诗人的情绪和理智，但充其量只是通过并列互相映照使得形象更加坚实清新，以唤起读者对二者之间相似点的注意而已，有比较固定的价值，没有可变的意义。即使是休谟的《秋》，其中月亮“像一个红脸庞的农夫”、星星“脸色苍白，像城市中的儿童”——两个意象渗入了诗人对乡间大自然的向往，顶多也只是生动的明喻而已，并非“充满了能量”。

中国古代诗歌则不同，它较少是几个孤立意象的单一呈示，多半是群体意象多重组合，并且一意贯之，使这些意象构成完整深刻的意境，并在这种特殊意境中获得多重含义，具有象征性功能（象征性倒是赋予意象可变的意义，而不是固定的价值，庞德之说恰好颠倒），由此造成主题的多义或审美上的朦胧美感效应。元代马致远的《天净沙·秋思》比较典型：“枯藤老树昏鸦，小桥流水人家，古道西风瘦马，夕阳西下，断肠人在天涯。”诗中将十种不同的物象组合到一个画面里，渲染出一派凄凉萧瑟的晚秋气氛，然后以“断肠人在天涯”一意贯之，便将这些物象意化，传达出诗人复杂的秋思：羁旅漂泊的劳顿，思念乡亲的惆怅，时光流逝的感叹，人生失意的孤寂……它已不是简单的指向性、确定性的明喻，由于隐去了情感本体的特指性（为什么断肠），便造成见仁见智的审美随意性，具有象征性功能。象征主要是一种隐喻，刘勰《文心雕龙·隐秀》云：“隐也者，文外之重旨也”，“隐以复意为工”，“夫隐之为体，义主文外”。它正是庞德所说“把事物表现出来而不加说教和评论”、罗厄尔所说“含蓄”。这是不同于西方意象派多为坚实清新的明喻。

中国古代诗歌中连接意象的词往往起着意化的重要作用。秦观的《踏莎行》上片：“雾失楼台，月迷津渡，桃源望断无寻处。可堪孤馆闭春寒，杜鹃声里斜阳暮。”“楼台”、“津渡”、“桃源”本为美好事物的象征，分别被“失”、“迷”、“无”否定，便表现出作者屡遭贬谪的失意怅惘之情和对前途的渺茫之感。但它是现实还是意想中夜景呢？据下文“孤馆”、“斜阳”可知，为意想中的夜景。整个意境凄迷在于意象的朦胧，而意象的朦胧又在于连接它们的词之作用以及意境的暗示。总之，意象的朦胧与意境的凄迷相辅相成，互为作用，构成一个有机的整体，这又是与西方意象派诗的明显差异。

中国古代诗歌重抒情描写，轻叙事说理，所以，以具象作为抒情载体或描写对象是它一个鲜明特征。据此，大凡以抒情性主观化意象或描写性客观物象为主要内构元素的诗歌，都可归于意象诗之列。这是广义的意象诗。若从狭义而言，只有以个体主体性为内核，以抒情性主观化意象为表征，并造成主题多义或审美上的朦胧美感效应的诗歌，才能称得上真正意义上的意象化诗歌。《诗经》中多数作品虽然取象于自然物象，也赋予它们观念或思想，正如刘勰《文心雕龙·比兴》指出：“观夫兴之托谕，婉而成章，称名也小，取类也大。关雎有别，故后妃方德；尸鸠贞一，故夫人象义。”[1]但由于《诗经》在西周初至春秋中叶主要是作为“言志”的载体和交际工具。《诗大序》云：“诗者，志之所之也，在心为志，发言为诗。”[2]

[1] 刘勰：《文心雕龙·比兴》，见《中国历代文论选》第一册，第71页。
[2] 《毛诗序》，见《中国历代文论选》第一册，第63页。

这里的“志”多数是某种抽象的政治、伦理、道德观念，只体现诗的功利性、实用价值和社会价值，诗的本体审美价值尚不被重视。另一方面，《诗经》所言之志即使有“情”的成分，也只是以主要表现人类主体性（“大我”）、抒发群体共同情感为特质，所以它只能视为广义的意象诗。屈原是我国第一个在作品中表现自我形象——个体主体性（“小我”）的诗人，其代表作《离骚》就是一首杰出的政治抒情诗，诗中每以“善鸟香草以配忠贞；恶禽臭物以比谗佞”[1]，意象化趋向比较明显。虽然诗中意象寄托的含义指向比较确定，分别象征忠贞与谗佞形象，所幻想的天庭、神仙境界的遇与不遇也与现实政治斗争中的得志与失意对应；虽然诗中的意象仍然带有承载政治、伦理和道德观念的功利性成分，但它毕竟创造了“香草美人”的象征手法，为后世诗歌意象的经营创造提供了有益的借鉴，特别是屈原执著张扬个体主体性的精神，开拓丰富的内心世界、创造“心理时空”，为后世诗人树立了范式。因此，屈原当视为我国古代意象诗的开山祖。

魏晋更替时期，司马氏政治极其残暴黑暗，“名士少有全者”，频仍的战乱造成生灵涂炭，人的生命价值遭到严重摧残，于是引起大批知识分子对生命价值的思考，个体主体性觉醒，文学遂进入“自觉的时代”，诗歌中诗人自我形象全面确立。《古诗十九首》的基本情感内容，就是由世事无常转向对个体生命价值的思考和珍惜。晋代陆机《文赋》提出“诗缘情”之说，则是这种思考的深化在理论上的集中体现。与“言志”说不同，这里的“情”不再是某种政治、伦理、道德观念的图解，而是诗人心灵真诚的流露，是诗人对

---

[1] 王逸：《离骚经序》，见《中国历代文论选》第一册，第155页。

生命的独特体验。至此，诗人们才获得对诗歌本体价值的深刻认识，“缘情”被界定为传统诗歌的本质。概言之，诗人个体主体性的全面确立，并扬弃人类主体性的抽象和空洞而成为血肉丰满的生命存在，是中国古代诗歌意象产生的前提，并构成其本质内核。

严羽《沧浪诗话·诗辨》云：“盛唐诸人唯在兴趣，羚羊挂角，无迹可求。故其妙处透彻玲珑，不可凑泊；如空中之音，相中之色，水中之月，镜中之象，言有尽而意无穷。”[1] 如果说“兴趣”是从创作主体对个体生命的主观表现言，那么“空中之音，相中之色，水中之月，镜中之象”则是从接受主体对审美客观（作品）的美感效应言。这种朦胧美感效应，与其说用来概括盛唐诗，毋宁用来描述整个中国古代诗歌更加适宜。

（二）中国古代诗歌主题多义、意境朦胧的哲学阐释

意象最早属于哲学范畴的一个概念，被引进文学领域后仍保留它的象征性，表明文学创作从取象、立象到意象的创造，是一个尚包含了理性思辨成分的哲学思维过程，或者说与哲学有着密切的联系。这一事实启示我们，要解释中国古代诗歌多数作品具有主题多义性或朦胧的美感效应这一文艺现象，值得我们从哲学角度进行探究。

1. 表层观照

从中国古代诗歌所取“象”——表现客体看，事物性态（性质、特征、状态）和类属过渡的模糊性，是现实世界广泛存在的一种特征，

[1] 见郭绍虞校释：《沧浪诗话校释》，人民文学出版社 1961 年版，第 26 页。

是影响中国古代诗歌主题多义或意象、意境朦胧的一个重要原因。

辩证唯物主义认为，世界上一切事物都是彼此联系并按自身规律运动、转化和发展的。从纵的方面考察，事物运动的离散状态、静止状态只是相对的，它形成事物的清晰性特征；事物联系、运动、转化和发展是绝对的，它形成事物性态和类属过渡的模糊性特征。而所谓清晰性与模糊性的区别，也是相对的、模糊的。严格地说，现实世界的一切事物都具有某种模糊性，只是表现形式和程度不同而已。同一事物，从某一角度观照是清晰的；从另一角度观照又可能是模糊的。从这个意义上说，清晰性是相对的，模糊性是绝对的。从横的方面考察，模糊性是事物普遍联系的连续性中介过渡，使对象类属在认识中呈现"亦此亦彼"的二值逻辑特征，即使得一事物与另一事物之间呈现内在同一的相对性和两极对立的不充分性。[1] 恩格斯说："辩证法不知道什么绝对分明和固定不变的界限，不知道什么无条件的普遍有效'非此即彼'，它使固定的形而上学的差异互相过渡，除了'非此即彼'，又在适应的地方承认'亦此亦彼'，并且使对立互为中介。""一切差异都在中间阶段融合，一切对立都经过中间环节而互相过渡。"[2] 即使从精密科学的研究对象考察，物理学承认物体可以处于一种既非液态、又非固态的状态；化学中的大分子；天文学中黄光的星和白光的星的分类；数学中的邻域，充分大的自然数等概念，都表现出事物类属过渡的模糊性。从有关生命现象诸科学研究对象考察，鸭嘴兽之于兽类；海盘车之于动物类；无脊椎、无骨骼的文昌鱼之于脊椎动物类；生理学中的死亡过程；医

[1] 参见苗东升：《模糊学导引》，中国人民大学出版社 1987 年版。

[2] 《马克思恩格斯选集》第 3 卷，人民出版社 1972 年版，第 535 页。

学中的高烧、休克等现象，都是模糊的。而人文科学研究对象，差不多都是模糊的。

从中国古代诗歌所立“象”——审美客体看，汉语言形式的模糊性特征，是构成中国古代诗歌主题多义或意象、意境朦胧的一个重要因素。

因为纯粹客观世界无所谓确定和不确定、清晰和模糊；确定和不确定、清晰和模糊，根本上是人类认识活动的客观过程中产生的，它们表征的不是客体固有的内在属性，而是主客体在认识过程中形成的客观关系和客观特性，是反映认识主体和客体之间对象性关系的重要范畴，模糊认识是人类不确定认识的基本形式和本质特征。关于对象性态和类属过渡的模糊性，在人们认识过程中有两种基本类型：一种是由于主体把握对象性态和类属时，缺乏明晰边界或精确划分导致的，是被动的模糊认识。这种被动的模糊认识物质化、符号化之一便是语言。爱默生在《大自然》一书中写道：“能够用来表示某种道德的或心智和事物的每一个字，如果追根溯源，就会发现原是从某种表象转借而来的。正确（right）指端直（straight），错误（wrong）指扭曲（twisted）……我们用心字（heart）表示感情，用头字（head）表示思想。”[1]说明大多数语言文字本身就是一个具体的意象，只是因为长期使用，许多字的意象逐渐失去了新鲜感不再为人们注意而已。汉语言是我们祖先在长期的生产劳动实践中创造的灿烂文化成果之一，它是一个历史范畴，在长期运用发展中逐渐形成自己的语法体系，成为比较稳定的信息系统。但是，由于当

[1] 拉尔夫·爱默生：《大自然》，转引自《美的研究与欣赏》第二辑，重庆出版社 1983 年版，第 170 页。

时生产力水平和认识能力的局限，汉语言的基本特征，是对客观事物以及复杂的社会生活，特别是人的内在感情，主要进行直观式形象描述，而非逻辑性本质抽象。以萨丕尔、沃尔夫为代表的美国观念主义语言学派认为，语言是意识的“模型”。中华民族的主要思维方式——模糊思维品格，影响并决定它所创造的语言文字带有较多的模糊色彩。许慎《说文解字叙》说：“仓颉之初作书，盖依类象形，故谓之文。文者，物象之本”，“指事者，视而见识，察而见意，上下是也”。仓颉造字固然不可信，但从我国“六书”造字法来看，我们祖先主要是运用模糊思维，来创造文字语言的。汉语言文字多数具有象征性含义，因而模糊性是它的一个鲜明特征。与西方语言形式相比，汉语言形式中名词没有单复数形式区别；动词、系词没有人称、时态变化；主语与谓语之间的关联不受人称、格、数、时间等的严格限制；甚至词类也没有明确的划分，互用的现象大量可见，并且不需要形式上的限定；主语不一定是施事或受事，等等。[1]

2. 深层透视

从中国古代诗歌意象创造——主体模糊化思维看，主体模糊化思维是形成中国古代诗歌主题多义或意象、意境朦胧特征的心理机制。

关于对象性态、类属过渡的模糊性，在人们认识过程中两种基本类型的另一种是，主体自觉地把事物之间的区别和界限加以模糊化处理，从而揭示事物的本质特征，称模糊化思维。中华民族模糊思维品格的形成，固然受当时生产力水平和认识能力局限的影响，但这只是被动消极的一面。从主动积极的方面看，中华民族是自觉

[1] 参见何明：《论中国古代美学范畴的模糊思维》，载《思想战线》1990 年第 3 期。

运用模糊化思维的。人文科学特别是诗歌创作，主要是运用模糊化思维。意象的模糊化创造，目的是消解语言符号的精确性、清晰性和指向性，最大限度地发挥语言符号的语义生成功能作用，在更高更深意义上揭示诗人丰富复杂的情感特质，增强诗的表现力。

中华民族模糊化思维，与整个人类的模糊化思维一样，有着共同的生理基础。人脑具有处理模糊信息的特殊机制。现代控制论创始人维纳指出，同计算机相比，人脑一个主要优越就是“能够掌握尚未完全明确的含糊观念”[1]。现代神经生理学、心理学的研究揭示：人脑约有几百亿个神经元，相当于100万亿个计算机，可容纳多达10^{15}华特的信息总量。所以，尽管计算机在某些单项功能如计算方面优越于人脑，但对人脑处理模糊信息的机制，则望尘莫及。

尽管汉语言具有模糊性特征，为中华民族表情达意创造了广阔自由的天地和丰富多样的物质手段，但是我们的祖先仍然感到语言的贫乏。魏晋时期就开展过激烈的“言”、“意”之辩。特别是诗歌创作“言不达意”、“言不尽意”的矛盾比较突出，而以表现个体生命内心世界复杂情绪为主的诗歌，这种矛盾尤其深刻。但是诗人们又不能随心所欲生造字词，另造语法更没有可能。这种困境，迫使诗人们在意象之“意”上下工夫。意象作为一种语言符号，其含义包括外延和内涵两个部分。诗人只有在扩大语言符号外延或开掘其内涵上“惨淡经营”。汉语言形式本来就具有模糊性，因服从诗人主体复杂情绪的需要，语言形式上多作较大的反逻辑跳跃；或改变语序及主谓词搭配的习惯；或作模糊性暗示；或操作大量的直觉意念化修辞语，等等。这样一来，语言就更加模糊。质言之，中国古代

[1] 诺伯特·维纳著、钟韧译：《维纳著作选读》，上海译文出版社1998年版。

诗歌多为模糊语言的密集聚合。

从中国古代诗歌本体看，诗为诗人个体主体性存在表征的哲学深度，是中国古代诗歌本体多义、朦胧生成机制最为深刻的本质结构。

中国古代诗歌以个体主体性为内核，是真正意义上向诗本体接近和深入。与那些只是某种政治、伦理和道德载体的诗歌不同，在中国古代诗歌那里，诗与诗人的生存状态和生存心理“异质同构”。诗的意象不只是一些语言符号的呈示，也不是中介载体，而是诗人生命存在的表征。马克思在《1844年经济学—哲学手稿》中说：人是“有生命的自然存在物”。黑格尔在《美学》中说：“艺术美的职责就在于它必须把生命的现象，特别是把心灵的生气灌注现象按照它的自由性，表现于外在的事物。”[1] 艺术家将有生命的自然存在物——自身或人类表现于外在事物，最主要最直接的方式就是借助语言。二十世纪思想巨匠、德国哲学家海德格尔在《论人道主义》一信中说：“语言是人类独擅的东西，这不仅由于在具备其他多种能力的同时，人还‘具有’讲话的能力，而且因为他具有接近存在的优先地位。同样人类语言的功能只是要使存在成为它自身。正因为其他在者不具备这种接近存在的特权，因此为其他在者不具备这种接近存在的家，人便居住在这个家中。那些进行思考和创作诗歌的人们就是这个家的看家人。”[2] 诗歌语言具有“使存在成为它自身”的特殊功能，这是由诗人思考的哲学深度赋予的。朦胧诗人姚莽在《墓志铭》一诗中揭示出诗为诗人生命存在表征的哲学深度：“永远没有寂灭 / 他手里拿着一根 / 无钩的绳 / 他的生命化作 / 诗的一个贫

---

[1] 黑格尔：《美学》第1卷，第195页。

[2] 乔治·斯坦纳：《海德格尔》，中国社会科学出版社1989年版，第195—196页。

弱的符号。”

中国古代诗歌向本体接近和深入，正是以哲学为前提的。它不是对人类生存状态形而下的静态描写、客观展示，而是对个体生命的生存状态和生存心理高层次的观照、体验和揭示，是以个体生存状态为逻辑起点，透过意识和潜意识深层，对人的生存心理的本质结构进行哲学揭示。这种哲学层次的深入，使中国古代诗人多数陷入了孤独，如同所有思想深邃的哲学家几乎都感到孤独一样。从这个角度的认识出发，不少人认为甚至要求一个伟大的诗人就是一个哲学家。英国诗人柯勒律治说：“一个人如果同时不是一个深沉的哲学家，他绝不会是伟大的诗人。”[1] 另一位诗人锡德尼也说：“诗人其实就是真正的群众哲学家。”[2] 我国宋代的苏轼就是一个伟大诗人兼哲学家。他执著对宇宙、人生的哲学思考，其作品多数具有深刻的哲学意蕴。他的中秋词《水调歌头》，从宇宙流转、宦海沉浮，深感世态炎凉、人生价值失落，于是向往神仙世界，遗世独立，超然物外。然而“唯恐琼楼玉宇，高处不胜寒”，神仙世界毕竟虚幻冷漠，因此转向对人世的留恋和人间生活的热爱。诗人最后从“月有阴晴圆缺”体悟出“人有悲欢离合”自古难全的人生哲理，于是发出“但愿人长久，千里共婵娟”——积极肯定生存价值、珍惜生命意义的热情呼唤。

但是，在中国古代诗人中，像苏轼这种人毕竟凤毛麟角，多数诗人既够不上伟大，也称不上“深沉的哲学家”。拉法格说得中肯些：“不发表哲学议论的作家只不过是个工匠而已。”[3] 中国古代

---

[1] 伍蠡甫主编：《西方文论选》下卷，上海译文出版社 1979 年版，第 35 页。

[2] 《西方文论选》上卷，第 236 页。

[3] 拉法格著、罗大冈译：《文论集》，人民文学出版社 1979 年版，第 157—158 页。

诗人，由于执著于对个体生命的体验思考，因此程度不同地在诗中发表了哲学见解，至少渗入某些哲学思辨，进而揭示某些自然之理或人生哲理。晚唐著名诗人李商隐，其代表作《锦瑟》是一首总结身世遭遇之作。中间二联："庄生晓梦迷蝴蝶，望帝春心托杜鹃。沧海月明珠有泪，蓝田日暖玉生烟"，由四组心态化意象，构成一个封闭自足的个体生命的"卡夫卡"式城堡——"身世遭逢如梦似幻，伤春忧世似杜鹃泣血，才而见弃如沧海遗珠，追求向往终归缥缈虚幻。"[1] 尽管它所抒写是诗人亲身经历、独特体验，但已超越个人的范围而具有普遍意义，成为走向没落的封建社会知识分子不甘沉沦又无力解脱的共同悲剧命运和心态的写照。这种超越必定要以哲学思考的深度为前提。宋初词人晏殊，历居显宦要职，一生仕途平坦，生活环境优裕，品茶、饮酒、赋诗，构成他闲适生活的主要内容。但他的作品的雍容典雅背后，却掩饰不住某种淡淡的闲愁，这正来源于诗人对"承平时世"的理性思索："一曲新词酒一杯，去年天气旧亭台，夕阳西下几时回？无可奈何花落去，似曾相识燕归来。小园香径独徘徊"（《浣溪沙》）。生活纵然优裕舒适，那一年一度的"落花"，秋去春来的"燕子"一如既往，使他朦胧感到自然界似乎失去了什么，而且永远不再回来，只是一时说不清，所以"独自徘徊"在"小园香径"试图寻找答案。这首小令千百年来脍炙人口的原因之一，就是揭示了个体生命价值实现过程中无法克服的矛盾心理，已进入哲学层次的体悟，具有超越自我的普遍意义。

法国作家斯达尔夫人说："哲学在将思想进一步加以概括的同

---

[1] 刘学锴等：《李商隐诗选》，第 255 页。

时，使诗的形象更为崇高伟大。”[1] 中国古代诗歌中那些真正优秀的作品，都有一种深刻的哲学从内部无形地支撑着，因为个体生命中不仅积淀了“种族记忆”，而且积淀了哲学、宗教、道德等人类历史文化的记忆。“个体生命中既承载着生物进化从无到有的全部密码，也积淀着民族千百年来所凝聚的思想、文化、伦理、社会关系等种种精神特征。人作为生命的载体，与自然、历史等是不可割裂的统一体，它们统一在一个生命体之中。”[2] 所以，中国古代诗歌虽然以个体主体性为内核，由于进入了哲学层次的深刻体验，使它更加接近存在的本质，并能揭示出某些生命真谛，最终将超越自我逻辑地指向人类的主体性，并扬弃其抽象空洞。它不同于那些以表现人类主体性为逻辑起点的诗歌，结果湮没了个体主体性。因此，它不是一个静态文本范式，而是一个被接受者不断体悟认同，又不断创造深化、生生不已的动态存在——这种哲学深度，正是它捉摸不定、难以把握之秘密。

二、中国古代诗歌的禅宗智慧

禅宗是中国化的佛教，它是印度佛教自东汉传入中国后，与老庄思想、魏晋玄学联姻而孕育的一枚无花果。它在华夏大地独树一“枝”而开出两叶：一是以神秀为祖的北宗禅。神秀的偈语是：“身是菩提树，心如明镜台。时时勤拂拭，莫使有尘埃。”它完整地、高度

---

[1] 斯达尔夫人：《论文学》，人民文学出版社 1986 年版，第 300 页。

[2] 李丽芳：《论艺术家生命体验的意义》，载《思想战线》1990 年第 3 期。

地浓缩了印度佛教“戒—定—慧”三阶段方式，以“渐悟”为特点，选择山林寺庙，结跏趺坐，面壁数年，才能进入“万般已忘机”的境界，渐悟入道。它基本保留了印度佛教的精义和执著坚毅的参悟韧性。一是以惠能为祖的南宗禅。惠能的偈语是：“菩提本无树，明镜亦非台。本来无一物，何处有尘埃。”它完全抛弃了印度佛教的“戒”和“定”，而以“顿悟”为特点，无需选择场所、打坐入定，只要做到内心空寂、直指本心，就能顿悟入道。由于它的方法比较灵活简便，很快为文人士大夫接受，禅悦之风便在他们这一阶层盛行。诗人与禅师接席，目接机境，耳闻传语，于是诗禅联袂蔚为风气。正如元好问《答俊书记学诗》所说：“诗为禅客添花锦，禅是诗家切玉刀。”

（一）以诗示禅

所谓以诗示禅，即以诗演绎禅宗公案和故事，或化用禅宗偈语等。与禅家以诗寓禅的偈语不同，主体并非将身心虔诚地投入禅境，而是以第三者叙述视角，证示某个禅宗公案和故事，呈示禅机，阐发禅理。

公案，原指官府判决是非的案例。禅宗借来指前辈祖师所谓“古德”的言行范例，以参悟领会其中的禅意。天目中峰和尚《广录卷》说：“公案者，乃喻公府之案牍。……夫佛祖之机缘，目之曰公案亦尔。”[1]

《五灯会元》卷四载：“（长沙）游山归，首座问：‘和尚什么处去来？’师曰：‘游山来。’座曰：‘到什么来处？’师曰：‘始从

[1] 李淼等：《佛禅大智慧》，吉林人民出版社1994年版，第50页。

芳草去，又逐落花回。’座云：‘大似春意。’座云：‘也胜秋露滴芙蕖。’”[1] 长沙是南泉普愿的弟子，他的答话乃借禅境示禅，以“始从芳草去”喻由“色”悟“空”，由凡入圣；以“又逐落花回”表示又由圣入凡。首座所说“大似春意”有扬有抑，谓他生意显露，如春意盎然，似未空诸所有，仍落入现象界中。长沙云“也胜秋露滴芙蕖”，秋露芙蕖，比喻自己刊落繁华，证入真际，表明他已超出此一境界。张说《灉湖山寺》即演绎这一公案：

空山寂历道心生，虚谷迢遥野鸟声。
禅宣从来尘外赏，香台岂是世中情。
云间东岭千寻出，树里南湖一片明。
若使巢由知此意，不将萝薜易簪缨。

《金圣叹选批唐诗六百首》解释说：“不因寂历不生道心，然而寂历非道心也；不因迢遥不传鸟声，然而迢遥无鸟声也。庞居士曰：‘但愿空诸所有’，是寂历道心生义也；‘慎勿实诸所无’，是迢遥野鸟声义也。”[2] 颔联承此意高度浓缩“长沙公案”；颈联写登灉湖山寺所见景物：千寻东岭从云间透出，明净的南湖被树林遮蔽，暗示玄奥的至道因物象显现，寓色空一如、自性由现象界而昭示。彻悟此理，则尘世亦道场，簪缨仕宦与萝薜隐居无异。因此巢由等隐士大可不必隐居山林，身居庙堂只要内心清净、超脱尘世，同样可以顿悟入道。张说的诗恰好搞反了。

---

[1] 普济著、苏渊雷点校：《五灯会元》上册，中华书局 1984 年版，第 208 页。
[2] 《金圣叹选批唐诗六百首》，北京出版社 1989 年版，第 87 页。

据惠洪《冷斋夜话》卷六载：苏轼与禅师来往甚密，诗词唱酬，大掉机锋，并常携妓偕诣。[1]有《南歌子》为证：

师唱谁家曲？宗风嗣阿谁？借君拍板与门槌，我也逢场作戏，莫相疑。溪女方偷眼，山僧莫眨眉。却悉弥勒下生迟，不见老婆三五，少年时。

苏轼携妓之举本已惊世骇俗，偏要偕同造访大通禅师，简直就是唐突禅师、亵渎佛门。所以大通禅师大为恼怒、“愠形于色”。对此，苏轼却反唇相讥，大掉禅家机锋，他诘问大通禅师是哪派法系、师承于谁；说自己此举不过是“逢场作戏”，大通禅师顿生恼火，仍属世俗观念，应该挨禅板、吃门槌。“溪女方偷眼，山僧莫眨眉”，讥讽大通禅师太执著于名相，仍属凡夫俗子，六根未断。故希望他如下生迟的弥勒佛一样，来得及看见下述“香艳”公案：“昔有婆子供养一庵主，经二十年，常令一二八女子送饭给侍。一日，令一女子抱定，曰：‘正凭么时如何？’主曰：‘枯木倚寒严，三冬无暖气。’女子举似婆，婆曰：‘我二十年只供养得这个俗汉！’遂遣出，烧却庵。”[2]苏轼在此演绎这一老婆子公案，借喻大通禅师这一恼怒，当为禅门的老婆子所非，说不定会被她一把火烧了寺庙。苏轼这一致命反击，足以使大通禅师忍气吞声，无言以对。

另一类是化用偈语、禅语，虽然加入了一点个人对禅宗的理解，但重在以诗示禅，而非以禅喻诗，主要在阐发禅理。

---

[1] 惠洪：《冷斋夜话》，见《宋诗话全编》第三册，第2451页。

[2] 《五灯会元》中册，第366—367页。

孟浩然早年主要在家闭门苦学，灌蔬艺竹，曾一度隐居鹿门山。四十岁才到长安求仕，未果。在江淮吴越各地漫游了几年，返回故乡。这种生活道路，使他对禅学产生了兴趣，写了一些谈禅析理的诗。《题大禹寺义公禅房》为他漫游吴越时作，诗云：

义公习禅处，结构依空林。
户外一峰秀，阶前群壑深。
夕阳照雨足，空翠落庭阴。
看取莲花净，应知不染心。

大禹寺在越州山阴（今浙江绍兴县）涂山南。首联交代大禹寺的总体背景：坐落于深山丛林之中。着一“空”字，渲染“空寂”氛围。颔联对禅房静态描写：户外秀峰遥对，阶前深壑纵横，突出禅房位置的清幽和高深。遥对秀峰，云雾缭绕，足见其清幽；俯视群壑，足见其高深。颈联动态描写禅房环境：新雨过后，流水潺潺，与夕阳余晖，相互辉映；青翠欲滴，环绕怀抱，把禅房庭院渲染得更加清幽。潺潺流水反衬出禅房的静寂，看到户外那出淤泥而不染的莲花，便知义公那一尘不染的禅心。“不染心”活用惠能偈语：“菩提本无树，明镜亦非台。本来无一物，何处有尘埃。”全诗以突出“清净”为主，由景清写心净，层层推进，相互映衬，笔致疏远，意境清幽，淡人心魄。

（二）以禅喻诗

所谓以禅喻诗，即诗人自觉地以禅入诗。与以诗示禅不同，它不是第三者叙述角度去演绎禅宗公案和故事，也不是化用点窜偈语或颂古诗（虽然也偶用禅语），而是表达诗人自己对禅的兴趣、理解和在禅境中的顿悟体验，重在传达禅趣，喻示禅悟，显示禅宗智慧。如果说以诗示禅具有一定认识价值，那么以禅喻诗则具有较高的审美价值。

开元进士常建，曾任盱眙尉，但一生仕途坎坷，怀才不遇，后隐居于鄂州武昌（今属湖北）。他的诗多以山林寺观为题材，颇富禅趣。其代表作《题破山寺后禅院》就是一首充满禅宗智慧的佳作：

清晨入古寺，初日照高林。
竹径通幽处，禅房花木深。
山光悦鸟性，潭影空人心。
万籁此俱寂，但余钟磬音。

破山寺在江苏常熟虞山北麓，建于南朝齐代，唐懿宗咸通九年（868）赐额“破山兴福寺”。首联交代入古寺的时间和天气，一个“入”字已暗示古寺的幽深；“初日”句既写清晨太阳初升的实景，又暗含对佛教精神普照大地的赞颂之意。颔联写禅院的环境，穿过曲曲折折的竹径，来到幽静偏僻之处，禅房便在花木掩映的深处。至此禅味渐浓，禅趣盎然。欧阳修十分赞赏此联，“欲效其语作一联，久不可得，乃知造意者为难工也”。后来他在青州一处山斋宿息，亲身体验到此联的禅趣禅味，又跃跃欲试，但仍然“莫获一言”，一筹莫展。[1] 可见其“造意”——禅宗悟性只可偶得不可强求。颈联写自己获得的禅悦。此时诗人在山光水色里，获得了鸟儿

[1] 欧阳修：《题青州山斋》，《欧阳文忠公集》卷七三，见《宋诗话全编》第一册，第245页。

般自由自在、无忧无虑的禅悦，一切尘念顿时被荡涤洗净，内心一片澄明，自然界的万事万物皆可印证入道，所谓“青青翠竹，尽是法身；郁郁黄花，无非般若”[1]。末联由人及物，进入“万籁俱寂”的无上正觉，只有禅寺的钟声，悠扬清脆，不绝于耳，它不仅反衬禅院之幽寂，还暗示佛力之永恒。

宋代南渡以后，偏安江左，统治者一味纵情享乐，醉生梦死，无心重整半壁江山，更无力收复中原。所以士大夫普遍丧失了自信心和进取功名的热情，纷纷遁入禅门，禅悦之风再度炽盛。反映到诗歌理论和创作中来，出现了杨万里的“活法”和严羽的“以禅喻诗”。

杨万里是从“江西诗派”入而从“江西诗派”出、由向书本学问讨生活转向以自然山水为题材的诗人，这种根本性转变，在很大程度上来自诗人的禅宗悟性。黄庭坚说：“学者要先以识为主，如禅家所谓正法眼者，直须具此眼目，方可入道。”[2] 杨万里正是以他的灵性，继承了黄庭坚这一精神而实践“活法”的。试看他的《和李天麟二首》，其一：“学诗须透脱，信手自孤高。衣钵无千古，丘山只一毛。句中池有草，字外目俱蒿。可口端何似，霜螯略带糟。”其二：“句法天难秘，功夫子但加。参时且柏树，悟罢岂桃花？要共东西玉，其如南北涯！肯来谈个事，分坐白鸥沙。”“学诗须透脱”是全诗的总纲，“透脱”即“悟性”，如此就能信手拈来，挥洒自如，独树一帜，高妙而可企及。“衣钵”是和尚的袈裟与饭钵，表示佛门中师徒承传的法统。诗人认为，在诗坛上没有千古一尊的法则，只要有某种悟性就能将重如丘山的祖师视若鸿毛而自立门户。“句中池有草”指谢灵运的

[1] 道原：《景德传灯录》，四部丛刊本。

[2] 范温：《潜溪诗眼·学诗贵识》，引郭绍虞辑：《宋诗话辑佚》上册，中华书局 1980 年版，第 317 页。

名句“池塘生春草，园柳变鸣禽”(《登池上楼》)。《南史·谢惠连传》载：“(灵运）尝于永嘉西堂思诗，竟日不就，忽梦见惠连，即得‘池塘生春草’，大以为工。常云‘此语有神工，非吾语也’。”[1]“蒿目”出自《庄子·骈拇》：“蒿目而忧世之患。”后世便以“蒿目时艰”形容悯时忧世。二句说有了悟性，诗句犹如神助。妙手天然，又寄寓了悯忧时世、讽谕现实的深意。即有灵性却不浅浮，寄深意于平淡之中。这样的诗句就如“略带糟”的秋蟹一样，鲜美可口，具有耐人咀嚼的“味外之味”。第二首说诗的句法并不神秘，功到自然成。犹如禅家之“活参”——悟，而不是拘泥于字法句法的“死参”——苦吟。《五灯会元》卷四载：有僧问赵州从谂禅师：“如何是祖师西来意。”从谂回答说：“庭前柏树子。”[2]又《神仙传》载：志勤禅师在沩山见桃花（发)，而悟出万物之理皆在顺其本性与自然，如同桃花自开自落。柏树也好，桃花也好，乃至万事万物都只是接引机境之媒介。只要能“活参”，就能“妙悟”万事万物之理。作诗也同理，不是深究个别字法句法，而是把握整个艺术规律。后四句说，想与你晤聚，把酒论诗，无奈天各一方；你能否来和我谈谈作诗这件事，我们或许能从那白鸥栖息的沙滩，获得某些领悟。

张问陶是清代乾嘉时期著名的“性灵派”诗人，其为人倜傥不羁，傲视世俗，轻财践物，视富贵如浮云，曾以东方朔自况。嘉庆十七年（1812）辞官引退，隐居吴门虎丘斟酌桥，“全收逸气归禅悦，懒著雄文似《罪言》”，与僧侣诗文酬唱，故其诗空灵剔透，意境幽远，颇富禅宗智慧。《禅悦》就是嘉庆十四年他在京城任吏部郎中时

[1] 《南史》卷一九《谢惠连传》第二册，中华书局1975年版，第537页。
[2] 《五灯会元》上册，第202页。

所作。其一："蒲团清坐道心长，消受莲花自在香。八万四千门路别，谁知方寸即西方。"其二："门庭清妙即禅关，枉费黄金去买山。只要心光如满月，在家还比出家闲。"两首诗写打坐入定获得充分的禅悦。第一首写跏趺的"戒—定—慧"过程："自在香"暗示已入禅境而生"道心"，"香"多为禅家接引机境的触媒。"八万四千"是佛门常用语，表示事物数量之多，如"八万四千法门"、"八万四千烦恼"等。"方寸"指心田；"西方"即西方极乐。全诗说，我跏趺在蒲团上，置身于幽香清远的氛围之中，身心获得充分的禅悦。打坐习禅，参悟佛理，尽管因宗派各别而方式有异，但佛家的真谛却始终是如一的，可谓殊途同归。一旦心下顿悟，方寸心田就能与西方极乐世界接通，从而获得一种从现实烦恼中解脱出来的禅悦。第二首写悟罢体验。"禅关"指闭门修禅，不问世事，不受干扰。"黄金去买山"指支道林买山修行事。《世说新语·排调》载："支道林因人就深公买印山，深山答曰：'未闻巢由买山而隐。'"[1]"心光"指以佛陀慈悲摄受之心所照触色名的心光。在诗人看来，买山归隐，削发为僧，只是形式上的出家；一个人只要六根清净，内心空寂，"心光如满月"般"自性"澄明，身居世俗也能顿悟成佛，获得禅悦，而且无拘无碍，远比出家为僧、肉受具戒、身着衲衣、被种种清规戒律约束来得方便清闲。这是一种典型的南宗禅的参悟方式。

（三）诗禅相融

所谓诗禅相融，即诗人并未以禅典、禅语入诗，而是在山水风

---

[1] 张㧑之：《世说新语译注》，第 680 页。

景的刻画、或现实生活的描述中，不自觉地进入禅境，透露出某种禅意和禅味，臻于无意为禅而禅意、禅味自至的境界，“羚羊挂角，无迹可求”[1]，可感而不可解，或可解而不可尽解，只可意会，不可言传。诗和禅都需要内心体验，都重视象喻和启发，都追求言外之意，二者在操作中有类似之处，这是诗禅相融之可能。与前两类禅诗不同，诗禅相融是主体以“平常心”、“无住心”处世，重在对现实生活的感悟，体验个体生存的超旷状态。

陶渊明所处的东晋时代，正是老庄思想流行、魏晋玄学兴盛的时代，因此也是印度佛教与老庄思想、魏晋玄学合流而逐渐中国化的转化时期。比如形神问题是中国哲学的一个重要命题，特别是老庄哲学中涉及二者关系的论述颇多，认为形神一致，不可分割，体现了朴素的唯物主义思想。而佛教则鼓吹形灭神不灭、灵魂永恒的唯心主义思想。与陶渊明同时的沙门慧远，曾作《形尽神不灭》、《佛影铭》，就宣扬这种思想。为此，陶渊明作《形影神》三诗，猛烈抨击这种糊涂不足信的谬论，提出了与佛教形灭神不灭思想针锋相对的形神相互依赖与一致、顺应自然、回归自然的思想。

正是这种与庄子自然观一脉相承的回归自然的思想，使陶渊明在寄情林泉中获得了某种准宗教情感——它与后来的禅宗思想在某些方面暗合。让我们来读一读他的《饮酒》其五：

> 结庐在人境，而无车马喧。
> 问君何能尔，心远地自偏。
> 采菊东篱下，悠然见南山。

---

[1] 严羽：《沧浪诗话·诗辨》，见《历代诗话》下册，第688页。

山气日夕佳，飞鸟相与还。

此中有真意，欲辨已忘言。

这首诗写他身居车水马龙的“人境”，却不受其干扰，因为他内心清净，仿佛置身于偏远的山林泉石。这种心境与后来禅宗的入禅方式类似。陶渊明持此“平常心”、“无住心”处世，在东篱下采菊，于是菊之高洁，人之高洁，山之悠然，人之悠然，已完全契合相融，难以分辨。山间气象景观，晨昏清新可人，赏心悦目；林中飞鸟成群结伴，来来往往，自由自在。它虽然没有直接描写山气如何佳丽，飞鸟如何自适，但是晨昏的山岚若有若无，浮绕于峰际；四时的花卉自开自落，悄然于涧边；成群的鸟儿，在山光水色里怡然相悦……这一切都包含在诗的意境之中。生命的真谛，只能意会不可言传。“云无心以出岫，鸟倦飞而知还”（《归去来兮辞》），“卉木繁荣，和风清穆”（《劝农》）……在陶诗中类似的句子触目即是，不胜枚举。大自然的运行并无意志目的，并未刻意追求什么，云出岫而无心，鸟知还是因为倦飞，花木荣枯自有其时，它们均出于一种生命本真，纯属天然，人作为自然的一部分，也应该返朴归真，这样才能融入生命之中，达到和谐统一，从而完成个体生命本真的圆成。陶渊明诗的艺术魅力和经久不衰的生命力，正在于这种对生命真谛的悟性以及不自觉地融入的禅意、禅味、禅趣、禅悦。

王维，开元九年（721）进士，为大乐丞，因代伶人舞狮子受累，贬济州司仓参军。张九龄为相，擢为右拾遗等官。安史之乱平定后，官至尚书右丞。由于张九龄罢相和自己历经变乱，心情便消沉下去。他大约在四十四岁以后开始过着一种亦官亦隐的生活。初隐居终南别业，后来在蓝田辋川得到宋之问的别墅，常“焚香独坐，以禅诵为事"[1]，"晚年唯好静，万事不关心"（《酬张少府》），"一生几许伤心事，不向空门何处销？"（《叹白发》）王维后期的诗主要是写隐居终南、辋川的山水田园风光和闲情逸致，富有画意和禅宗智慧，成就最高，也最为后人称道。他的《终南别业》云：

中岁颇好道，晚家南山陲。
兴来每独往，胜事空自知。
行到水穷处，坐看云起时。
偶然值林叟，谈笑无还期。

首联说，中年以后对禅学发生了浓厚的兴趣，晚年才得以在终南山下隐居，交代了向禅隐居的因果关系。颔联承上写隐居的闲情逸致：兴致来了每每独自出游，所见所闻所感受到的山间林中胜事，只有自己领略享受。其中"独"字，强调独自一人，孤傲绝俗之情趣隐含其中；"空"字为徒然之意，寄寓了妙谛不可与俗人分享的孤芳自赏之逸致。颈联具体拈出"胜事"一二略述之：没有任何目的的远游，不知不觉中来到水的尽头，索性坐下来闲看那飘浮而起、来去无迹的白云。它与杜甫的"水流心不竞，云在意俱迟"（《江亭》）、陆游的"山重水复疑无路，柳暗花明又一村"（《游山西村》）同一机杼，为历来诗评者称赏为最入禅味理趣。俞陛云评价说："行至水穷，若已到尽头，而又看云起，见妙境之无穷。可悟处世事变之无穷，求学之义理亦无穷。此二句有一片化机之妙。"[2] 尾联说，

[1] 《旧唐书》卷一〇九《文苑列传·王维传》，《旧唐书》第 15 册，中华书局 1975 年版，第 5052 页。

[2] 俞陛云：《诗境浅说》甲编，第 9 页。

返回的路上偶然见林中老翁，无拘无束，尽兴谈笑，竟忘记了归去的时间。如此投入而流连忘返，正是上文悠然适意的深化："偶然"即不期而遇，与无目的地漫游，人、水、云无意遇合相一致，毫不刻意，任其自然。我认为，中间两联所传达的——兴致而来，翩然独行，每有妙处，心领神会，不求人知，自得其乐，正是禅家旨趣风味；流水有归依，从容不迫，行云了无迹，舒卷自如，又正是淡泊闲适、安详自足等禅意的象征。故胡仔说："《后湖集》云：此诗造意之妙，至与造物相表里，岂直诗中有画哉！观其诗，知其蝉蜕尘埃之中，浮游万物之表者也。"[1]

王士禛生活在禅悦之风盛极一时的清初，加上祖父王象晋雅好禅宗的影响以及本人敦厚平和、清远恬淡的性情，对禅学发生了浓厚的兴趣。他在继司空图、严羽等以禅喻诗余风之后，直接将禅引进诗歌理论领域，提出了"诗禅一致，等无差别"的观点，在他看来，"舍筏登岸，禅家以为悟境，诗家以为化境"[2]，二者都是视语言为一种媒介，而追求言外之意，所以"等无差别"。他说："释氏言：'羚羊挂角，无迹可求。'古言云：'羚羊无些子气味，虎豹再寻他不着，九渊潜龙，千仞翔凤乎！'此是前言注脚，不独喻诗，亦可为士君子居身涉世之法。"[3]于是创立"神韵"说，以"兴会俱到"、"色相俱空"、"羚羊挂角，无迹可求"、"不着一字，尽得风流"为诗的理想境界。其多数诗作不用禅典禅语，虽流连光景却寓禅宗智慧，寄托自己的情致和悟性。如他的小诗《山光寺》："舟过山光寺，西风柳渐凋。隋宫零落尽，秋日水迢迢。"柳树在秋风中凋零、隋宫在

[1] 胡仔：《苕溪渔隐丛话前集》卷一五，见《宋诗话全编》第四册，第3616页。
[2] 王士禛：《带经堂诗话》卷三，人民文学出版社1963年版，第83页。
[3] 同上。

历史变迁中剥落，只有“秋日”和“水”永恒，自然界这种荣枯盛衰，犹如佛教中“因果”、“轮回”。佛教认为世间一切法生无常，有生、住、异、灭四相之说，一切都在生生灭灭，穷尽复通。这种禅意禅味并非直接阐释出来，而是通过景物描写，从字里行间间接地暗示出来，耐人寻味，极富禅宗智慧。

诗学与文化

一、中国古代诗人骑驴的文化解读

在中国古代文献和文学作品中，我们经常读到骑马骑牛的记载，骑马多为军旅生活之英姿："牙璋辞凤阙，铁骑绕龙城"（杨炯《从军行》）、"夜阑卧听风吹雨，铁马冰河入梦来"（陆游《十一月四日风雨大作》）、"上马左右射，捷下如猕猴"（张琰《出塞曲二首》其二）；或为侠客形象之写照："白马饰金羁，连翩西北驰。……羽檄从北来，厉马登高堤。长驱蹈匈奴，左顾凌鲜卑"（曹植《白马篇》）；或为狩猎之掠影："草枯鹰眼疾，雪尽马蹄轻"（王维《观猎》）、"将军欲以巧伏人，盘马弯弓惜不发"（韩愈《雉带箭》）；或为新登科进士之荣耀：骑马遍访京城各地、采摘名花，正如孟郊《登科后》所写"春风得意马蹄疾，一日看尽长安花"，还有漫游遣兴："马穿山径菊初黄，信马悠悠野兴长"（王禹偁《村行》）。骑牛则为田园牧歌："牧人驱犊返，猎马带禽归"（王绩《野望》）、"阿童三尺棰，御此老觳觫"（黄庭坚《题竹石牧牛并序》）；或为禅门修行之象喻："狰狞头角恣咆哮，奔走溪山路转遥。一片黑云横谷口，谁知步步犯佳苗"（普明禅师《牧牛颂诗·未牧第一》）。但是，我们似乎忽略了另一种景象——诗人骑驴，它不只是个别现象，中国古代诗人如阮籍、孟浩然、郑綮、李白、杜甫、贾岛、李贺、潘阆、孙定、王安石、苏轼、陈师道、陆游、张孝祥、牟巘等，都有过骑驴的故事或经历，却具有不同的意义指向，表明它已构成一种独特的人文景观和文化现象。中国古代诗人骑驴，归纳起来主要有以下几种文化含义：

（一）“诗思在灞桥风雪中驴子上”：苦吟

黄庭坚《病起荆江亭即事十首》其八云：“闭门觅句陈无己，对客挥毫秦少游。”说陈师道作诗闭门谢客，搜肠刮肚，字斟句酌；秦观赋词即兴而发，才思敏捷，倚马可待。在中国古代诗人中，尽管不少诗人有“口占”或“口号”——随口吟成诗的本领，但是像秦观这样才思敏捷者毕竟是少数，要创作一首真正的好诗，多数诗人更接近陈师道是靠苦吟获得。苦吟的方式很多，其中一种便是骑驴苦吟。这是因为“驴既低小而不甚骏，故称蹇焉”[1]；行速又比较慢，适宜一边观赏风景一边捕捉诗思灵感。金人王庭筠《韩陵道中》云：“石头荦确两坡间，不记秋来几往还。日暮蹇驴鞭不动，天教仔细数前山。”陈鉴之《东斋小集·题陈景说诗稿后》：“今人宗晚唐，琢句亦清好。碧海掣长鲸，君慕杜陵老。月明孤屿云，一鹤唳清夜。和之以君诗，竹牖寒灯下。倚马挥万言，跨驴哦一字。迟速不须论，纫云看奇思。”[2]从“倚马挥万言，跨驴哦一字。迟速不须论，纫云

---

[1] 《尔雅翼·驴》，见《古今图书集成》第五二三册，中华书局1934年影印，第39页。

[2] 陈鉴之：《东斋小集·题陈景说诗稿后》，见《宋诗话全编》第七册，第7326页。

看奇思”不难看出，它正是通过骑马与跨驴对比，道出了骑驴最适合“哦一字”的苦吟。

孙光宪《北梦琐言》卷七载：“唐相国郑綮……或曰：‘相国近有新诗否？’对曰：‘诗思在灞桥风雪中驴子上，此处何以得之？’盖言平生苦心也。”[1] 冒着风雪骑驴在灞桥上酝酿诗思、捕捉灵感，这是何等“苦心”啊！正如元代陈深《题画扇骑驴踏雪》所云：“雪没驴腰白，行行诗兴催。不因太清绝，那肯犯寒来。”[2] 郑綮骑驴踏雪觅诗，在中国古代已成为一个广为流传的佳话，范成大《枕上闻雪复作》云：“谁子骑驴吟灞上，何人跋马客蓝关。”刘克庄《菩萨蛮·戏林推》云：“笑杀灞桥翁，骑驴风雪中。”

李复《潏水集》卷六《书郢州孟亭壁》载：“孟亭，昔浩然亭也。世传唐开元间，襄阳孟浩然有能诗声，雪途策蹇，与王摩诘相遇于宜春之南。摩诘戏写其寒峭苦吟之状于兹亭，亭由是得名。”[3] 吕祖谦《诗律武库》卷一二“诗咏门”载：“孟浩然《骑驴长安道中雪》诗云：‘迢迢秦京道，苍然岁暮天。穷阴连晦朔，积雪满山川。落雁迷沙渚，饥乌噪野田。客愁空伫立，不见有人烟。’而东坡《青州道上雪》诗云：‘君不见，襄阳孟浩然，长安道上骑驴吟雪诗。’”[4] 严羽《沧浪诗话·诗辨》认为：“孟襄阳学力下退之远甚，而其诗独出退之之上者，一味妙悟而已。”[5] 禅门之悟是经过长期苦修而获得，严羽“以禅喻诗”同样含有这个意思，他认为诗人达到“悟”的根本途径就是“活参”，“活参”借以喻诗指对诗歌作品进行研读、揣

---

[1] 孙光宪：《北梦琐言》，见《宋诗话全编》第一册，第8—9页。

[2] 见《古今图书集成》第五二三册，第41页。

[3] 李复：《潏水集》卷六《书郢州孟亭壁》，见《宋诗话全编》第一册，第412页。

[4] 吕祖谦：《诗律武库》，见《宋诗话全编》第六册，第6418页。

[5] 《沧浪诗话校释》，第12页。

摩、细心体会："先须熟读《楚词》，朝夕讽咏以为之本；及读《古诗十九首》，乐府四篇，李陵苏武汉魏五言皆须熟读，即以李杜二集枕藉观之，如今人之治经，然后博取盛唐名家，酝酿胸中，久之自然悟入。"[1]可见，孟浩然诗歌成就的取得是靠"妙悟"，而"妙悟"的前提和基础正是"雪途策蹇"（"长安道上骑驴吟雪"）——"寒峭苦吟"。元代马臻《画意》云："缘溪路滑蹇驴迟，水色山光总入诗。还胜襄阳孟夫子，满身风雪灞桥时。"[2]

关于骑驴苦吟最为著名的当是"推敲"和"呕心沥血"的故事。《新唐书》卷一七六载："（贾）岛字浪仙，范阳人，初为浮屠，名无本。来东都，时洛阳令禁僧午后不得出，岛为诗自伤。（韩）愈怜之，因教其为文，遂去浮屠，举进士。当其苦吟，虽逢值公卿贵人，皆不之觉也。一日，见京兆尹，跨驴不避，呼诘之，久乃得释。累举，不中第。文宗时，坐飞谤，贬长江主簿。"[3]《刘公嘉话》云："岛初赴举京师，一日，于驴上得句云：'鸟宿池边树，僧敲月下门。'始欲着推字，又欲着敲字，练之未定，遂于驴上吟哦，时时引手作推敲之势。时韩愈吏部权京兆，岛不觉冲至第三节，左右拥至尹前，岛具对所得诗句云云。韩立马良久，谓岛曰：'作敲字佳矣。'遂与并辔而归，留连论诗，与为布衣之交。"[4]由于贾岛"推敲"的故事流传甚广，有关他"苦吟"的记载也众说纷纭，《摭言》载："贾岛太和中，尝跨驴张盖，横截天街。时秋风正厉，黄叶可扫，岛吟曰：'落叶满长安。'求一联不可得，不知身之所从。因

[1] 《沧浪诗话校释》，第1页。

[2] 见《古今图书集成》第五二三册，第41页。

[3] 欧阳修、宋祁撰：《新唐书》第五册，中华书局2000年版，第4077—4078页。

[4] 胡仔：《苕溪渔隐丛话前集》卷一九引《缃素杂记》，见《宋诗话全编》第二册，第985—986页。

冲京兆尹刘栖楚节，被系。一夕释之。……”[1]尽管说法不一，但贾岛骑驴推敲诗句的佳话已成为“苦吟”的代名词，作为积淀了特定的文化内涵的典故，被后世广为引用。张耒《读吴怡诗二首》其二：“疏梅半落雪中香，想子孤吟对酒缸。野水荒山伴猿鸟，跨驴谁问贾长江。”

李商隐《李长吉小传》：“恒从小奚奴，骑距驴，背一古破锦囊，遇有所得，即书投囊中。及暮归，太夫人使婢受囊出之，见所书多，辄曰：‘是儿要当呕出心乃已尔。’上灯，与食。长吉从婢取书，研墨叠纸足成之。投他囊中，非大醉及吊丧日，率如此，过亦不复省。”[2]这一记载披露了李贺诗歌创作惨淡经营、苦心孤诣的秘密。杜牧在《李长吉歌诗叙》中用“云烟绵联”等九个形容性意象描述了李贺诗歌审美风格的瑰丽奇诡，其中“虚荒诞幻”构成其诗歌风格的总体特征。[3]李贺诗歌在艺术上有独特的创造，构思新颖，意象奇诡，意境诞幻，语言瑰丽，在很大程度上来自他废寝忘食、呕心沥血的骑驴苦吟。

陈师道可谓中国古代苦吟诗人的典型，宋元文献中记载着他“吟榻”的故事：“陈正字无已……竟登榻，引被自覆，呻吟久之。瞿然而兴，取笔疾书，则一诗成矣。因揭之壁间，坐卧哦咏，有窜易至月十日乃定，有终不如意者，则弃去之。故平生所为至多，而见于集中者才数百篇。”[4]“世言陈无已每登览得句，即急归，卧一榻，以被蒙首，谓之吟榻。家人知之，即猫犬皆逐去，婴儿稚子，

---

[1] 王楙：《野客丛书》卷一四《贾岛事众说不同》，见《宋诗话全编》第七册，第 7437 页。

[2] 李商隐：《李长吉小传》，见《三家评注李长吉歌诗》，第 13 页。

[3] 杜牧：《李长吉歌诗叙》，见《三家评注李长吉歌诗》，第 12 页。

[4] 徐度：《却扫篇》，文渊阁四库全书本。

亦皆抱持寄邻家。徐待其起，就笔砚，即诗已成，乃敢复常。”[1]陈师道的“苦吟”除了“吟榻”方式之外，还有“骑驴”，它恐怕少有人知，其《骑驴二首》云：“复作骑驴不跨驴，此生断酒未须扶。独无锦里惊人句，也得梁园画作图。”“冲篱突市不逡巡，掠面惊风扑眼尘。出手推敲宁避尹，题门吟咏不逢人。”[2]为了寻得“锦里惊人句”，他骑驴“出手”作“推敲”状，但他感叹没有贾岛幸运，没有遇上韩愈那样的京兆尹，故无闻于世，寂寞终生。

（二）“少陵骑驴京华春，一生旅食长悲辛”：落拓

杜甫《奉赠韦左丞丈二十二韵》：“骑驴十三载，旅食京华春。朝扣富儿门，暮随肥马尘。残杯与冷炙，到处潜悲辛。”这首诗为天宝七载（748）杜甫困居长安时所写。韦左丞即韦济，是年他调任尚书省左丞，杜甫有《赠韦左丞丈济》诗，请求他汲引和推荐。由于没有结果，又写了这首诗。韦济很赏识杜甫的诗，又曾表示过关怀，杜甫把他当作知己的官僚。诗中陈述了自己的才华和抱负，以及仕途失意、困居长安的苦况。这几句诗说十多年来未能进入仕途，现在仍然流寓长安，生活贫困。为了寻求出路在长安到处奔波，向达官贵人请谒干求，受人冷遇，极其狼狈，只有将悲哀痛苦埋在心底。诗中“骑驴”与乘马的达官贵人对比，表示生活贫困、遭遇落拓，正如杜甫《示从孙济》所云“平明跨驴出，未知适谁门”。这种

---

[1] 马端临：《文献通考》卷二三七《经籍六十四》引叶梦得语，下册，中华书局1986年版，第1885页。

[2] 陈师道：《骑驴二首》，北京大学古文献研究所编：《全宋诗》卷一一一八，《全宋诗》第十九册，北京大学出版社1998年版，第12713页。

生活贫困、落拓失意的处境，在杜甫困居长安的天宝十三载仍然未能改变，是年所作《醉时歌》可见一斑："诸公衮衮登台省，广文先生官独冷。甲第纷纷厌粱肉，广文先生饭不足。……杜陵野客人更嗤，被褐短窄鬓如丝。日籴太仓五升米，时赴郑老同襟期。"天宝九年置广文馆，以郑虔为博士，实际上是个清冷的闲官。这首诗为郑虔和自己共同的遭遇——生活贫困、处境落拓鸣不平，故借酒浇愁，发泄内心的不满和苦闷。同年秋所作《秋雨叹三首》其三，也对自己的贫困生活、落拓处境作了倾诉："长安布衣谁比数？反锁衡门守环堵。老夫不出长蓬蒿，稚子无忧走风雨。"晁说之《嵩山文集》卷四之《三川言十数年前，尝有一短帽骑驴之士半醉，徘徊原上久之，曰：山川非昔时比矣，恍惚失其人所在；有收杜老醉游图者物色之，知为杜之再来也。予独鄙之，作诗二首》："君不见少陵有客字子美……乾坤宿醉参横醒，且策东家旧蹇驴。"宋代牟巘《陈云岫爱骑驴》："君不见少陵骑驴京华春，一生旅食长悲辛。"晁说之认为杜甫骑着租来的蹇驴，醉至翌日早晨方醒，其怀才不遇、落拓失意可想而知；而牟巘则以"骑驴京华春"来概括杜甫"一生旅食长悲辛"——生活贫困、落拓失意。

任渊《后山诗注》卷一二载："后山《和饶节咏周昉画李白真》诗曰：'君不见浣花老翁醉骑驴，熊儿捉辔骥子扶。金华仙伯哦七字，好事不复千金摸。'……鲁直有老杜浣花溪醉图诗云：'浣花酒舡散车骑，野墙无主看桃李。宗文捉辔宗武扶，落日蹇驴驮醉起。'后山谓鲁直诗语已自写生，不必指金摸画也。"[1]江西诗派领袖黄庭坚一生极为推崇杜甫，宋哲宗元祐三年（1088）创作了《老杜浣花

[1] 任渊：《后山诗注》，见《宋诗话全编》第三册，第2319页。

溪图引》，生动刻画了伟大的现实主义诗人杜甫的艺术形象，歌颂了他的爱国主义精神。陈师道谓“鲁直诗语已自写生”，诚然非指黄庭坚也有骑驴的经历，而当指终其一生，黄庭坚贫困的生活、落拓的处境与杜甫是相似的。

陆游《剑门道中遇微雨》：“衣上征尘杂酒痕，远游无处不消魂。此身合是诗人未？细雨骑驴入剑门。”宋孝宗乾道八年（1172）十一月，陆游由南郑（今陕西汉中）调任成都安抚司参议官，从此离开前线，结束了他一生中引以为自豪的八个月军旅生涯。这首诗是他赴任途经剑门山有感而作。南郑是当时抗金前线的军事重镇，而成都虽然是南宋首都临安之外最繁华的城市，但毕竟是后方。对于一生渴望抗金报国、恢复中原的志士来说，被调任到此无疑是极不情愿的。首句不仅指这次由南郑至成都途中的风尘仆仆，当包含作者一生军旅生涯在内，正如他在《书愤》一诗中所回忆“楼船夜雪瓜洲渡，铁马秋风大散关”。“杂酒痕”表明壮志难酬，同样，“远游”也不仅指这次由陕入蜀，还包括过去所历各地，“无处不消魂”即处处消魂，否定之否定即肯定，较直接肯定感情要强烈得多。使作者处处消魂的内容很丰富，不止指这次由前线调到后方而心情惆怅，还指征途上所见所闻所感而引起的伤心。当经过剑门山的时候，下起了微雨，作者突然意识到自己是骑着驴子在赶路，而不是骑着战马奔驰在战场上，于是想起了历代诗人骑驴的故事，不禁无限感慨：我这样骑着蹇驴独自行走，多么像古代的诗人啊！但它不是李贺、贾岛式的“苦吟”，也不是王安石式的“参禅”，更不是潘阆式的“任诞”，而是对自己落拓失意的自嘲。显然，陆游宁愿做一个驰骋战场的英雄，而不甘做一个行吟的诗人。如果说杨炯的“宁为百夫长，胜作一书生”（《从军行》）是初盛唐的豪言壮语，那么陆游的

“此身合是诗人未？细雨骑驴入剑门”则是南宋一个无用武之地的英雄的悲凉之音。

再看下面三则材料。《蔡宽夫诗史》载：“孙定……景祐（一作福）二年下第，游京师，出开远门，醉中作诗曰：‘行行沉血（一作血泪）洒尘襟，事逐东流渭水深。私（一作秋）跨蹇驴风尚紧，静投孤店日方沉。一枝犹挂东堂梦，千里空驰比（一作北）巷心。明月悲歌又前去，满城烟树噪春禽。’”[1]《渑水燕谈录》载：“祥符中，有刘偁者久困铨调，为陕州司法参军。廉慎至贫，及罢官，无以为归计，卖所乘马办装，跨驴以归。魏野以诗赠行，云：‘谁似甘棠刘法掾，来时乘马去骑驴。’”[2]“晋阳秋胡威，少有志尚，厉操清白。父质为荆州守，自京都省之，家贫，无车马僮仆，自驱驴车，单行拜见父，停厩中十余日，辞归。每至客舍，自放驴，取樵爨食。”[3]无论是下第，还是罢官，抑或省父，上述记载都说明同样一个事实：骑驴与生活贫困、落拓失意有着密切的关系。

罗大经《鹤林玉露》卷八云：“蹇驴布鞯与金鞍马，同一游也。松床筦席与绣帷玉枕，同一寝也。知此，则贫富贵贱，可以一视矣。”[4]在此，罗大经将“驴”与“马”对举，分别代表贫贱与富贵，可以说代表了中国古代社会一种普遍的看法，而贫贱又往往与仕途失意紧密相连。由此可以得出这样的结论：生活贫困，落拓失意，是中国古代诗人骑驴的文化含义之一。

---

[1] 《蔡宽夫诗史》，见《宋诗话全编》第一册，第650—651页。

[2] 王辟之撰、韩谷校点：《渑水燕谈录》，见《历代笔记小说大观·宋元笔记小说大观》第二册，上海古籍出版社2001年版，第1283页。

[3] 见《古今图书集成》第五二三册，第41页。

[4] 罗大经：《鹤林玉露》，见《宋诗话全编》第七册，第7634页。

(三)“天子殿前尚容走马，华阴道上不许骑驴”：任诞

《青州府志》载：“诸城花骨坂店南石道有驴缧蹄迹，前后相错，深入二三寸，俗传张果老所遗。又云安期生往来东海所遗者。”[1]《陈眉公笔记》载：“洪崖跨白驴，曰雪精。今树上至今有雪精遗迹。其诗云：‘下调无人采，高心又被嗔。不知时俗意，教我若为人。’”[2]唐人曹唐《小游仙诗》：“沙野先生闭玉虚，焚香夜写紫薇书。供承童子闲无事，教剉琼花喂白驴。”元代王逢《梦骑驴》：“蹇驴双耳卓东风，前导青衣一小童。石涧倒涵岚气白，海霞高贯日轮红。桃花芝草经行异，鹤发鸡皮语笑同。却待朝天惊梦失，春醒无奈雨帘栊。”

上述几则材料充分说明“骑驴”与道教的关系，关于张果老倒骑驴的传说，在中国传统文化中，恐怕妇孺皆知。因此中国古代诗人骑驴或多或少都与道教有着某种渊源，或任诞，或超尘脱俗，它成为中国古代诗人骑驴的又一种文化含义指向。

《晋书·阮籍传》载：“文帝辅政，籍尝从容言于帝曰：‘籍平生曾游东平，乐其风土。’帝大悦，即拜东平相。籍乘驴到郡，坏府舍屏障，使内外相望，法令清简。旬日而还。”[3]阮籍好读书，有济世抱负，“傲然独得，任性不羁……当其得意，忽忘形骸”，“不拘礼教”，“能为青白眼，见礼俗之士，以白眼对之”。因处于司马氏残暴杀戮异己、“名士少有全者”的险恶环境中，不得不“不与世事，遂

[1] 《青州府志》，见《古今图书集成》第五二三册，第 42 页。
[2] 《陈眉公笔记》，见《古今图书集成》第五二三册，第 43 页。
[3] 房玄龄等：《晋书》第二册，中华书局 2000 年版，第 900 页。

酣饮为常”、“发言玄远，口不臧否人物”[1]。史书所载大概是阮籍生平唯一的一次为政，其放诞之处有三：一是做一个郡守，本当骑马，他却骑驴；二是至东平郡，“坏府舍屏障，使内外相望，法令清简”——办公公开，利于观察民风、直接掌握民情，也方便子民诣府来访；三是“旬日而还”，只做十天郡守就辞职不干。

《摭遗》载：“李白失意，游华山，县宰方开门决事，白乘醉跨驴过门，宰不知太白也，怒，引至庭下，曰：‘汝何人？辄敢无礼！’曰：‘乞供状，无姓名。’曰：‘曾用龙巾拭唾，御手调羹，力士脱靴，贵妃捧砚，天子殿前尚容走马，华阴道上不许骑驴？”[2]李白一生受道教和道家思想影响至深，不拘礼法，任性放诞，蔑视权贵，张扬个性，保持人格尊严和独立。关于唐玄宗为李白调羹之事，见诸李阳冰《草堂集序》：玄宗“降辇步迎，如见绮、皓。以七宝床赐食，御手调羹以饭之。……置于金銮殿，出入翰林中，问以国政，潜草诏诰，人无知者”[3]。关于李白令高力士脱靴之事，见诸李肇《唐国史补》：“李白在翰林，多沉饮。玄宗令撰乐辞，醉不可待，以水沃之，李白稍能动，索笔一挥十数章，文不加点。后对御，引足令高力士脱靴。上命小阉排出之。”[4]《酉阳杂俎》、《松窗录》也有类似记载。它充分显示了李白蔑视封建等级制度的任诞性格和兀傲精神。《摭遗》所载李白“乘醉跨驴”“无礼”于县宰，并以自己“光荣的经历”反诘之，正是李白蔑视权贵、不拘礼法、任诞个性的

[1] 《晋书》第二册，第 899—900 页。

[2] 《摭遗》，见《古今图书集成》第五二三册，第 42 页。

[3] 李阳冰：《草堂集序》，见李白著，瞿蜕园、朱金诚校注：《李白集校注》下册，上海古籍出版社 1980 年版，第 1789 页。

[4] 李肇：《唐国史补》，见周光培主编：《历代笔记小说集成·唐代笔记小说》第一册，河北教育出版社 1994 年版，第 254 页。

写真。

吕希哲《吕氏杂记》卷下载："魏野之门人潘阆欲往京师，其师止之，不听。既至，而后悔之。作诗曰：'不信先生语，刚来帝里游。清宵无好梦，白日有闲愁。'真宗闻之不悦。他日自华山东来，倒骑驴以行，曰：'我爱看华山，其实不喜去京也。'故当时有'潘阆倒骑驴'之语。"[1] 潘阆，字梦空，自号逍遥子。早年居洛阳卖药。宋太宗时，以宦官王继恩荐赐进士及第，授四门国子博士。寻以狂妄，追还诏书。王继恩因事下狱，他遁入中条山。宋真宗释其罪，贬至信州，又授滁州参军。其后云游于大江南北，放浪湖山，吟咏任诞。以上记载说明潘阆不愿受仕途拘羁，率性任诞，"倒骑驴"，追求放浪于湖山、随意吟咏的自由自在的生活。

《王直方诗话》载："双井黄叔达，字知命，初自江南来，与（彭城）陈履常俱谒法云禅师于城南。夜归，过龙眠居士李伯时。知命衣白衫，骑驴，缘道摇头而歌，履常负杖挟囊于后。一市皆惊，以为异人。伯时因画为图，而邢敦夫为作（长）歌曰：'长安城头乌夜（一作欲）栖，长安道上行人稀。浮云卷尽暮天碧，但见明月流清辉。君独骑驴向何处？头上倒着白接篱。长吟搔首望明月，不学山翁醉似泥。到得城中灯火闹，小儿拍手拦街笑。……"[2] 黄叔达穿着白衫，骑着毛驴，缘道摇头而歌，陈师道以手杖挟着行囊步随于后，俩人还裹着白头巾，这是何等任诞！无怪乎"一市皆惊，以为异人"、"小儿拍手拦街笑"！

《温公续诗话》载："韩退处士，绛州人，放诞不拘，浪迹秦晋

---

[1] 吕希哲：《吕氏杂记》，见《宋诗话全编》第二册，第 1086 页。

[2] 王直方：《王直方诗话》，见《宋诗话全编》第二册，第 1175 页。

间，以诗自名，常跨一白驴，自有诗曰：‘山人跨雪精，上便不论程。嗅地打不动，笑天休始行。’为人所称。好著宽袖鹤氅，醉则鹤舞，石曼卿赠诗曰：‘醉狂玄鹤舞，闲卧白驴号。’”[1] 韩退一介布衣，生平事迹正史无载。但从这则材料可以想见他放诞不拘的风采：道士打扮，好杯中物，“醉则鹤舞”，骑着毛驴，“上便不论程”——没有目的的漫游，浪迹秦晋间，且能吟诗。

宋人牟巘《陈云岫爱骑驴》云：“君不见少陵骑驴京华春，一生旅食长悲辛。又不学浪仙骑驴长安市，凄凉落叶秋风里。却学雪中骑驴孟浩然，冷湿银灯敲吟鞭，梅花溪上日来往，身迹懒散人中仙。有时清霜松下路，松风萧萧驴耳竖。据鞍傲兀四无人，牧子骑牛相尔汝。劝君但骑驴行路，稳姑徐徐（有阙文），九折畏途鞭快马，年来曾覆几人车。”[2] 在牟巘看来，陈云岫之所以“傲兀”洒脱，就在于他远离政治中心的京城，既没有“悲辛”也没有“凄凉”，效仿孟浩然骑着毛驴，“梅花溪上日来往，身迹懒散人中仙”，又与“牧子骑牛相尔汝”，因而他能够远离祸害、明哲保身。所以作者奉劝世人不要快马加鞭，因为它容易覆辙；宁愿骑驴徐行，方能安然无事。

《尔雅翼·驴》云：“驴似马而长耳，其庞（恐作色）褐，不甚骇异，九怀云骥，垂两耳。中坂蹉跎，蹇驴服驾，无用日多。驴既低小而不甚骏，故称蹇焉，则为无用甚矣。”[3] 桓宽《盐铁论·力耕》云：“羸驴之用，不中牛马之功。”[4] 在中国传统文化中，驴与牛马相比，“低小而不甚骏”，“不甚骇异”，功用亦不及，看似“无用甚

[1] 司马光：《温公续诗话》，见《宋诗话全编》第一册，第 370 页。

[2] 牟巘：《陈云岫爱骑驴》，见《古今图书集成》第五二三册，第 40—41 页。

[3] 《尔雅翼·驴》，见《古今图书集成》第五二三册，第 39 页。

[4] 桓宽：《盐铁论·力耕》，见《诸子集成》第 8 册，第 3 页。

矣”，其实不然，它“九怀云骥”，具有远大的志向和抱负，这里蕴含道家“无用即大用”的思想。所以中国古代不少诗人都有骑驴的经历，恐怕寄寓了“被褐怀玉”、怀才不遇的深意吧！

（四）“骑驴不见驴，骑却驴不肯下”：参禅

任渊《后山诗注》卷第六载：“丛林谓参禅人有二病，一是骑驴不见驴，二是骑却驴不肯下。识得驴了骑却不肯下，此一病更是难医。若解放下，方唤作无事道人。后山诗《骑驴二首》有句‘复作骑驴不跨驴’，岂谓是耶？”[1] 禅门参禅常以骑驴为喻，“骑驴觅驴”比喻不见自性而求诸外，徒劳无果。中国古代诗人骑驴与参禅也有着某种联系。

《潘子真诗话》载：“东坡得请宜兴，道过钟山，见荆公。时公病方愈，令坡诵近作，因手写一通，以为赠。复自诵诗俾坡书以赠己，仍约坡卜居秦淮。故坡和公诗云：‘骑驴渺渺入荒陂，想见先生未病时。劝我试求三亩宅，从公已觉十年迟。’”[2]《吕氏杂记》卷下又载：“荆公熙宁、元丰间既闲居，多骑驴游肆山水间，宾朋至者亦给一驴，苏子瞻诗所谓‘骑驴渺渺入荒陂’是也。”[3] 陆佃《陶山集》卷一一《书王荆公游钟山图后》也载：“荆公退居金陵，多骑驴游钟山。每令一人提经，一仆抱字说前导，一人负木虎子随之。”[4] 王安石于神宗熙宁二年（1069）任参知政事，为了改变宋朝积贫积弱的

---

[1] 任渊：《后山诗注》，见《宋诗话全编》第三册，第 2316 页。

[2] 《潘子真诗话》，见《宋诗话全编》第一册，第 670 页。

[3] 吕希哲：《吕氏杂记》，见《宋诗话全编》第二册，第 1085 页。

[4] 陆佃：《陶山集》，见《宋诗话全编》第二册，第 920 页。

局面，推行一系列改革措施，史称“熙宁变法”。但由于旧党的不断反对，王安石被罢相，又屡次被起用，后退居江宁。不久又辞去江宁府职务，住在钟山，过着隐居生活。退休后王安石的心理很复杂，一方面他欣赏李商隐《安定城楼》中“永忆江湖归白发，欲回天地入扁舟。不知腐鼠成滋味，猜意鹓鸰竟未休”的诗句，对朝廷小人表示愤慨；一方面乞灵于佛老，寻僧访道，日与僧侣道士往来。他用佛理写《字说》、《楞严经》，模仿唐代高僧寒山、拾得写了十九首偈诗，还创作了不少含有机锋的禅诗：“云从无心来，还向无心去，无心无处寻，莫觅无心处。”（《即事二首》其二）“东冈岁晚一登临，共望长河映远林。万窍呼号风丧我，千波竞踊水无心。”（《东冈》）以上三则材料所载王安石骑驴之事，就是他晚年隐居钟山、寄情山水、吟哦参禅生活的写真。明人梁小玉的小诗《驴》可作为王安石这种参禅生活的注脚：“买得青驴捷似梭，松云萝月任婆娑。还嫌踏碎娇花影，款款扶缰倩墨娥。”[1]

苏轼曾是一个热衷于功名者，后因介入党争，先后被贬黄州、惠州、儋州，备受折磨，历尽坎坷，于是对儒家的政治理想产生了怀疑和动摇：“世路无穷，劳生有限，似此区区长鲜欢。……致君尧舜，此事何难。”（《沁园春》）因此他大半生以禅宗、道家思想为主导。遭贬期间，他与僧人来往频繁，交往密切。他曾自称前身是僧人，说“吴越名僧，与予善者十九”。据说他在庐山东林寺奇遇照觉开悟后曾有偈诗：“溪声便是广长舌，山色岂非清净身。夜来八万四千偈，他日如何举似人。”《东坡志林》卷二载他曾写有《读坛经》，对《六祖坛经》“法、极、化三身”之说进行阐发和补充，

---

[1] 梁小玉：《驴》，见《古今图书集成》第五二三册，第41页。

并与许多禅师大掉机锋。试看他的《和子由渑池怀旧》："人生到处何所似？恰似飞鸿踏雪泥。泥上偶尔留指爪，鸿飞那复计东西。老僧已死成新塔，坏壁无由见旧题。往日崎岖君知否？路长人困蹇驴嘶。"宋仁宗嘉祐六年（1061）苏辙以《怀渑池寄子瞻兄》诗寄给其兄，苏轼照原韵和了这首诗。六年前，苏轼与弟随同父亲由川赴京经过渑池。路途所乘马死于河南崤山，他们改赁骑驴至此，宿于奉闲僧舍，题诗于壁。苏辙之所以怀念这段往事，因为"曾为此县簿，未赴而中第"，由此引发了苏轼对人生的思考：人生的经历就像"飞鸿踏雪泥"，"偶尔留指爪"，很快就会消失，就拿我们当年所遇老和尚和僧寺题壁诗来说，如今都不复存在了。倒是我们骑驴那段艰难的经历还历历在目，刻骨铭心。意思是告诉弟弟，人生的顺境不要一直惦记在心，倒是逆境值得记取珍惜，因为它勉励人们奋发上进。这首诗写于苏轼早期，骑驴也是纪实，但由于禅宗的广泛影响，诗中不乏世事如梦、人生虚空的思想；而"骑驴"之所以值得记取，因为它与参禅之执著坚毅相似。

黄庭坚的家乡江西分宁县南的黄蘗山，是著名的黄蘗希运禅师曾经修禅的地方。黄庭坚从小就直接受到禅宗的耳濡目染。据《水月斋指月录》卷二五载，黄庭坚因写"艳词"被禅师法秀"棒喝"，斥为"当堕泥犁地狱"，于是发誓不再为之。又据《居士传》卷二六载，他投入黄龙派欢嫡传弟子晦堂祖心禅师门下，因参"吾无隐乎尔"，闻到木樨花香而悟道。又与祖心两个弟子灵源惟清禅师、云岩悟新禅师等友善，还与花光仲仁、惠洪觉范等禅人交往，所以被普济《五灯会元》卷一七列入黄龙派法嗣。何薳《春渚纪闻》卷七载："余家收山谷所书禅句几三十余首，有云：'牵驴引江水，鼻吹波浪起。岸上蹄踏蹄，水中嘴对嘴。'"[1] 但是黄庭坚并未成为一个皈依禅门的虔诚信徒，只是接受了禅宗的某些思想，正如他的自画像："似僧有发，似俗无尘。作梦中梦，见身外身"（《写真自赞》），成为一个亦僧亦俗的诗人。在仕宦生涯的几次遭贬外放中，黄庭坚自号"山谷道人"，先后将自己所居叫"槁木寮"、"死灰庵"、"任运堂"和"喧寂斋"，足见禅宗思想对他的深刻影响。黄庭坚不少诗歌打上了禅宗参悟的烙印，如《寄黄龙清老三首》其三："骑驴觅驴但可笑，非马喻马亦成痴。一天月色为谁好，二老风流只自知。"不见"自性"向外求佛，禅宗叫"骑驴觅驴"，《景德传灯录·志公和尚大乘赞》云："不解即心即佛，真似骑驴觅驴。"诗的前两句表明黄庭坚的参悟：禅不能向外求，也不能从概念求，只能以超然物外之心求。后二句演绎禅宗公案，《五灯会元》卷三载："一夕，西堂、百丈、南泉随侍（马祖）玩月次。师问：'正恁么时如何？'堂曰：'正好供养。'丈曰：'正好修行。'泉拂袖便行。师曰：'经入藏，禅归海，唯有普愿，独超物外。'"[2] 马祖认为西堂对月而寻思"供养"的观点，泥于经教；百丈对月而属意"修行"的说法，则拘于禅修；称赞南泉的拂袖便行才是"独超物外"。"一天月色为谁好，二老风流只自知"，写出了马祖与南泉对禅的心领神会，以及难言的寂寞。黄庭坚骑驴参禅未见记载，但从这首诗可以印证骑驴与参禅之关系，可见黄庭坚禅学修养之深。

张孝祥一生意气豪迈，不忘恢复大计。孝宗朝时，因极力赞助张浚北伐计划，被主和派弹劾落职。他的作品气势凌云，以雄放著

---

[1] 何薳著、张明华点校：《春渚纪闻》，中华书局 1983 年版，第 110 页。

[2] 见《五灯会元》上册，第 129 页。

称，积极反映现实，弹奏着南宋爱国主义文学的主旋律。但因“被谗言落职”，一腔孤愤形诸笔端，也写出了“尽挹西江，细斟北斗，万象为宾客。扣舷独啸，不知今夕何夕”（《念奴娇·过洞庭》）这样超然物外的作品。有关张孝祥与禅宗的关系记载很少，但他的《题定山寺二首》透露了他夜入寺院静虑参禅的情景，其一云：“蹇驴夜入定山寺，古屋贮月松风清。止闻挂塔一铃语，不见撞钟千指迎。”再联系作者另一首诗句“蹇驴冲雪度松林，啮石溪流有令音”，不难看出张孝祥骑驴与参禅有一定关系。“夜入”说明虔诚、执著；第二句描写定山寺环境清幽：明月，清风，松林。后二句说只听到定山寺的普照塔上檐铃在风中作响，却不见寺院敲钟召集僧人迎客。分别化用苏轼“大钟横撞千指迎”（《宿海会寺》）、“塔上一铃独自语”（《大风留金山两日》）诗句，“千指”谓每人十指，计有百人，形容僧人众多。不见众僧迎客，并非埋怨僧人冷漠无礼，它恰恰是礼赞定山寺为佛门一方净土，其空寂澄明正是禅宗的最高境界。

上引任渊谓丛林参禅有二病，并举陈师道“复作骑驴不跨驴”（《骑驴二首》其一）为证。从陈师道《以拄杖供仁山主》诗可以证明他与僧人有过交往。如上所述，《骑驴二首》是诗人自述骑驴苦吟的体验，但从“冲篱突市不逡巡，掠面惊风扑眼尘”的坚毅执著来看，苦吟的境界与参禅的境界确有某些类似之处，正如本论前面所揭示孟浩然的“雪途策蹇”—“活参”—“妙悟”那样。

综上所述，中国古代诗人骑驴的四种文化内涵——苦吟、落拓、任诞与参禅，四者之间又有着某种内在关联：骑驴苦吟，既为酝酿诗思、捕捉灵感，又是生活贫困、落拓失意之写照；骑驴任诞与参禅则分别与道教、道家思想、佛教有关；如果说任诞的外衣下寄寓的是被褐怀玉、怀才不遇，那么苦吟的执著坚毅与参禅的境界确乎类似。

二、中国古代诗歌中的物理认知

物理，即事理，事物的道理和内在属性或逻辑，是一种事物区别于另一种事物的界限和本质特征，包括生活的真实。文学虽然允许虚构、夸张，但不能违背事物的道理、生活的真实。真实是文学的生命。叛理失真的文学，语言再美、句子再佳，都将受到读者的质疑和诟病。故古人云："吟诗喜作豪句，须不叛于理方善。"[1] 但"不叛于理"只是对物理的一种认知，我国古人对物理认知的另一种情形是，事物在文学作品中只是表达作者情感的一个符号，其现实之理或物质属性并不重要，因此不必拘泥。再一种情形就是，有些物理并没有"非此即彼"的清晰界限，而是处于"亦此亦彼"的界限过渡模糊状态，只有辩证地认知才是全面的，偏执一端的认知，都是片面的，甚至是迂腐的。概括起来，中国古代诗歌中的物理认知主要有三种基本情形。

（一）不叛物理

唐代诗人张继以一首《枫桥夜泊》而蜚声文坛："月落乌啼霜满天，江枫渔火对愁眠。姑苏城外寒山寺，夜半钟声到客船。"它写诗人的一次旅途感受：在一个秋天的夜晚，诗人泊船枫桥，由于旅情客愁而辗转难眠。寒山寺的夜半钟声格外清晰地传到了他的耳畔。在表现周围环境时，诗人精心选择了"月落"、"乌啼"、"霜满天"、"江枫"、"渔火"等最能体现秋天和夜晚景色的典型意象，有效地传

---

[1] 严有翼：《艺苑雌黄》，见《宋诗话全编》第三册，第 2326 页。

达出自己四周的环境，以及它在诗人心头引起的反应，构成一种适于表现旅情客愁的氛围。之后，诗人接以此诗最点睛的意象——“夜半钟声”。这一意象之所以关键，是因为钟声唯有夜半才传得更远，听得更切，而对于满怀客愁的游子来说，也正是这传得更远、听得更切的夜半钟声，才能衬托出他的旅途寂寞与客愁的难禁。然而，欧阳修对诗中“夜半钟”的真实性提出质疑，病其“贪求好句而理有不通”，说：“‘姑苏城外寒山寺，半夜钟声到客船。’说者亦云句则佳矣，其如三更不是打钟时！”[1] 他指出诗中“夜半钟声”与生活实际不符，诗句虽佳，却事理不通，因为“三更不是打钟时”。自欧公对《枫桥夜泊》叛于事理首次发难后，引起激烈的争论。彭乘以自己的亲身经历为张继辩护，他说：“余后过姑苏，宿一院，夜半偶闻钟声，因问寺僧，皆曰：‘固有分夜钟，曷足怪乎？’寻闻他寺皆然，始知半夜钟，惟姑苏有之，诗人信不谬也。”[2] 张邦基桴鼓相应：“此盖吴郡之实耳，今平江城中从旧承天寺鸣钟，乃半夜后也。余寺闻承天钟罢，乃相继而鸣，迨今如是。以此知自唐而然。枫桥去城数里，距诸山皆不远，书其实也。承天今更名能仁云。”[3] 叶梦得也证实张诗中“姑苏城外寒山寺，夜半钟声到客船”不谬，指出欧阳修因未亲历吴中，故批评失允：“欧阳文忠公尝病其夜半非打钟时，盖公未尝至吴中，今吴中山寺，实以夜半打钟。”[4] 陆游则认同“夜半钟”为写实，并以诗为证不限于苏州：“后人又谓惟苏州有半夜钟，皆非也。按于邺《褒中即事》诗云：‘远钟来半夜，明月入

[1] 欧阳修：《六一诗话》，见《宋诗话全编》第一册，第216页。
[2] 彭乘：《续墨客挥犀》卷一，见《宋诗话全编》第一册，第558页。
[3] 张邦基：《墨庄漫录》卷九，见《宋诗话全编》第三册，第2247页。
[4] 叶梦得：《石林诗话》卷中，见《宋诗话全编》第三册，第2704页。

千家。’皇甫冉《秋夜宿会稽严维宅》诗云：‘秋深临水月，夜半隔山钟。’此岂亦苏州诗耶？恐唐时僧寺，自有夜半钟也。京都街鼓今尚废，后生读唐诗文及街鼓者，往往茫然不能知，况僧寺夜半钟乎？”[1]后人对“今尚废”的“京都街鼓”都尚且“茫然不能知”，何况僧寺的“夜半钟”乎？见识何其寡也！王楙对吴中有“夜半钟”确信无疑，这一认知，来自他比较开阔的学术视野和比较严谨的考证推论。他旁征博引文献和文本材料，证明“夜半钟”不仅由来有自，且唐诗中多有描写，吴中的“夜半钟”亦非“无常钟”：“《王直方诗话》引于鹄、白乐天、温庭筠半夜钟句，以谓唐人多用此语。《诗眼》又引齐武帝景阳有三更钟，丘仲孚读书限中宵钟，阮景仲守吴兴禁半夜钟为证，或者以为无常钟。仆观唐诗言半夜钟甚多，不但此也。如司空文明诗曰：‘杳杳疏钟发，中宵独听时。’王建宫词曰：‘未卧尝闻半夜钟。’按许浑居朱方，而诗为华严寺作，正在吴中，益可验吴中半夜钟为信然。又观《江南野录》载‘李昇受禅之初，忽夜半一僧撞钟，满州皆惊。召将斩之，曰偶得月诗云云，遂释之。’或者谓如《野录》所载，则吴中以半夜钟为异。仆谓非也。”（《野客丛书》卷二六《半夜钟》）[2]

古人咏物要求不即不离，“不即”指咏物忌直陈其物，尚含蓄不露；“不离”指咏物要抓住事物的本质特征，他物不可替代和置换之，否则失于物理。陈辅云：“诗家之工，全在体物赋情，情之所属惟色，色之所比惟花。如唐人《牡丹诗》云‘红开西子妆楼晓，翠揭麻姑水殿春’，若改春作秋，全是莲花诗。林和靖《梅花

[1] 陆游：《老学庵笔记》卷九，见《宋诗话全编》第六册，第5824页。

[2] 王楙：《野客丛书》，见《宋诗话全编》第七册，第7483页。

诗》云‘疏影横斜水清浅，暗香浮动月黄昏’，近似野蔷薇也。”[1]他批评唐人这首《牡丹诗》和宋人林逋的《梅花诗》没有抓住牡丹和梅花的本质特征，因此分别可用“莲花”、“蔷薇”替换。司马光虽然引述他人评语，说“疏影横斜水清浅，暗香浮动月黄昏”二句，“曲尽梅之体态”[2]，但不难看出温公对他人评价林逋这一联深得梅花神韵的认知是首肯的。王楙的观点则旗帜鲜明，他先引述苏轼对几首咏物诗的精辟见解，再反驳陈辅之和胡仔的批评是“不深究诗人写物之意”：

> 东坡云：“诗人有写物之工，‘桑之未落，其叶沃若’。他物不可当此。林和靖《梅诗》：‘疏影横斜水清浅，暗香浮动月黄昏。’决非桃杏诗。皮日休《白莲诗》：‘无情有恨何人见，月冷风清欲堕时。’决非红莲诗。”仆观《陈辅之诗话》谓和靖诗近野蔷薇，《渔隐丛话》谓皮日休诗多移作白牡丹，尤更亲切。二说似不深究诗人写物之意。“疏影横斜水清浅”，野蔷薇安得有此潇洒标致？而牡丹开时，正风和日暖，又安得有“月冷风清”之气象邪？陈标《蜀葵诗》曰：“能共牡丹争几许？”柳浑《牡丹诗》：“也共戎葵较几多！”辅之渔隐所见，正与二公一同。（《野客丛书》卷二二《陈胡二公评诗》）[3]

在苏轼看来，《诗经·卫风·氓》状桑、林逋咏梅、皮日休咏莲，均深得物理，“他物不可当此”——他物不可替代置换。王楙认为，“疏

[1] 陈辅：《陈辅之诗话》，见《宋诗话全编》第一册，第 333 页。

[2] 司马光：《温公续诗话》，见《宋诗话全编》第一册，第 368 页。

[3] 王楙：《野客丛书》，见《宋诗话全编》第七册，第 7468 页。

影横斜水清浅”，正是梅花而非野蔷薇之“标致”；“风和日暖”是牡丹开时之“气象”，“月冷风清”则是莲花开时之“气象”，二者判若分明，岂可对调互换？这里的“标致”、“气象”正是“物理”之意。

韦应物《滁州西涧》：“独怜幽草涧边生，上有黄鹂深树鸣。春潮带雨晚来急，野渡无人舟自横。”欧阳修批评说：“今州城之西乃是丰山，无所谓西涧者。独城之北有一涧，水极浅，遇夏潦涨溢，但为州人之患，其水亦不胜舟，又江潮不至。此岂诗家务作佳句，而实无此耶？”[1]指出韦应物因“务作佳句”，而有叛事理：一是滁州压根儿没有“西涧”，独怜其边所生幽草就失实；二是滁州城北虽有一涧，但水极浅，即使夏季涨水，也不能载舟，何来“野渡”和“舟自横”？三是江潮涨不到滁州城西，岂有“春潮带雨晚来急”之理？欧公进一步指出“诗人贪求好句而理有不通”者，还有“‘袖中谏草朝天去，头上宫花侍宴归。’诚为佳句矣；但进谏必以章疏，无直用藁草之理！……如贾岛《哭僧》云：‘写留行道影，焚却坐禅身。’时谓烧杀活和尚，此尤可笑也。”[2]藁草，草稿。罗隐《寄苏拾遗》：“退朝观藁草，能望马相如。”可见上朝进谏是不用藁草的。《哭僧》即《哭柏岩禅师》，此诗盖作于柏岩禅师灭度时。这里所引为颔联，谓柏岩禅师留下了修道的肖像，坐禅的真身被火化。由于诗人为了以“坐禅”对“行道”，故“理有不通”。坐禅，谓静坐修禅，是一种功课状态，用来修饰尸体就叛理，故谓“烧杀活和尚”。

中国古代诗歌中叛于物理、遭人诟病之作，每每见诸《诗话》。刘攽《中山诗话》云：“古诗云：‘袖中有短书，欲寄双飞燕。’以燕

[1] 欧阳修：《书韦应物西涧诗后》，见《宋诗话全编》第一册，第245页。

[2] 欧阳修：《六一诗话》，见《宋诗话全编》第一册，第216页。

时物，故寓言尔。蜀人自京以鸽寄书，不浃旬而达船，船浮海，亦以鸽通信，非虚言也。史以陆机‘黄耳’为犬，能寄书，恐不然。自洛至吴，更历江淮，殆数千里，安能谕人而从舟楫乎？或者为奴名，不然，当为神犬也。”[1] 他对史书所载陆机有“犬”能寄书提出质疑：一是寄书起止地相距数千里之遥，此犬何能抵达目的地？二是要途经江淮水路，此犬如何让艄公领会它要乘船渡江之意？刘攽以不能飞翔过江的犬反证“燕”“鸽”能传书的不叛物理。《王直方诗话》指出：“潘大临字邠老，有《登汉阳江楼诗》曰：‘两屐上层楼，一目略千里。’说者以为着屐岂可登楼？又尝赋《潘庭之清逸楼诗》，有云：‘归来陶隐居，拄颊西山云。’或谓既已休官，安得手板而拄之也。”[2] 屐，木制的鞋，底下多有二齿，以行泥地。宋吕祖谦《卧游录》载：“（谢灵运）尝著大屐，上山则去前齿，下山则去后齿。”可见着屐是不能登楼的。潘大临所谓“两屐上层楼”显然有叛于生活事理。手板即笏，古代大臣朝见时，用以指画或记事的狭长板子。既然已经致仕隐居，岂有随身携带手板之理？潘邠老没有为官经历、不谙朝中典章制度，以致其诗给人留下叛于事理的话柄。

（二）无理而妙

以上所论诗人因缺乏生活常识，或因生活经验不足，或因参物理不深细，导致诗歌创作叛于物理，失去生活真实，遭人诟病。但是中国古代诗歌中还有一种常见之现象，即无理而妙——诗人为了

---

[1] 刘攽：《中山诗话》，见《宋诗话全编》第一册，第 448 页。

[2] 王直方：《王直方诗话》，见《宋诗话全编》第二册，第 1151 页。

表达自己强烈的感情，或渲染氛围、突出主题，并不泥于现实生活之理；或明知无理，故意为之，从而达到具有强烈审美冲击力的艺术效果。如晏殊《浣溪沙》“夕阳西下几时回”是也。诗人再无知也不至于不谙夕阳西下明天又将从东方升起之事理吧？作品正是通过这一无理之反问，传达出自己身处承平时代的“闲愁”：越是生活优裕安逸，越是为美好时光悄然流逝不再回来而忧愁。

杜牧《华清宫》诗云：“长安回望秀成堆，山顶千门次第开。一骑红尘妃子笑，无人知是荔枝来。”这首诗披露了一个鲜为人知的唐朝宫廷的腐败罪恶——杨贵妃酷爱荔枝，唐玄宗为了博得她的欢心，不惜以大量的人力、物力和财力，从万里迢迢的广东等地向骊山进贡荔枝。古代保鲜技术落后，荔枝超过三天就会发黑变味。因此从万里之遥的广东等地运送荔枝至骊山而能保鲜，就必须十万火急，正如苏轼《荔支叹》所描写：“十里一置飞尘灰，五里一堠兵火催。颠坑仆谷相枕藉，知是荔支龙眼来。飞车跨山鹘横海，风枝露叶如新采。宫中美人一破颜，惊尘溅血流千载。”其紧张态势绝不亚于一场战争，水陆并进速递，路途不知要摧残多少生命！牧诗虽然篇幅短小，表现度也较苏诗含蓄得多，但“长安”二句明显夸张，长安在陕西西安西北，骊山在陕西临潼东南，即使骊山“秀成堆”、“千门次第开”，从长安“回望”是绝对看不见的，它是想象夸张之辞；“一骑红尘妃子笑”极传杨妃之神，最后一句陡然转折，令人触目惊心！但是彭乘批评云：“尤脍炙人口。据《唐纪》，明皇以十月幸骊山，至春即还宫，是未尝六月在骊山也。然荔枝盛暑才熟。词意虽美，而失事实矣。”[1] 他虽然肯定此诗“词意虽美”、“尤脍炙人口”，

[1] 彭乘：《墨客挥犀》卷四，见《宋诗话全编》第一册，第 553 页。

但指出它"失事实"：进贡荔枝的时间与事实不符，进贡荔枝应在盛暑，而明皇杨妃十月而不是六月在骊山，春季在长安。但我认为诗人不是在实录历史，而是以浑写大意之技法，将唐朝统治者进贡荔枝、劳民伤财的这一腐败罪恶，通过诗歌载体形象而概括地公之于世，虽无理却高明绝妙。

王得臣《麈史》有两则诗话批评诗人叛理失真，一是诟病白居易：

> 白傅自九江赴忠州，过江夏，有《与卢侍御于黄鹤楼宴罢同望》诗曰："白花浪溅头陀寺，红叶林笼鹦鹉洲。"句则美矣，然头陀寺在郡城之东绝顶处，西去大江最远，风涛虽恶，何由及之？或曰："甚之之辞，如'峻极于天'之谓也。"予以谓世称子美为"诗史"，盖实录也。[1]

一是批评王安石："王安石作《桃源行》云：'望夷宫中鹿为马，春人半死长城下。避世不独商山翁，亦有桃源种桃者。'词意清拔，高出古人。议者谓二世致斋望夷宫，在鹿马之后；又长城之役在始皇时，似未尽善。或曰：'概言秦乱而已，不以辞害意也。'"[2] 我认为其后所附不同意见正是诗人的本意所在，无理而妙。

苏辙说："汉高帝归丰沛，作歌曰：'大风起兮云飞扬，威加海内兮归故乡，安得猛士兮守四方？'高帝岂以文字高世者哉？帝王之度固然。发于其中而不自知也。白诗反之曰：'但歌大风云飞扬，

[1] 王得臣：《麈史》卷一，见《宋诗话全编》第一册，第 873 页。
[2] 同上书，第 875 页。

安用猛士守四方？’其不识理如此！老杜赠白诗，有‘细论文’之句，谓此类也哉？”[1]“但歌”二句为李白乐府《胡无人》末二句。《胡无人》作于开元天宝间安禄山初反时[2]；或谓此诗“预决禄山之死”[3]；或谓此诗“为征讨四夷而作”[4]。不管哪种说法，此诗本意是“胡无人，汉道昌”，希望战争早日结束，四海清一，天下安定，故反用刘邦《大风歌》诗意，希望建立国家统一、民族和睦、不用勇士戍守边疆的和平局面，表达的是对一种理想的太平社会之向往。从现实事理来讲，一个国家再强盛太平也需要卫士守边，李白不至于政治上如此幼稚无知吧？苏辙批评他“不识理”难以成立，其扬杜抑李的倾向十分明显。杜甫《春日忆李白》末联云：“何时一樽酒，重与细论文”，希望能与李白重逢，再次共同切磋诗艺，苏辙谓杜甫有教导李白在创作中要细参物理之意，显然曲解了杜诗。不唯如此，在苏辙之前，有人大概认为李白《胡无人》后三句“不达理”，敦煌残卷本唐诗选录、《唐文粹》、杨慎家藏乐史本《李翰林集》均无后三句，故元萧士赟认为末三句为后人所补[5]。

严有翼云：“石敏若《橘林》文中《咏雪》，有‘燕南雪花大于掌，冰柱悬檐一千丈’之语，豪则豪矣，然安得尔高屋耶？虽豪觉畔理。……李太白《北风行》云：‘燕山雪花大如席。’《秋浦歌》云：‘白发三千丈。’其句可谓豪矣，奈无此理何！”[6]吴瑞荣《唐诗笺要续编》反驳云：“雪花如席，自属豪句，看下句接轩辕

[1] 苏辙：《诗病五事》，见《宋诗话全编》第一册，第897—898页。
[2] 瞿蜕园、朱金城：《李白集校注》引，上册，上海古籍出版社1980年版，第273页。
[3] 同上书，第272页。
[4] 同上书，第273页。
[5] 同上书，第272页。
[6] 严有翼：《艺苑雌黄》，见《宋诗话全编》第三册，第2326—2327页。

台，另绘一种舆图，另成一种义理，严冲甫（严有翼，字冲甫）訾为无此理致，是胶柱鼓瑟之见。太白诗如‘白发三千丈’，‘愁来饮酒二千石’，俱不当执文义观。”[1]石诗、李诗咏雪、咏冰、咏白发，均用夸张手法，虽然远远超出现实之比例，但成功地渲染了环境、表达了强烈的感情，又不失艺术之真实，收到了无理而妙的艺术效果。王得臣《麈史》卷一云：“凡言木之巨细者，始曰‘拱’、‘把’，大曰‘围’，引而增之曰‘合抱’，盖‘拱’、‘把’之间才数寸耳。‘围’则百尺也，‘合抱’则五尺也。……杜子美《武侯庙柏》（当为《古柏行》。——引者）诗云：‘霜皮溜雨四十围，黛色参天二千尺。’是大四丈。沈存中内翰云：‘四十围乃是径七尺，无乃太细长也！’然沈精于筭数者，不知何法以准之。若径七尺，即围当二丈一尺。《传》曰：‘孔子身大十围。’夫以其大也，故记之。如沈之言，才今之三尺七寸有奇耳，何足以为异耶？周之尺当今之七寸五分。”[2]《王直方诗话》云：

> 范蜀公云：“武侯庙柏今十丈，而杜工部云‘黛色参天二千尺’，古之诗人好大其事，大率如此。”而沈存中又云：“霜皮溜雨四十围，乃是七尺，而长二千尺，无乃大细长乎？”余以为论诗正不当尔，二公之言皆非也。[3]

王得臣、范镇、沈括均以实证的思维和九章算法来认知杜诗中古柏的尺寸失真叛理，因而遭到王直方的非议，也被王楙讥

---

[1] 《李白集校注》上册引，第275页。

[2] 王得臣：《麈史》卷一，见《宋诗话全编》第一册，第880页。

[3] 王直方：《王直方诗话》，见《宋诗话全编》第二册，第1187页。

笑："文士言数目处，不必深泥，此如九方皋相马，指其大略，岂可拘以尺寸。如杜陵《新松诗》：'何当一百丈，攲盖拥高檐。'纵有百丈松，岂有百丈之檐？汉通天台可也。又如《古柏行》：'黛色参天二千尺。'二千尺，二百丈也，所在亦罕有二百丈之柏。如此晋人'峨峨如千丈松'之意，言其极高耳，若断断拘以尺寸，则岂复有千丈松之理？仆观诸杂记深泥此等语，至有以九章算法算之，可笑其愚也。"（《野客丛书》卷二五《文士言数目》）[1]《古柏行》是唐代宗大历元年（766）杜甫在夔州所作。他从咏夔州诸葛亮庙前的古柏高大，进而与成都诸葛祠古柏比较，咏夔州古柏参天之高，极形容之也，实寓孤高正直之意，借以抒发自己怀才不遇的感慨。解读此诗，若断断拘以古柏现实之尺寸，岂能领会杜甫无理之妙旨！

王楙《野客丛书》卷五《二公言宫殿》云：

> 诗人讽咏，自有主意，观者不可泥其区区之词。《闻见录》曰："乐天《长恨歌》：'夕殿萤飞思悄然，孤灯挑尽未成眠。'岂有兴庆宫中夜不点烛，明皇自挑灯之理。《步里客谈》曰：陈无己《古墨行》，谓'睿思殿里春将半，灯火阑残歌舞散。自书小字答边臣，万国风烟入长算。''灯火阑残歌舞散'，乃村镇夜深景致，睿思殿不应如是。二说甚相类。"仆谓二词正所以状宫中向夜萧索之意，非以形容盛丽之为。固虽天上非人间比，使言高烧画烛，贵则贵矣，岂复有长恨等意邪？观者味其情旨斯可矣。[2]

[1] 王楙：《野客丛书》，见《宋诗话全编》第七册，第7480页。
[2] 同上书，第7414—7415页。

此话良然。以《长恨歌》为例，“孤灯挑尽未成眠”写唐玄宗因思念杨妃彻夜难眠、孤独寂寞之悲思，倘若按照邵伯温泥于事理，那么“西宫南内多秋草，落叶满阶红不扫”岂不是更加荒谬？唐玄宗还京后，初居兴庆宫，因邻近大街，时常与外界接触，肃宗左右的人唯恐他有复辟之心，将他迁入西宫的甘露殿，变相软禁。即便如此，玄宗初所居兴庆宫也不至于连一个打扫落叶的侍人都没有吧？“西宫”二句正是通过环境的渲染来表现玄宗失去爱妃的长恨，无理而妙。又，同书卷二〇《少游斜阳暮》云：“《诗眼》载前辈有病少游‘杜鹃声里斜阳暮’之句，谓斜阳暮似觉意重，仆谓不然，此句读之，于理无碍。谢庄诗曰：‘夕天际晚气，轻霞澄暮阴。’一联之中，三见晚意，尤为重叠。梁元帝诗：‘斜景落高舂。’既言斜景，复言高舂，岂不为赘！古人为诗，正不如是之泥。观当时米元章所书此词，乃是‘杜鹃声里斜阳曙’，非暮字也，得非避庙讳而改为暮乎？”[1]《踏莎行》是宋哲宗绍圣四年（1097）秦观在郴州（今湖南省郴州县）贬所所作。当时诗人以旧党关系受到当政者的排斥，官职被削，一再远徙，精神上极其痛苦。“楼台”、“津渡”、“桃源”本为美好事物之象征，分别被“失”、“迷”、“望断”否定，可见诗人对前途的绝望情绪。如今投宿于郴州旅舍，黄昏时分，听到杜鹃凄切的鸣声，简直不能承受被关闭在充满春寒的孤馆之寂寞。诗人正是通过“斜阳暮”之重意，加上杜鹃声的渲染，来表达自己不堪忍受的孤独处境，“于理无碍”，无理而妙！但王氏见到米芾所书此词“暮”为“曙”，猜测可能为避英宗（赵曙）讳而改，仍然为事理所囿。

---

[1] 王楙：《野客丛书》，见《宋诗话全编》第七册，第 7458—7459 页。

杜牧《江南春》："千里莺啼绿映红，水村山郭酒旗风。南朝四百八十寺，多少楼台烟雨中。"明朝学者兼诗人杨慎批评说："'千里莺啼'，谁人听得？'千里绿映红'，谁人见得？若作十里，则莺啼绿红之景、村郭楼台、僧寺酒旗，皆在其中矣。"[1] 作为一个诗人兼批评家的杨慎，居然对文学的心理时空全然无知。在他看来，诗中所写的空间，应以诗人目力所能及为限，殊不知诗人可以借助想象把他视域之外的空间经过压缩处理表现到诗的空间中来。在这首诗里，杜牧不仅将千里江南的春景作了压缩，时间也作了泛化。前两句写黄莺啼鸣、红绿相映、酒旗招展，显然是风和日丽的晴天，后两句所写却是迷蒙的烟雨。可见诗中"千里"与"多少"都只是虚写。诗人正是以典型化的手法，抓住江南春特征，粗中有细地展示江南春的多层次自然和人文景观。所以何文焕对杨慎的批评作了辨正："即作十里，亦未必尽听得着，看得见。题云《江南春》，江南方广千里，千里之中，莺啼而绿映焉。水村山郭，无处无酒旗，四百八十寺，楼台多在烟雨中也。此诗之意既广，不得专指一处，故总而命曰《江南春》……"[2]

（三）辩证物理

事物固然有其本质特征和内在逻辑，但有些物理是模棱两可的；或者由于人们观察角度不同而又呈现"亦此亦彼"的二级现象。恩格斯说："辩证法不知道什么绝对分明和固定不变的界限，不知道

[1] 杨慎：《升庵诗话》卷八，见《历代诗话续编》中册，第 800 页。
[2] 何文焕：《历代诗话考索》，见《历代诗话》下册，第 823 页。

什么无条件的普遍有效'非此即彼'，它使固定的形而上学的差异互相过渡，除了'非此即彼'，又在适当的地方承认'亦此亦彼'，并且使对立互为中介。""一切差异都在中间阶段融合，一切对立都经过中间环节而互相过渡。"[1]我国古人在观察物理时已注意到这一现象，其中不乏能够辩证地认知和阐释物理者。

如前所述古人对"夜半钟"的争议，或谓"三更不是打钟时"；或谓"惟姑苏有之"；或谓不限于苏州，唐朝僧寺皆有。而王楙认为"所谓半夜钟，盖有处有之，有处无之，非谓吴中皆如此也。今之苏州能仁寺钟亦鸣半夜，不特枫桥尔"(《野客丛书》卷二六《半夜钟》)。[2]这一认知比较辩证，他否定了惟姑苏有"夜半钟"和凡僧寺均有"夜半钟"的说法，认为"有处有之，有处无之"，这一看法应该符合生活实际。这种争论实际已经超出了《枫桥夜泊》的文本，具有启迪后人创作要深入生活实际的意义，正如陆游所说"纸上得来终觉浅，绝知此事要躬行"(《冬夜读书示子聿》)。

王楙《野客丛书》卷五有这样一则争议：

> 张文潜云："陈文惠公《题松江诗》，落句云：'西风斜日鲈鱼香。'言松江有鲈鱼耳，当用此乡字，而数本见皆作香字。鱼未为羹，虽嘉鱼直腥耳，安得香哉？"《松江诗话》曰："鱼虽不香，作羹芼以姜橙，而往往馨香远闻，故东坡诗曰：'小船烧薤捣香虀。'李巽伯诗曰：'香虀何处煮鲈鱼。'鱼作香字，未为非也。"仆谓作者正不必如是之泥。刘梦得诗

[1] 《马克思恩格斯选集》第3卷，人民出版社1972年版，第535页。
[2] 王楙：《野客丛书》，见《宋诗话全编》第七册，第7484页。

曰："湖鱼香胜肉。"孰谓鱼不当言香邪？但此"鲈鱼香"云者，谓当八九月鲈鱼肥美之时节气味耳，非必指鱼之馨香也。张右史之说概已失之，而周知和乃复强牵引苏黄二诗以证鱼香之说，且谓芼以姜橙，往往馨香远闻，其见谬甚，所谓道在迩而求诸远；鲈鱼香字比鲈鱼乡甚觉气味长，更与识者参之。(《陈文惠诗句》)[1]

张耒认为陈文惠《题松江诗》中"鱼香"当作"鱼乡"，大概是受制于"鱼米之乡"的思维惯性，谓"鱼直腥"，对鱼"安得香"提出质疑。《松江诗话》则认为鱼羹以"姜橙"调味便"馨香远闻"，并举以苏诗、李诗为证。而王楙以刘禹锡诗证之作"鱼香"，但指出此"鱼香"非谓"鱼之馨香"，而谓"当八九月鲈鱼肥美之时节气味耳"。我认为三者都未能辩证地认知物理。鱼之肥美既有时地因素，不同季节、不同地域的鱼确实味道有差别；也有生熟之分，鱼虽腥，但煮熟之后加以佐料调味，何谓无香？所谓"鲈鱼香字比鲈鱼乡甚觉气味长"，仍未得"鱼"之辩证物理。同书卷一四《樱桃无香》又有一则认知樱桃有无香味的材料：

《渔隐》曰："退之《樱桃诗》曰：'香随翠笼擎初重，色映银盘泻未停。'樱桃无香，退之言香，亦是语病。"仆谓凡丽于土而被雨露之发育者，皆有香。香者气也。谓草无香？则曰："风吹草香。"谓竹无香？则曰："风吹细细香。"岂可谓樱桃无香哉。《渔隐》不参物理，但谓芬馥者为香，而不知物之触于鼻

[1] 王楙：《野客丛书》，见《宋诗话全编》第七册，第7423—7424页。

观者，非香而何。[1]

胡仔认为樱桃无香，因此批评韩愈咏樱桃之香“是语病”，王楙指责胡仔“不参物理”，认为樱桃有香，理由是“凡丽于土而被雨露之发育者，皆有香”。此话甚是。因为花果草木之香是相对的，有浓有淡，香味也各别。我们不能泥于某种香味才是香味，而某种香味不是香味，更不能以个人的喜好来界定或划分一种标准而定于一尊。如此，才能辩证地认知物理。

《西清诗话》曰：“人之好恶，固自不同。子美在蜀作《闷诗》云：‘卷帘惟白水，隐几亦青山。’若使余居此，应从王逸少语：吾当以乐死，岂复更有闷耶？”[2] 王楙反唇相讥：“《西清诗话》此言，是未识老杜之趣耳！平时见青山白水，固自可乐，然当愁闷无聊之时，青山白水，但见其愁，不见其乐。岂可以常理观哉？老杜在蜀，栖栖依人，无聊之甚，安得不以青山白水为闷邪？曾子固谓‘以余之穷，足以知人之穷’。仆 因知子美之言，为不妄也。”(《野客丛书》卷九《子美闷诗》)[3] 杜甫《闷》诗为滞留夔州无聊而作。仇兆鳌注云：“白水青山，本堪适兴，因处蛮瘴之地，故对此只足增闷耳。……末方结出致闷之由。无钱叹贫，催颜嗟老。”[4] 这一看法可证王楙之“岂可以常理观哉”的物理认知是辩证的。因为白水青山本是无情之物，无所谓乐愁，只因诗人的感情投射其上才有了感情色彩，正如王国维所云：“有我之境，以我观物，故物皆著我之色彩。”[5] 何况一切景

---

[1] 王楙：《野客丛书》，见《宋诗话全编》第七册，第 7440 页。

[2] 蔡絛：《西清诗话》，见《宋诗话全编》第三册，第 2491 页。

[3] 同上书，第 7428 页。

[4] 仇兆鳌：《杜诗详注》第四册，第 1790 页。

[5] 滕咸惠：《人间词话新注》，第 36 页。

物都是为表达诗人情感服务的，优美的景物既可用来表达欢乐的情绪，也可用来抒发苦闷的心情，正如王夫之所云：“以乐景写哀，以哀景写乐，一倍增其哀乐。”[1] 这就是事物的辩证之理。又如胡仔以“鸿雁未尝栖宿树枝，惟在田苇间”的认知，批评苏轼《卜算子》谓鸿雁“拣尽寒枝不肯栖”有叛物理。王楙斥他孤陋寡闻：“仆谓人读书不多，不可妄讥前辈诗句。观隋李元操《鸣雁行》曰：‘夕宿寒枝上，朝飞空井旁。’坡语岂无自邪？”（《野客丛书》卷二四《东坡卜算子》）[2] 我认为苏诗“鸿雁栖枝”不仅有文献依据，且有物理认知之生活基础。鸿雁的栖息虽然有其生活习性，也可能有比较固定的栖息之所，但决无“惟在田苇间”之理！季节的更替，气候的变化，环境的变迁，觅食栖息的需求，安全自卫的本能等，都可能引起鸟类栖宿的变化，鸿雁岂有如此不变之物理？

谶纬之说是汉代流行的神学迷信。“谶”是巫师或方士制作的一种隐语或预言，作为吉凶的符验或征兆。由谶纬之说衍生而来的诗谶，指所作诗无意中预示了后来发生的事情。关于诗谶之说，古代文献中颇多记载。《王直方诗话》举东坡、少游、后山数诗，以为诗谶。《渔隐》以为不然。谓人之得失生丧，自有定数，乌有所谓诗谶云者。其不达理如此。王楙云：“此说亦失之偏。诗谶之说，不可谓无之，但不可谓诗诗皆有谶也。其应也往往出于一时之作，事之与言，适然相会，岂可以为常哉？渔隐举东坡诗之不应者为证，可笑其愚。大抵吉凶祸福之来，必有先兆，固有托于梦寐影响之间。而诗者，吾之心声也。事物变态，皆能写就，而况昧昧休咎之徵，安

[1] 王夫之：《薑斋诗话》卷上，见《清诗话》，上海古籍出版社 1999 年版，第 4 页。
[2] 王楙：《野客丛书》，见《宋诗话全编》第七册，第 7479 页。

知其不形现于此哉！但泥于诗谶则不可。”（《野客丛书》卷一九《诗谶》）[1] 王楙对诗谶的认知比较辩证，但他认为“吉凶祸福之来，必有先兆，固有托于梦影响之间”，于是形现于诗，又陷入了巫师或方士布下的迷信方阵。

王楙云：“欧公诗：‘尔来不觉三十年，岁月才如熟羊胛。’于夹字韵内押，用史载及《通典》骨利国事。骨利国地近扶桑，昼长夜短。夜煮一羊胛才熟，而东方已明。言其疾也。《渔隐丛话》又引《资治通鉴》云：‘煮羊脾熟，日已出矣。’所纪与史载通典小异。郭次象谓羊脾至微薄，不应太疾如此，当以胛字为是。仆考《唐书·骨利干传》亦曰羊脾。然又观《唐书·天文志》，则曰羊髀。此一字三说不同，盖脾胛髀字文相近，诸公姑存其旧，不敢必以为孰为正也。然胛者，肩也。髀者，股也。二字意虽不同，为熟之时，似不相远。至脾则太速矣。鲁直诗亦曰：‘数面欣羊胛，论诗在雉膏。’羊胛字鲁直亦尝用之，不但欧公也。”（《野客丛书》卷二三《骨利干日出》）[2] 欧阳修究竟是以“羊胛”还是“羊髀”，抑或“羊脾”比喻“三十年”光阴之迅疾呢？王氏虽然没有明确指出“以孰为正”，但从他对“羊胛”、“羊髀”、“羊脾”“为熟之时”的“理”之推导认知以及引述“以才学为诗”的黄庭坚之诗句，不难看出他是倾向于用“羊胛”比喻三十年光阴之疾更符合物理的。我认为，撇开用韵不谈，如果从物理认知来看，王楙仍然不能辩证地认知物理，“羊脾”、“羊髀”、“羊胛”虽然为熟之时有长短之别，但用来比喻光阴之疾均不叛理，陶渊明《感士不遇赋序》云：“悲夫！寓形百年，而瞬息已

[1] 王楙：《野客丛书》，见《宋诗话全编》第七册，第 7450—7451 页。
[2] 同上书，第 7469 页。

尽。”百年之逝，尚且一眨眼工夫，何况三十年岁月，喻之以“熟羊脾”，何疾之有？又何尝不可？

综上所述，从中国古代诗歌中的物理认知来看，有些物理不能违背，如牡丹不同莲花，梅花决非蔷薇，进谏不用藁草，着屐不能登楼，休官无手板随身等。有些物象、事象在文学作品中只是表达作者情感的一种符号或媒介，其物理并不重要，因而可以不拘泥计较其实，如“燕山雪花大如席”、“白发三千丈”、“夕殿萤飞思悄然，孤灯挑尽未成眠”、“西宫南内多秋草，落叶满阶红不扫”、“望夷宫中鹿为马，春人半死长城下”、“杜鹃声里斜阳暮”、“千里莺啼”之类是也。有些物理“亦此亦彼”，模棱两可，只有辩证地认知才不会以偏赅全，如“鱼香”、“樱桃香”、“诗谶”、青山白水既可写乐也可写哀、鸿雁既栖于田苇间也栖于枝头等。对同一物理，有些古人在认知上出现了偏差或错误，究其原因：一是没有亲身经历的生活基础，二是参物不够细致深入，三是不谙艺术与现实之关系，四是缺乏辩证的认知方法。中国古代诗歌中物理认知的经验和教训，对我们今天的文学创作仍然有参考价值和指导意义。

三、台湾现代诗对中国古典文学的现代演绎

台湾现代诗兴起于二十世纪五十年代。纪弦曾在三十年代与戴望舒、徐迟等一起筹办《新诗》杂志，后来他将大陆的新诗火种带到台湾，于1953年创办《现代诗》杂志，旨在延续三十年代具有中国味的“现代派”诗风。1956年宣告成立“现代派”，发表《现代派宣言》，提出“六大信条”，主张“新诗乃横的移植，而非纵的继

承”。显然已经违背创办《现代诗》的初衷，丢弃了中华民族精神和传统文化内核，走上了一条全盘西化的歧途，因此招致各方的批评抗议。就在《现代诗》创刊后方兴未艾的次年，覃子豪、钟鼎文、余光中、罗门等发起成立“蓝星”诗社，倡导诗要“注视人生”、“注重实质”，强调个性和民族精神，以同“现代诗”的“全盘西化”论相对抗。1954年，与“蓝星”社成立的同时，洛夫、痖弦、张默等发起“创世纪”诗社，创办《创世纪》诗刊，以尝试“新民族诗型”的实验，矫正“横的移植”。他们提出了两大艺术主张，分别针对“现代诗”强调“知性”和“蓝星”“倾向抒情”，认为艺术非纯理性的阐发，亦非纯情绪的直陈，而是美学上直觉的意象之表现；提倡发挥中国文字的特性，以表现东方民族生活的特有情趣。[1]在《蓝星》、《现代诗》停刊、《创世纪》日趋晦涩的背景下，1964年，台湾诗坛一支异军突起，这就是由吴瀛涛、桓夫、詹冰、林亨泰、绵连、白萩、赵天仪、薛柏谷、黄荷生、王宪阳、杜国清、古贝十二位台湾省籍诗人创办的“笠”诗社崛起，他们以“发扬乡土精神、追求现代精神、民族意识的觉醒”为宗旨，主张新诗回归乡土。

从台湾诗坛影响最大的四大现代诗社的办刊宗旨和诗学主张来看，其讨论的核心问题就是：新诗要不要继承中华传统文化和民族精神。显而易见，台湾现代诗通过争论和实验，诗学主张上基本达到共识，那就是中国新诗必须走一条民族精神和传统文化与西方现代诗艺相结合的艺术之路才有出路。台湾现代诗群中拥有一批国学造诣深厚、又熟悉西方文学的诗人。这种知识结构，使得他们在建构具有中华民族风味的现代诗上，具有非常显著的优势。他们的现

[1] 洛夫：《诗坛春秋三十年》，《中外文学》1982年第12期。

代诗创作表明：它的形式尽管是现代的、西洋的，但其内核却是传统的，具有比较深厚的民族传统文化意蕴。本节所论台湾现代诗（包括后现代诗）对中国古典文学的现代演绎，就是一个显证。

（一）人物：历史与现实同构

黑格尔认为，诗歌是空间艺术和时间艺术这两个极端在一个更高的阶段上，在精神内在领域里的统一。[1] 即心理时空的构造方式：或改变视角；或时空转换；或时空跳跃；或时空变异；或时空互化；或超越时空。超越时空方式之一即历史与现实同构：人物既是历史的又是当代的；历史人物与当代人物可以欢聚一堂。不仅使历史人物鲜活起来，而且历史人物与当代人物在同一时空中相遇，产生意想不到的艺术效果。

春秋战国，是我国由奴隶社会向封建社会过渡的历史转折时期，整个社会处于一片急剧动荡之中，其结果促使文化突飞猛进地发展。生产力的发展，生产关系的变化，带来了意识形态的活跃。各种学术派别兴起，形成百家争鸣的局面。张健《春秋人物》所咏孔子、孟子、庄子、老子和墨子分别为儒家、道家、墨家代表人物。与传统意义上咏历史人物的诗歌不同，它取消了物理时空的限制和间隔，将物理时空统一到心理时空中来，实现了历史与现实同构，对这些历史人物作了现代演绎。如《春秋人物·孟子》："齐宣王早忘了你 / 你还顾念那些可怜的牛羊 / 参加辩论比赛的人 / 都聪明地引用你 / 但你比谁都寂寞 // 没有版税，没有节日 / 没有忘年的知音 / 徒然压扁在教

---

[1] 黑格尔著、朱光潜译：《美学》第 3 卷下册，第 3—5 页。

科书里”。《齐桓晋文之事章》见《孟子·梁惠王上》，是孟子的代表作，他向齐宣王提出了“保民而王”的主张，即人君只要能善于扩充不忍之心，就可以施行仁政，推行王道于天下。孟子问齐宣王：

> 臣闻之胡龁曰：“王坐于堂上，有牵牛而过堂下者，王见之，曰：‘牛何之？’对曰：‘将以衅钟。’王曰：‘舍之！吾不忍其觳觫，若无罪而就死地。’对曰：‘然则废衅钟欤？’曰：‘何可废也，以羊易之。’”[1]

齐宣王承认有此事，孟子立即抓住时机：“是心足以王矣！百姓皆以王为爱也，臣固知王之不忍也。”虽然齐宣王最后表示接受孟子的建议，施行仁政，推行王道，但是孟子这种主张在当时是不可能实现的，故谓“齐宣王早忘了你”。《孟子》在先秦诸子散文中最具论辩色彩，故云“参加论辩比赛的人都聪明地引用你”，但是“自古圣贤皆寂寞”，千年之后孟子并没有知音。尽管现行的国内大学教科书《中国历代文学作品选》必选《齐桓晋文之事章》，然而最富现代意味的是，孟子并“没有版税，没有节日”，“徒然压扁在教科书里”。墨子反对进攻性的战争，支持防御性的战争，主张“非乐”思想。《墨子·公输》叙述了墨子制止公输班为楚国造云梯以攻宋：“子墨子解带为城，以牒为械，公输班九设攻城之机变，子墨子九距之；公输班之攻械尽，子墨子之守圉有余。”[2]《春秋人物·墨

[1] 见朱熹：《四书章句集注》，中华书局 1983 年版，第 207 页。

[2] 见《二十二子》，上海古籍出版社 1986 年版，第 270 页。

子》即对这一精彩片断作了现代演绎："试生在二十世纪的纽约 / 纽约那条黑街！ // 摇滚乐会嘲笑公输班 / 攻不进小小小小的古城。"第一节假设，实现历史与现实同构，本当说公输班攻不进墨子所在的纽约古城，却说"摇滚乐会嘲笑公输班攻不进小小小小的古城"，实际上讽刺了墨子"非乐"思想的保守，它阻挡不了代表现代文明的"摇滚乐"在城市的流行，墨子坚守的古城已为流行音乐瓦解，公输班即使攻进古城也无意义了。张健说："新诗的尝试、创铸，应为即时地而又超时地的。对于传统无所认识而盲然务新者，如飘蓬浮萍，终难经受暴风远雨的考验；或能煊赫一时，终将烟消云散。"[1]"即时地而又超时地"正是历史与现实同构的最好注脚，其《春秋人物》之所以给读者耳目一新并将经受时间的考验，就在于诗人对先秦诸子有深刻的解读。

庄子是战国时期道家学派的代表人物，其哲学思想源于老子而加以发展，以"道"为本，以变化无常的观点来看待万物，主张齐万物、一是非、外生死，独与天地精神往来。他生活贫困，但蔑视荣华富贵和权势名利，力图在乱世保持独立的人格，追求逍遥无待的精神自由。当张默《夜读》《庄子》时，历史中的庄子对现实中的张默"频频追问"：

夜　渐渐地　静了
　　凉了
　深了又深

[1] 转引自沈奇、王荣：《台湾诗论精华》，陕西人民教育出版社 1995 年版，第 211 页。

案头上横躺着一具大字足本线装的庄子
眯着惺忪的双眼
向四壁频频追问

你要　逍
还是　遥

《庄子》共三十三篇，分为内、外、杂三个部分。《逍遥游》为内七篇纲领，是贯穿七篇的大旨。“无已”、“无功”、“无名”，亦即“无所待”、“无累”，则物论可齐（不复计较是非得失），生主可养（以无厚入有间），形可忘而德充（积德而达道则遗其形），世可入而害远（心斋，坐忘则处人间世如出世），帝王应而天下治，皆吻合于大宗（道）以忘生死，无不可游也，无非游也。诗人巧妙地通过历史与现实人物的同构，表达了对现实压抑束缚的不满，向往精神上的绝对自由，追求独立的人格尊严。

初唐“四杰”之一的王勃，因一篇《滕王阁序》而蜚声文坛，但仕途失意，英年早逝。张默的《夜宴王勃》这样写道：“今夜，长安的酒肆依稀通宵熙攘／我为你斟了个满杯／喝吧！喝吧！你吟你的四六对仗的古典／我舞我的凄凄切切的浪漫／管它什么短命不短命／那是你最最黯兮惨悴的事／最最脸红脖子粗的事／最最不坠青云之志的事／于是你狠狠地把残余的酒渍／一个劲地泼向扶摇直上的天空”，“唯一可感的，是你稚拙的墨色／已经缓缓地跨过了／几个无声的朝代”，“你万万没有想到你那学富五车的文采／只不过是一只空荡荡的骨灰罐”。在历史与现实的同构中高度赞美了王勃的才华、对后世的影响，为其怀才不遇鸣不平。

王维历经变乱，心情日趋消沉，大约在四十四岁以后他开始过着一种亦官亦隐的生活。初隐居终南别业，后来在蓝田辋川得到宋之问的别墅，常“焚香独坐，以禅诵为事”[1]。“晚年唯好静，万事不关心”（《酬张少府》），“一生几许伤心事，不向空门何处销？”（《叹白发》）可见禅宗思想对他影响之深。王维后期的诗歌主要写隐居终南、辋川的山水田园风光和闲情逸致，富有画意和禅味。萧萧《与王维论禅》如此演绎：“我们垂着长眉对坐，松林里／只有清泉细细／袅袅，灰白的发丝迎风披散／一本辋川集尚未翻开／三两片花瓣先已顺着衣襟／飘落／我，正等开口／／想起上次论辩的内容，细细／袅袅，不外乎眼前焚出的一缕清香／还烦劳明月伫足／相候／我，如何开口？”从上下节“只有清泉细细袅袅”与“想起上次论辩的内容，细细袅袅”对读不难看出，王维的论辩充满了禅味，在他的言谈中，“松林”、“清泉”、“花瓣”、“明月”等万事万物皆可印证入道，所谓“青青翠竹，尽是法身，郁郁黄花，无非般若”[2]。洛夫《走向王维》也云：“你哪首诗最具禅机？／你闲闲答曰：／不就是从《积雨辋川庄作》第三句中／漠漠飞去的／那只白鹭／语毕，一衣襟的紫苜蓿／沿着石阶一路簌簌抖落／秋，便瘦瘦地／随着犹温的夕阳／闪身进入了你萧索的山庄。”相距千年的古今诗人对坐论禅，在历史与现实的同构中传达出禅学造诣颇深的王维之神韵。

余光中说：“与其说是一种技巧，不如说是一种心境，一种情不自禁的文化孺慕，一种历史归属感。”[3] 所谓“文化孺慕”、“历史归

[1] 《文苑列传·王维传》，《旧唐书》卷一九〇第15册，中华书局1975年版，第5052页。

[2] 道原：《景德传灯录》，四部丛刊本。

[3] 余光中：《〈隔水观音〉后记》，转引自公仲等：《台湾新文学史初编》，江西人民出版社1989年版，第294页。

属感”体现在现代诗创作中，即历史与现实有机糅合。其《与李白同游高速公路》以历史与现实同构的现代手法，将李白的个性展示得活灵活现：“刚才在店里你该少喝几杯的 / 进口的威士忌不比鲁酒 / 太烈了，要怪就怪那汪伦 / 摆什么阔呢，尽叫胡姬 / 一遍又一遍向杯里乱斟。”“——啊呀要小心，好险哪 / 超这种货柜车可不是儿戏 / 慢一点吧，慢一点，我求求你 / 这几年交通意外的统计 / 不下于安史之乱的伤亡 / 这跑天下呀究竟不是天马 / 跑高速公路也不是行空。”“千万不能让 / 交警抓到你醉眼驾驶 / 血管里一大半流着酒精。”“身份证上，是可疑的‘无业’/ 别再提什么谪仙不谪仙 / 何况你的驾照上星期 / 早因为酒债给店里扣留了 / 高力士和议员们全得罪光了 / 贺知章又不在，看谁来保你？ /——六千元吗？算了，我先垫 / 等《行路难》和《蜀道难》的官司 / 都打赢之后，版税到手 / 再还我好了，也真是不公平 / 出版法哪像交通规则 / 天天这样严重地执行？ / 要不是王维一早去参加 / 辋川污染的座谈会 / 我们原该 / 搭他的老爷车回屏东去的。”由于诗人从与醉眼超速驾驶的李白同游高速公路的角度切入，便将“李白一斗诗百篇，长安市上酒家眠。天子呼来不上船，自称臣是酒中仙”（杜甫《饮中八仙歌》）的纵恣天才、不羁个性和天马行空的诗歌风格十分传神地勾勒出来。诗歌除了化用李白《金陵酒肆留别》“吴姬压酒劝客尝”的诗句、挖掘《赠汪伦》的潜在诗意并巧妙合理地将两者组合在一起外，还包含了以下诸多信息：李白所处的时代——安史之乱，李白的访仙求侠、创作游仙诗，无业游民、生活落拓、蔑视权贵和“谪仙”绰号；王维诗风的悠游不迫。更令读者惊叹的是，诗中还将现实针砭了一番：肝硬化疾病在升级；交通事故造成的伤亡巨大；诗人的形象在读者眼里很糟糕；批评家的批评毫不留情；作家清贫；环境严重污染。古今诗人同一时空，古典意象与现代术语杂糅，风趣幽默，无理而妙。

罗青的《杜甫访问记》共五节，前两节分别说杜甫“耐心的酿造日月星云 / 给我们幽丽的昨日”、“默默孕育金色的果实 / 给我们灿烂的今天”。第三节说：“若你以为他是唐朝人 / 那你就错了 / 要说你们根本不认识 / 那更是荒唐”，说明伟大的现实主义诗人杜甫不仅属于唐朝，也属于当代，他是家喻户晓、妇孺皆知的世界文化名人，为下文过渡：“其实，他可能就住在我们隔壁 / 也可能就住在我们家里 / 说不定他就是我们的老爸爸 / 大哥哥，或是知己朋友。”在历史与现实同构中揭示杜甫是人民的诗人，他一直活在人民的心中；其潜在意思可能还寄托了作者的愿望：当今社会呼唤杜甫这样忧国忧民的时代诗人。

洛夫为台湾“创世纪”诗社发起人之一，极力推崇超现实主义，积极实验前卫诗歌艺术，使得有些作品晦涩难懂，受到诗坛的批评。于是想起未入《唐诗三百首》的晚唐诗人李贺，同病相怜，引起强烈共鸣，在历史与现实同构中，邀李贺“千古一聚”与其共饮。试看他的《与李贺共饮》，第一节勾勒李贺的苦吟形象：“石破 / 天惊 / 秋雨吓得骤然凝在半空 / 这时，我乍见窗外 / 有客骑驴自长安来 / 背了一布袋的 / 骇人的意象 / 人未至，冰雹般的诗句 / 已挟冷雨而降 / 我隔着一玻璃再一次听到 / 羲和敲日叮当声。”第二节写自己与李贺一边饮酒一边嚼着五香蚕豆进行艺术构思。“绝句”在这里有两层含义：一指近体诗的一种形式——七言或五言绝句；一指绝妙诗句。连用三个“绝句”并用句号断开，表示苦吟或强调，抓住李贺“呕心沥血”的构思特征，呼应上文。接着写李贺酣饮后诗情迸发：“你激情的眼中 / 温有一壶新酿的花雕 / 自唐而宋而元明清 / 最后注入 / 我这小小的酒杯”，在历史与现实同构中实现了自己与李贺共饮对接，又含李贺的绝句后无继响之意。最后写两人切磋诗艺、感情交流沟通，描述李贺诗歌的反理性、不拘平仄、重瞬间感觉的情感与形式特征，又指李诗字字金石，掷地有声；“你的肌肤碎裂成片”，说明李贺与其诗歌生命一体化，朱自清评曰：“大抵贺性怪僻，而多奇情异采；既遭谤毁，幽忧弥甚，遂出全力为诗。”[1]罗智成的《李贺：窗外严霜皆倒飞》也有异曲同工之妙：“但你必须睡了/我亲昵的病患/不久雄鸡将啼破/这小小的鬼域——不用忧愁，长吉/那些以心血喂养的/良莠不齐的诗句/将在你死后继续照射/枯骨紧守的诗情/像扰扰磷光/眷顾着阳光照不到的心灵”，最后在历史与现实同构中表达了对病弱的李贺的人文关怀和安慰，他那些呕心沥血的奇句丽篇，熠熠生辉，永垂不朽，将成为照亮后世那些灰暗封闭心灵的一盏灯塔。

（二）文本：古典与当下互文

台湾现代诗对中国古典文学的现代演绎，还表现在对古代经典作品作当下合理的延伸，进行审美再创作，赋予其现代意识，古典与当下文本构成互文，从而使古代经典作品获得新的艺术生命。所谓“文本：古典与当下互文”，既保留古代文本的基本精神，不失文本的古典意蕴，又开拓其当下内涵。

《诗经·秦风·蒹葭》是一首执著追寻所企慕对象的怀人之作，如果说“伊人”为企慕的对象，那么“在水一方”便是执著追寻与追寻艰难与渺茫之象征。陈义芝的同题《蒹葭》正是对“这样的缠

[1] 朱自清：《李贺年谱》，《朱自清古典文学论文集》下册，第521页。

绵世世有人传唱”这一古典文本，“以古典的现代咏叹最最赤裸的白话”，其重心仍然是围绕“伊人”和“在水一方”展开。在当下文本《蒹葭》中，“伊人”“恍惚的身影都成了梦里的莲花”，“亭亭那朵，在蒹葭的水域/在孤鹜斜飞的水中央”；“泠泠的弦音仍不断从上游漂来/我随手截捞，默默地咀嚼/白莲清芬/万种的风华”。同样是朦胧迷离，同样是隐约可见却依然遥不可及，但在当下文本里，“伊人”获得了更为具象的视觉、听觉和嗅觉冲击，美丽可触。“莲花”不仅与“水”紧密关联，且明确指向“出淤泥而不染”；“泠泠的弦音”本来就令人陶醉，“不断地从上游漂来”，与水流声交织和鸣，不绝如缕，更加令人心驰神往！而“咀嚼白莲清芬”，则余香满口，经久不散。“在水一方”之执著追寻，也由“溯洄而上”或“顺游而下”演绎得更加具体：“这般情怀远从溱水洧水流向南/纷歧的水路错落的泽乡/再南，如候鸟南飞/渡过山原及海峡/如今驻停/岛上心怯的急流边”，“褰裳涉水或放棹流渡”。不论是“山原”还是“海峡”，也不论是岛屿还是急流，都阻止不了“褰裳涉水或放棹流渡”。其中“纷歧的水路错落的泽乡”则暗示追寻的艰难与渺茫。古典与当下文本互文，既使《秦风·蒹葭》获得了审美再创造的广阔空间，又为现代诗的创作融入了古典诗歌意象、意境和韵味，不失为现代诗创作的成功尝试。

屈原的代表作《离骚》是一首杰出的政治抒情长诗，抒发了诗人坚持不懈地加强自我修养、希望引导君王、兴盛祖国、实现“美政”理想。但由于“党人”的谗害和君王的动摇多变，使自己蒙冤受屈，在理想与现实的尖锐冲突中，屈原表达了献身理想的强烈愿望和与黑暗势力作斗争的不屈不挠之决心，体现了坚贞的情操。《离骚》塑造了一个坚贞高洁的抒情主人公的崇高形象，艺术上开创了

"香草"、"美人"的象征手法。彭邦桢《屈辞释义》如此解读:"夜读离骚,月黑风高。仿佛我在夤夜诵读/兰摧菊折的悲号。唉!而这就是屈子为何/忍尤攘诟?原是楚王竟不识秦王合纵连横/之术:能不见舆薪又不察秋毫//悲哉!不禁在我的眼中都有一条汨罗奔来/这才是真悲歌的形象、悲壮的灵魂、而又/是真悲剧的天才。""而这/就是屈子的悲怀茕独:不仅忧国,而且/忧族。其怛怛诗心就如见剖腹。""唯屈子才死得光荣。""屈辞释义"即古典文本与当下阅读构成互文:整部《屈辞》就是"兰摧菊折"、"忍尤攘诟"的悲剧,就是"如见剖腹"的拳拳忠心反而遭谗被迁而"悲怀茕独"的悲剧。而造成悲剧的原因即"楚王竟不识秦王合纵连横之术"、"不见舆薪又不察秋毫"和"怛怛诗心"——"忧国忧族"。屈原自沉汨罗江以身殉国,是"悲歌的形象、悲壮的灵魂、悲剧的天才","死得光荣"!这种以个人阅读后的感受和评价对屈辞释义,"这种对历代不幸命运的悲鸣,也寄托着作者自己忧国忧民的漂零的身世感"[1],使屈辞获得了当下的意义。

陈大为《再鸿门》以后结构批评观念解读《史记·项羽本纪》。全诗由三部分构成:1. 阅读:在鸿门。2. 记史:再鸿门。3. 构诗:不再鸿门。第一部分写读者阅读"在鸿门"发生的历史事件,由于一方面受制于"司马迁的设定"规范,另一方面因读者或"成为范增的心情,替他处心替他积虑",或"坐进张良的角色,操心的弱势主子/会有不同的成语令你冷汗不止"——阅读立场不同的局限,因此任何阅读都是误读。第二部分进一步指出读者误读的原因:司马迁再现鸿门历史事件的虚构性:"被时间镂空的历史"、"封锁在竹简

[1] 刘登翰:《历史,多姿的向我们走来》,载《台港文学选刊》1990 年第 1 期。

内部的麒麟”，“司马迁研磨着思维与洞悉 / 在盘算，如何唤醒并释放它的蹄”。“叙述的大军朝着鸿门句句推进 / 这是本纪的转折必须处理 / 但有关的细节和对话你不曾聆听 / 历史也是一则手写的故事 / 一串旧文字，任我诠释任我组织。”“研磨”、“思维”、“洞悉”、“盘算”、“唤醒”、“释放”、“叙述”、“推进”、“转折”、“处理”、“细节和对话”、“故事”、“诠释”、“组织”，均为创作上的考虑，尽管“遥传的麒麟”、“百年前英雄的举止与念头”，但一经作者“运笔如神”，“麒麟在他严谨的虚构里再生”，“历史的骷髅都还原了血肉”。足见发生在鸿门的历史事件与司马迁再现的鸿门历史事件决不会重合。第三部分说明当下再创作鸿门时，不再重复司马迁的鸿门叙述文本，提出“不如从两翼颠覆内外夹攻”，对典范化的《项羽本纪》文本进行解构，“在笼里把庞大浓缩，往暗处点火”，“要在你的预料之外书写”，“写我对再鸿门的异议与策略”。《再鸿门》从解构经典文本的新颖视角，对《项羽本纪》作了现代演绎，非但没有否定司马迁的原创，反而凸显它的双重叙述视角而扩大了文本的容量，提示读者认识历史真实与艺术虚构的关系。古典与当下文本的互文构成，使《项羽本纪》焕发了新的艺术生命。

据元人辛文房《唐才子传》载，李白登黄鹤楼本欲赋诗，因见崔颢的《黄鹤楼》诗而为之搁笔：“眼前有景道不得，崔颢题诗在上头。”张默《不如归去，黄鹤楼》对崔颢的《黄鹤楼》作了这样的现代演绎：“一登楼，那汴州老者崔颢的诗句 / 犹半醒半睡在莽莽的荒野中 // 再登楼，那飘飘欲仙的李白 / 手中还拎着一壶好酒，一边走 / 一边洒 / 且口吐沫横飞的直嚷嚷：/ 既然‘黄鹤一去不复返’/ 我还千里迢迢赶来，做什么 // 三登楼，极目尽处 / 四野苍翠，一片烟岚……”分别叙述了崔颢、李白和自己先后登黄鹤楼的不同情景。

"传说，真正的黄鹤，早已杳渺/吾等为何还要诚惶诚恐，不远千里而来"，但诗人认为不能因为崔颢题诗在上头、李白为之搁笔，后人就不必登黄鹤楼了。后人登黄鹤楼可以"一探，檐角的风铃，它究竟典出何处/再探，漠漠的鹦鹉洲，它的源头在哪里/三探，鼎盛的三国，而今雄踞史册的第几页"。最后诗人不仅见到"大家前呼后拥，抬着一只巨大的垂死的黄鹤/嬉皮笑脸，走在空荡荡的大街上"，还在"一蹲居碑石一隅"撞见"清癯的老者"——崔颢，听到他"念念有词：/此地空余　黄鹤楼/不如归去　黄鹤楼"。《不如归去，黄鹤楼》在《黄鹤楼》世事杳茫、乡关之愁的感受上，增添了考察名胜古迹的内容，尤其是增加了见到去而复来的黄鹤和《黄鹤楼》的作者崔颢，分别弥补了崔颢和李白的遗憾。古典与当下文本的互文，既极大地拓展了《黄鹤楼》的审美再创造的阅读空间，又使《不如归去，黄鹤楼》因熔铸了古典的意象和意境而韵味隽永。

台湾现代诗古典与当下文本互文还有一种构成，即对古典文本或古典文本之局部进行现代解读，或融入了作者的主观认知；或将古典意象作现代生活内容的延伸而构成当下意境，从而达到"既古典又现代"、"知感合一情景交融的主题曲"[1]。先看洛夫的"隐题诗"——《感时花溅泪，恨别鸟惊心（赠杜甫)》："感动是乱世中的不治之症/时而春望时而秋兴，时而寒颤时而悲吟/花的伤痛从蕊开始，泪/溅湿不了/泪中的火//恨，习惯无言且不是/别的任何暗喻或手势所能表达/鸟雀啁啾只不过是一只虫子惊叫的回声/心锁早已灌了铅。"杜甫的《春望》写于"烽火连三月"的安史之乱爆发、自己被困长安时期，这首诗表达了诗人对战争造成国家山河残破荒凉、

[1] 罗青：《录影诗学宣言》，载《台港文学选刊》1990年第5期。

人民流离失所、妻离子散的无比伤痛。洛夫此诗题为“赠杜甫”，是要告诫杜甫，在“乱世中”，“春望”、“秋兴”、“寒颤”、“悲吟”式“感动”是“无济于事”的，因为战火必须以武力去扑灭，“恨”是无法用言语来表达，再联系“心锁早已灌了铅”一句不难看出，表达了洛夫对现实人生的认知：知识分子忧国忧民的热情早已被现实浇灭，心如死灰，无爱无恨。与其说赠给杜甫，不如说是告诫世人的牢骚之言。从艺术形式上来看，洛夫说：“我设想中的隐题诗，与前人所创仅有实用价值的藏头诗大异其趣；它是一种在美学思考的范畴内所创设而在形式上又自具足的新型诗……具体来说，隐题诗是一种预设限制，以半自动语言所书写的诗，标题本身是一句诗或多句诗，每个字都隐藏在诗内，有的藏在头顶，有的隐于句尾，如果未经指点，读者通常很难发现其中的玄机。”[1] 洛夫的这类“隐题诗”还有《我欲乘风归去，又恐琼楼玉宇，高处不胜寒（赠东坡居士)》。

再看罗青《〈录影诗学〉举例·（一）天净沙》：“枯藤：镜头从 / 一条电线 / 移到一团 / 或紧或松或纠缠不清的电线 / 然后跟着出现 / 一朵被千万条电线 / 五花大绑的白云 / 出现出现 / 不断地出现。”将马致远《天净沙·秋思》中的“枯藤”意象“淡入”现代工业社会镜头：现代工业对生态的严重破坏。以下接以“老树”、“昏鸦”、“小桥”、“流水”、“人家”、“古道”、“西风”、“瘦马”、“夕阳”、“西下”、“断肠人”、“在天涯”十二个分镜头，画面内容依次是：“老树”：贴满五颜六色字样的“水泥柱”，顶端是“摇摇欲坠的变压器”和“半截孤零零的水银灯”。“昏鸦”：“闪烁的路灯”变成“一

[1] 洛夫：《隐题诗的形构探索》，载《台港文学选刊》1994 年第 7 期。

架飞机的尾灯”，“尾灯下”是“万家灯火大小屋顶”，“尾灯上”是“千百支电视天线”——“似千百只昏鸦的枯骨”。“小桥”：“骨架”—“鹰架”—“钢架”—“一组四通八达的人行路桥”，到处是政治标语和商业广告，桥上“严重塞车”、“汽车客运抛锚”。“流水”：“高架桥下的黑色流水”。“人家”：公寓、夜市、“回春性病专门医院”、招牌、商标，“大人小孩边走边吃”苹果，把子核“随意吐在儿童乐园与动物之间”。“古道”：“乐园外面/是平坦宽敞的立体交叉高速公路/计程车在其上横冲直撞”，“古道进行曲”“无声飘扬”，“飘起一天黄花地丁的种子”。“西风”：种子或“在半空中踟蹰浮游”；或“在云间流浪”；或“降落在高速公路/粘附在各种车辆的轮胎上”。“瘦马”：“一辆千里马/飞速驶过造桥”，“在恳丁公园附近/出了车祸/现场一摊摊的汽油/燃烧起/巴士海峡惊心动魄的晚霞”。“夕阳”：“巴士海峡的夕阳/一枚沉重的水雷”。“西下”：水雷“扑通一声”，“潜入冰冷又纯白的浪花之内”。“断肠人”：水上漂来“一条半浮半沉的大木船”“瞪着大眼睛的/中国人”。“在天涯”：“大木船开始在大海中下沉”，海水，浪花，日出。“一架出国包机的影子/轻轻抚过/沉船的地方”。它在形式上运用蒙太奇手法基本上保留了《天净沙·秋思》意象并列组合方式，但在内容上完全是现代工业社会的录影——杂乱无章。其主题由古典文本的秋思——羁旅漂泊的劳顿，思念亲人的惆怅，时光流逝的感叹，人生失意的孤寂，转向对现代工业社会的批判：即使是农业社会的衰败秋景，在现代工业社会的破坏下，也已成为不可复现的遥远的美好记忆。古典与当下文本互文的实验，不仅使得批判视角新颖独特，而且使得批判力度入木三分，不失为一种后现代诗的新尝试。

（三）题材：传统与现代对接

中国古典文学是一座丰富无比的文化艺术宝库，其多彩多姿的题材是后世文学创作取之不尽、用之不竭的珍贵资源。继承和弘扬这笔文化遗产，炎黄子孙，责无旁贷。最常见取材于传统文学的是历史剧的创作。关于历史剧的创作，学术界争议颇多，但有一点基本达到共识，那就是历史剧创作的主要历史人物和事件必须真实，其他情节或细节允许虚构。台湾现代诗对中国古典文学的现代演绎，则体现在题材上传统与现代对接，即赋予传统题材的现代意识；或以现代手法来开拓传统题材。

洛夫《爱的辩证》直接取材于《庄子·盗跖篇》："尾生与女子期于梁下，女子不来，水至不去，抱梁柱而死。"[1]——尾生坚守信约，虽洪水暴涨，仍至死不移的动人爱情故事，以现代表现手法进行审美再创造，写得悲壮动人，别有风味。它一题二式，即同一题材，两种不同表现方式。《式一：我在水中等你》，它重点凸现尾生在水中等待女子赴约的场面，刻画他对死亡的悲剧体验，富于感人的悲剧效果。全诗两节，第一节将水淹尾生的时间放慢：由"及膝"——"淹腹"——"漫至喉咙"——"两只眼睛""浮在河面上"，然后定格。以水位不断上升，暗示狂风暴雨。"浮在河面上的两只眼睛 / 仍炯炯然 / 望向一条青石小径 / 两耳倾听裙带抚过蓟草的窸窣"，从视觉、听觉突出一个"等"字，表现尾生坚守信约、至死不移的忠贞爱情，场面渲染得十分悲壮动人。动词"及"、"淹"、"漫"、"浮"，极有层次感和时间差。第二节将尾生定格、时间泛化。切入尾生内心体验

---

[1] 见曹础基：《庄子浅注》，中华书局 1982 年版，第 449 页。

死亡悲剧，并将尾生物化，时光流逝而不消失，以表现尾生忠贞爱情的崇高与永恒。“日日”、“月月”分作两行，充分展示时间的漫长流程。“千百次升降”，表明洪水涨落，周而复始。“石柱”与“臂”构成互文，暗示尾生已化为石柱，顶立于激流之中。“发，在激流中盘缠如一窝水蛇”，进一步渲染悲壮之美，由人及物，又由物及人，动静交错，句式富于变化，极见诗人之匠心。最后四句转入对尾生死亡心理的刻画：“我在千尋之下等你 / 水来我在水中等你 / 火来 / 我在灰烬中等你”，在水与火两个极端再次突出一个“等”字。表达上一气贯注，字字铿锵，句句血泪，将全诗的悲剧情感推向高潮！《式二：我在桥下等你》在表现方式上与“式一”不同的是，它充分渲染风狂雨骤的态势，尾生由风雨声幻觉成女子“仓促赴约的脚步”声，进而产生女子“撑着那把 / 你我共过的微雨黄昏的小伞”赴约而来的错觉。后因“有了临流的怯意”，感到“好冷，孤独而空虚”，便“拔下一根白色的羽毛”，“登岸而去”，期望“在天愿作比翼鸟”。全诗更富有现代意识和浪漫情调，加入了诗人较多的想象成分，对庄子寓言作了大胆而合理的现代演绎。庄子这则寓言，其原意是批评尾生“离名轻死，不念本养寿命者也”——是陷在名利场中，宁肯轻易送死，不顾惜身体保养寿命的人。《爱的辩证》不仅以现代手法表现传统题材，还赋予它鲜明的现代意识。“爱的辩证”在此含义有二：一是尾生对爱情如此坚守信约，以至献出年轻的生命，女子是否失约？如果如此，尾生为此付出生命代价，是否值得？二是尾生与女子期于桥下约会，女子未来，洪水暴涨，是否可以转移至岸上继续等待，而不至于被洪水淹死？题材上传统与现代对接，对传统题材进行现代意义的开拓，令人深思。《爱的辩证》是传统寓言与现代意识对接的大胆尝试，值得我们认真借鉴。

钟玲《卓文君》取材于《史记》、《汉书》中关于卓文君追求自由爱情婚姻、与司马相如私奔的故事：汉代临邛（今四川邛崃）大富商卓王孙女文君，新寡后独居在家。司马相如过饮于卓氏，以琴心挑之，文君遂夜奔相如，同归成都。因家境贫寒又返回临邛，与相如当垆，相如和佣保杂作。卓王孙深以为耻，分财产与之，使之回成都。诗人通过剪裁，截取司马相如琴挑卓文君一段最核心的细节，并从文君独白角度，展现司马相如琴挑在她心中唤起的爱情颤动，作为传统与现代对接点：

你不必琴挑我的心
锦城来的郎君
我就是横陈
你膝上的琴
向夜色
张开我的挺秀
等待你手指的温柔
你不必撩我拨我
锦城来的郎君
只须轻轻一拂
无论触及哪根弦
我都忍不住吟哦
忍不住颤
颤成阵阵清香的花蕊

诗中“你不必”二行，表现卓文君被司马相如的琴点燃了爱情之火，产生了“忍不住吟哦”、“忍不住颤”的热烈反应。“锦城来的郎君”一句在诗中复沓，充满了爱慕倾心的亲昵。“我就是横陈”五行及最后一句，为极富性暗示的意象，体现了鲜明的现代意识。弗洛伊德认为，人的意识犹如浮出海面的冰山，而那水下不为人知的部分，则潜藏着庞大体积的动物性本能欲望——“欲动”(Libido)。诗中反复渲染的正是这种欲动的释放。在儒家思想的规范下，爱情中的性爱部分被抽离而成为神圣的“爱情”。然而在弗洛伊德“泛性说”的影响下，“性爱”的禁区被冲决而不再感到神秘，它是人类普通生命最基本的生存状态和心理。诗中所展示的性爱暗示，揭示的正是卓文君这样一位封建社会里普通妇女的基本生存状态和心理。表现上大胆而不放荡，热烈而不粗俗，突出了卓文君冲破封建礼教观念、争取自由爱情和幸福婚姻的叛逆行为，“性爱”也被升华到一种纯洁净化的境界。传统与现代对接之后，重点展示了卓文君大胆追求爱情的心理独白，赋予传统题材鲜明的现代意识。

《林教头风雪山神庙》是《水浒传》中精彩的章回之一，写高俅之流陷害林冲，将他刺配到沧州看守草料场，设计要将林冲置于死地。林冲到了草料场看到草屋“四下里崩坏了”，便要“唤个泥水匠来修理”，作好了在此长住的思想准备。草厅被雪压倒了，他“恐怕火盆内有火炭延烧起来”，还要检查一番才放心。栖身于山神庙，临走时还想着锁上草料场的门。草料场起火时，他“跳起身来”要“开门来救火”。这些细节一方面说明林冲忠于职守；另一方面也暴露了他逆来顺受、忍辱苟安的思想性格。当林冲听到李小二说陆谦与管营、差拨密谋策划要加害他时，才“买把解腕尖刀，带在身上，前街后巷一地里去寻”，但因“寻了三五日，不见消耗”，一度被激起的反抗情绪又低落下来。到了火烧草料场，当林冲亲耳听到陆谦等人道出了罪恶阴谋，才手刃仇人，走上了公开反抗的道路。可见本章回是林冲由委曲求全到奋起反抗的转折点。杨牧的《林冲夜奔》取材于此，但诗人并不服从原著的情节，而是从整体情绪出发，对这一题材作了现代演绎：原著中有关风雪的描写，或烘托人物的感情，或渲染场景氛围，或推动情节的发展，而诗中的风雪则为善与正义的象征，当风雪预感到陆谦行将火烧草料场谋害林冲时，它们忧心如焚："我们是沧州今夜最焦灼的 / 风雪，扑打他微明的 / 竹叶窗。窥探一员军犯：/ 教他感觉寒冷 / 教他嗜酒，抬头 / 看沉思的葫芦 /……五里外有那市井 / 何不去沽些来吃？"由于风雪的救援，林冲方幸免于难。就连山神也为林冲的遭遇愧疚不已："我枉为山神，灵在五岳。"于是它急切地向风雪呼唤："林冲命不该绝 / 判官在左，小鬼在右 / 雪你快快下，风你 / 用力刮，压倒他两间破壁茅草厅。"最后，风、雪、山神凝神倾听艄公"唱芦断 / 水寒，鱼龙呜咽"，亲眼目睹林冲铤而走险夜奔梁山落草。杨牧说："现代诗在最近十年里经历了一些可观的变化。变化的是诗的表达方式和诗人的着眼点。"[1]这首诗的表达方式与诗人的着眼点都比较新颖，它将无生命意识的风、雪、山神知觉化，但是神灵与凡人毕竟相隔，不能用言语来沟通，直接告诉林冲，杀身之祸正在步步逼近，仇人的罪恶阴谋就要得逞！于是它们刻意用自身的行为来唤醒毫无防范之心的林冲：用极度寒冷逼迫他离开草料场去沽酒，然后吹压倒草屋，使得林冲不仅躲过了被草屋压死、被火烧死的劫难，还识破了陆谦一伙要将自己置于死地的毒计……诗歌传达正直之士将受到神灵护佑的观念虽然来自传统；从风、雪、山神的视角来表达，尽管也有对传统拟人

---

[1] 杨牧：《〈有人〉后记》，见公仲等：《台湾新文学史初编》，第 286—287 页。

手法的承传，但由于它改变了原作传统的叙述方式，因而更富有现代色彩，在题材上天衣无缝地实现了传统与现代的对接。

关于唐明皇与杨贵妃的爱情故事，安史之乱后在民间广为流传，成为历代文人热衷表现的题材，这些同题异体的文学作品，诗歌有《长恨歌》等，传奇小说有《长恨歌传》等，话本有《杨贵妃舞霓裳曲》等，院本有《击梧桐》等，诸宫调有《天宝遗事诸宫调》，戏文有《马践杨妃》，杂剧有《唐明皇秋夜梧桐雨》等，传奇有《长生殿》等，其中白居易的长篇叙事诗《长恨歌》是以李、杨故事为题材的第一篇艺术作品，对后世同一题材的文学创作，产生了深远的影响。全诗四层：第一层写唐玄宗宠幸杨贵妃，沉溺于声色歌舞之中；第二层写安史之乱后玄宗被迫缢死贵妃，导致李杨爱情毁灭；第三层写玄宗回京后对贵妃的无穷思念；第四层通过幻境从杨贵妃角度着笔，写她的密誓与愿望，揭示“长恨”之题旨。洛夫的《长恨歌》可视为白居易《长恨歌》的现代版，即以现代手法对这一经典名篇作了深入拓展。全诗九节，第一节先写唐玄宗对杨贵妃的思念：“唐玄宗 / 从 / 水声里 / 提炼出一缕黑发的哀恸。”接着基本上按照原作的层次逐渐展开，这样不仅造成了倒叙的阅读效果，还凸显了玄宗思念贵妃在诗歌中的核心位置。第二节写杨贵妃的“天生丽质”和受宠：“她是 / 杨氏家谱中 / 翻开第一页便仰在那里的 / 一片白肉 / 一株镜子里的蔷薇 / 盛开在轻柔的拂拭中 / 所谓天生丽质 / 一粒 / 华清池中 / 等待双手捧起的 / 泡沫 / 仙乐处处 / 骊宫中 / 酒香流自体香 / 嘴唇，猛地吸吮之后 / 就是呻吟 / 而象牙床上伸展的肢体 / 是山 / 也是水 / 一道河熟睡在另一道中 / 地层下的激流 / 涌向 / 万里江山 / 及至一支白色歌谣 / 破土而出。”描写中交织的某些意象具有性的暗示，富有现代意识。其中第四节“他开始在床上读报、吃早点、看梳头、批奏折/盖章/盖章/盖章/盖章/从此/君王不早朝”，显然对接了现代话语。唐玄宗对杨贵妃缠绵悱恻的思念，古典诗歌《长恨歌》主要是通过环境的渲染来表现：“黄埃散漫风萧索，云栈萦纡登剑阁。峨嵋山下少人行，旌旗无光日色薄。蜀江水碧蜀山青，圣主朝朝暮暮情”，“春风桃李花开日，秋雨梧桐叶落时。西宫南苑多秋草，宫叶满阶红不扫”，“夕殿萤飞思悄然，孤灯挑尽未成眠。迟迟钟鼓初长夜，耿耿星河欲曙天”。现代诗歌《长恨歌》则运用变形、荒诞等手法来展示：“恨，多半从火中开始/你遥望窗外/他的头/随飞鸟而摆动/眼睛，随落日变色/他呼唤的那个名字/埋入了回声//竟夕绕室而行/未央宫的每一扇窗口/他都站过/冷白的手指剔着灯花/轻咳声中/禁城里全部的海棠/一夜凋成/秋风//他把自己的胡须打了一个结又一个结，解开再解开，然后负手踱步，鞋声，鞋声，鞋声，一朵晚香玉在帘子后面爆炸，然后伸张十指抓住一部《水经注》，水声汩汩，他竟读不懂那条河为什么流经掌心时是/嘤泣，而非咆哮/他披衣而起/他烧灼自己的肌肤/他从一块寒玉中醒来。”由于诗人在题材剪辑上实现了传统与现代的最佳对接，使唐玄宗对贵妃的思念展现得更为淋漓尽致、动人心魄。

唐宋诗学

一、韩愈诗歌阳刚美观照

苏洵在《上欧阳内翰第一书》中这样描述韩愈、欧阳修文章的不同风格："韩子之文，如长江大河，浑浩流转，鱼鼋蛟龙，万怪惶惑，而抑遏蔽掩，不使自露；而人望见其渊然之光，苍然之色，亦自畏避，不敢迫视。执事之文，纡徐委备，往复百折，而条达疏畅，无所间断；气尽语极，急言竭论，而容与闲易，无艰难劳苦之态。"[1] 从审美效应角度言，即阳刚美与阴柔美之异。我们认为，韩愈诗歌也同样具有这种阳刚美的美感效应，袁枚云："李、杜、韩、苏四大家，惟李、杜刚柔参半，韩、苏纯刚，白香山则纯乎柔矣。"[2] 韩诗的阳刚美主要体现在"以丑为美"[3] 与"以文为诗"[4] 两个方面，前者即赵翼所说的奇险[5]，后者即以散句和古文规模入诗，下面分述之。

---

[1] 见《中国历代文论选》第二册，第 122 页。

[2] 袁枚著、王英志校点：《随园诗话》，江苏古籍出版社 2000 年版，第 471 页。

[3] 刘熙载：《艺概》卷二《诗概》，上海古籍出版社 1978 年版，第 63 页。

[4] 陈师道：《后山诗话》，见《历代诗话》上册，第 303 页。

[5] 赵翼：《瓯北诗话》卷三，见《清诗话续编》上册，第 1164 页。

（一）以丑为美

韩诗“以丑为美”包括意象摄取、意境营构和用语措词诸方面。

意象作为情感的载体，是诗歌最基本的内构元素之一。韩诗的阳刚美一个突出的表征是，怪诞、凶狠、刚劲的意象层现迭出，姿态横生。动物意象系列有蛩、鸱枭、蛟螭、猩猩、熊罴、虎豹、雕鹰、龟、鼋、鳄鱼、鲸、龙、蛇等；鬼怪意象系列有魑魅魍魉、妖怪、疟鬼、鬼胆等；自然现象或意象系列有猛雷、飓风、惊涛、毒雾、霹雳、高山、陡崖、荒原、巨石等；金属意象系列有古鼎、铁索、金绳、剑、戟、刀、矛等。《陆浑山火一首和皇甫湜用其韵》诗怪诞、凶狠、刚劲的意象层现迭出，简直达到了无以复加的地步！写山谷则“山狂谷狠相吐吞，风怒不休何轩轩”；写走兽则“虎熊麋猪逮猴猿”；写飞禽则“鸦鸱雕鹰雉鹄鹍”；写水族则“水龙鼍龟鱼与鼋”，空、陆、水的飞禽走兽水族尽收笔底，光怪陆离，惊世骇俗。朱彝尊《批韩诗》说：“横空硬语，语法本骚。”[1]这里的“硬语”当指怪诞、凶狠、刚劲的意象。的确，以怪诞、凶狠、刚劲的意象入诗，屈原已开先河，李白为其嗣响，但屈原和李白主要是出于浪漫主义构想，极力创造与现实对抗的神仙境界。神话和仙话的根本特征就是怪诞虚幻，所以屈原和李白的诗歌主要呈现色彩斑斓的瑰丽景观，凶狠刚劲的意象还不多见，阳刚美的特征也不突出。韩愈主要是立足现实土壤，顺应中唐文化世俗化思潮，以表现世俗生活事象为主要倾向，极尽形容夸张之能事，逞才使气，争奇斗险，所以挖空心思，专门摄取那些怪怪奇奇的意象入诗，以出人意表，惊

[1] 转引自钱仲联：《韩昌黎诗系年集释》上册，上海古籍出版社 1984 年版，第 699 页。

世骇俗，屈使同仁甘拜下风。如《陆浑山火一首和皇甫湜用其韵》中怪诞、凶狠、刚劲的意象高度密集，甚至一句之内无一动词或连词连缀，如“鸦鸱雕鹰雉鹄鹍”，七个字即七种不同的飞禽意象，这种有意为之的写法是屈原和李白诗中所没有的。如果不究其隐意，仅从意象的表层意义观照，作为一首和韵诗，其逞才使气、争奇斗险是显而易见的。这时诗中怪诞、凶狠、刚劲的意象便作为被戏谑的对象。娱物或以物娱人，都是一种积极主动的审美态度。所以从这一层面说，此诗给读者的感知不再是毛骨悚然的阴森恐怖感，而是充满调侃意味的阳刚之美感。如果从意象的深层隐义透视，按陈沆的说法，此诗当有隐义，以丑化藩镇，他说：“以史证之，盖哀魏博节度使田弘正为王庭凑所杀，朝廷不能讨贼雪仇而作也……首二段言变起不测，被祸之酷；次三段言贼党得志，凶焰气势之盛也……女丁妇壬云云，喻河北诸镇，互相树援，世相传袭，挟制朝命，其来已久也。”[1] 如果这种比附可信，那么诗中怪诞、凶狠、刚劲的意象就不只是简单地罗列呈示，而是被作为丑化嘲弄的对象来暴露，以激起人们的憎恨痛恶之情。这时，它们给读者的感知也不是恐怖的心理效应，而是疾恶如仇的阳刚之美感。

张戒这样描述韩诗的审美意象：“乍出乍没，姿态横生，变怪百出，可喜可愕，可畏可服也。”[2] 愕喜交集，畏服转化，正是崇高美感的特征。一般来说，崇高美多具有阳刚美的特征。

意象的组合构成意境，一首诗由系列意象组合而成，所以进一步说，韩诗的阳刚美主要表现在雄奇艰险的意境营构上。司空图

[1] 转引自《韩昌黎诗系年集释》上册，第 686—687 页。

[2] 张戒：《岁寒堂诗话》，见《宋诗话全编》第三册，第 3243 页。

说："韩吏部歌诗累百首，其驱驾气势，若掀雷揭电，奔腾于天地之间，物状奇变，不得不鼓舞而徇其呼吸也。"[1] 试看：

惊波暗合沓，星宿争翻芒。(《此日足可惜一首赠张籍》)

洞庭连天九疑高，蛟龙出没猩鼯号。(《八月十五夜赠张功曹》)

紫盖连延接天柱，石廪腾掷堆祝融。(《谒衡岳庙遂宿岳寺题门楼》)

湖波翻日车，岭石坼天罅。
毒雾恒熏昼，炎风每烧夏。
雷威固已加，飓势仍相借。(《县斋有怀》)

青鲸高磨波山浮，怪魅炫耀堆蛟虬。
山獠讙噪猩猩愁，毒气烁体黄膏流。(《刘生》)

清淮无波平如席，栏柱倾扶半天赤。
火烧水转扫地空，突兀便高三百尺，
影沉潭底龙惊遁，当昼无云跨虚碧。(《送僧澄观》)

无论是汹涌连天的狂涛，还是狰狞凶狠的怪兽，或是震魂慑魄的惊雷、掀天揭地的飓风，都构成雄奇艰险的意境。然而它们都被诗人伟大的气魄、如椽的笔力超越了——

快剑斫断生蛟鼍。(《石鼓歌》)

刺手拔鲸牙，举瓢酌天浆。(《调张籍》)

[1] 司空图：《题柳柳州集后序》，见《中国历代文论选》第二册，第 217 页。

蛟龙弄角牙，造次欲手揽。
众鬼囚大幽，下觑袭玄窞。
天阳熙四海，注视首不颔。
鲸鹏相摩窣，两举快一啖。(《送无本师归范阳》)

“快剑”句形容石鼓文虽因时代久远、有些字笔画缺落，但遒劲有力如剑斫仍历历在目。“刺手”二句表达诗人要以反过手来入海拔除鲸牙的本领和上青天举杯痛饮仙人琼浆玉液的气魄，捕捉李白、杜甫诗歌的精神。“蛟龙”八句极力夸饰无本为文胆大富有创造性，如同果敢地抓住蛟龙的角牙；亲入幽穴袭击囚居的众鬼；直视强烈毒辣的阳光誓不低头；又如同以迅雷不及掩耳之势和独扛百斛鼎的千钧之力，在巨鲸与大鹏相搏击的瞬间，猛地一手抓举起巨鲸一手抓举起大鹏放进嘴里，大口大口撕咬咀嚼着。这才是真正的“横空盘硬语，妥帖力排奡”(韩愈《荐士》)，具有独扛百斛鼎的千钧之力！这种力量正是来自诗人“若掀雷揭电，奔腾于天地之间”的“驱驾气势”和奔涌“拦不住”的“笔势”！孟子曰：“我善养吾浩然之气。……其为气也，至大至刚。”(《孟子·公孙丑章句上第二章》)韩愈发挥了孟子的养气说，为文重养气，为诗也不例外。养气一指加强道德修养，一表现为在诗中蓄势，恢弘的气势来自充沛之气。可见，韩诗在雄奇艰险的意境营构中贯注了充沛的气势，是构成其阳刚美的本质因素。

韩诗阳刚美的另一突出表征是大量使用硬语，充分显示出一种力度感。如前所述，以怪诞、凶狠、刚劲的意象入诗，屈原和李白已作了积极的尝试，而营构雄奇艰险的诗境，杜甫则开了先河。但是屈原、李白和杜甫在连缀意象或营构意境时，所使用的硬语不如韩诗密度大、频率高和胆子狠，如用“狠”、“狂”二字形容山谷就前无古人；又如写南岳衡山石禀、祝融二峰高耸重叠的态势，连用“腾”、“掷”、“堆”三个厚重有力的硬语；再如“火烧水转扫地空”，连用“烧”、“转”、“扫”三个动词写泗州开元寺遭罹水火漂焚之象。特别是一些联句诗，诸如《远游联句》、《会合联句》、《纳凉联句》、《同宿联句》、《秋雨联句》、《城南联句》、《斗鸡联句》、《征蜀联句》、《石鼎联句》等，或同孟郊、或同张籍、或同张彻联吟，或记刘师服、侯喜与道士弥明吟诗联句，争奇斗险，硬语盘空，简直无以复加，使人叹为观止！韩诗横空硬语的大量驱遣驾驭，不仅使静态的怪诞凶狠的意象转化为动态，如“虎熊麋猪逮猴猿”下一“逮”字，便将诸种走兽在熊熊山火中奔突角逐的情态栩栩如生地勾勒出来，而且征服了怪诞凶狠，超越了阴森恐怖，显示了人的本质力量，如《送无本师归范阳》写无本与蛟龙、众鬼、天阳、鲸鹏较量。这种奔突与较量就是一种力与美的展示，它无疑在很大程度上增强了韩诗的阳刚之气，成为构成其阳刚美的重要因素。

李泽厚在《美的历程》中认为，青铜器时代的大鼎上的饕餮和陶器上的怪兽图腾，神秘、恐怖、威吓，体现了早期奴隶社会的统治者的威严、力量和意志，但从审美角度观照，则构成一种“狞厉的美”。后来《庄子》中出现系列怪诞丑陋的意象，如跛脚、驼背、缺唇的人、脖颈上长有瓦盆般大瘤子的人等，他们却具有至高的道德，表现出精神之美，这种传统文化无疑对韩愈有所启示。但韩愈不是简单地照搬古人，而是在继承的基础上加以改造、发展和创新。韩愈笔下“丑”的意象，雄奇艰险的意境，已扩展到飞禽走兽、山川河流、草木虫鱼、自然现象及神鬼世界，极大地拓宽了诗歌的表现领域，丰富了诗歌的意象及阳刚美的内涵。另一方面，韩愈正是沿着屈原、李白开辟的以神鬼怪异意象入诗的道路，加入凶狠刚劲的成分，实现了由表现构想的神仙境界的虚幻瑰丽之美到显示现实的世俗人间本质力量的阳刚之美的审美嬗变。

普列汉诺夫在《没有地址的信·艺术与社会生活》中指出："当狩猎的胜利品开始以它的样子引起愉快的感觉，而与有意识地想到它所装饰的那个猎人的力量或灵巧完全无关的时候，它就成为审美快感的对象。于是它的颜色和形式也就具有巨大的和独立的意义。"[1]人们之所以感到猎物的颜色和形式是美的，是因为其积淀了猎人的征服力量，成为"有意味的形式"（克莱夫·贝尔语），同样，韩诗中怪诞凶狠的意象和雄奇艰险的意境使人感到一种阳刚美，是因为它们使读者从中观照到人类的（包括自己在内）智慧和力量，从而能够超越恐怖感而唤起审美愉悦。

韩愈在《调张籍》中高度评价了李白、杜甫诗歌的艺术成就和创新精神，抒发了对他们的敬仰追慕之情："我愿生两翅，捕逐出八荒。精神忽交通，百怪入我肠。"韩诗所显示的阳刚美，在很大程度上是与李白、杜甫创新精神"交通"的结果。

齐梁以来，诗风柔弱浮靡，尽管陈子昂、李白、杜甫等人起来反对过，但因久积成习，一时难以彻底扭转，至中唐又有抬头的趋势。如大历诗的基本倾向是感受纤细幽僻，语言雕琢艰苦，气象境界衰歇局促。韩愈以捍卫孔孟之道为己任，高举复古旗帜，努力救弊补偏，勇于探索开拓，力图创造一种与柔弱浮靡诗风对抗的刚健厚重的诗风。于是他继承李白诗歌奇特想象、大胆夸张的表现手法和杜甫诗雄奇艰险的意境营构的手法，变本加厉，从而创造出自己

---

[1] 普列汉诺夫著、曹葆华译：《没有地址的信》，三联书店 1964 年版，第 137 页。

独特的具有阳刚美的诗风。如果说元白诗派主要是以语言的浅切平易矫正大历诗的雕琢艰苦，那么韩孟诗派特别是韩愈则主要是以气象境界刚健宏放来扭转大历诗风的衰歇局促。苏轼说："诗之美者，莫如韩退之，然诗格之变，自退之始。"[1] 叶燮说："唐诗为八代以来一大变；韩愈为唐诗之一大变，其力大，其思雄，崛起特为鼻祖。"[2] 对传统文化中阳刚精神的继承和救弊补偏创新意识的交互作用，便构成韩诗审美嬗变的心理驱力。

（二）以文为诗

辩证唯物主义告诉我们：世界上任何事物的变化发展都是一个否定之否定过程。这种否定主要是事物的自我否定，既克服又保留，不是抛弃而是扬弃。中国传统诗歌发展到杜甫，各种艺术技巧高度成熟，作诗的各种法则完全定型化，后人之所以主张学诗从杜诗入手，是因为杜诗，尤其是其律诗高度规范化，有章可循，有法可依。但就在杜甫"老去渐于诗律细"的同时，韩愈创作了大量的拗律诗，以文为诗的倾向也明显化。于是他以敏锐的艺术触觉，登上诗坛，充分发挥擅长古文的优势，大胆将散句和古文规模的机制引入诗歌领域，有意打破律诗的格套，以文为诗（包括以赋为诗），从而在李、杜之后另辟了一条更宽的诗歌创作道路。翻开韩愈的诗集，随便就可以找出以散句或古文规模入诗的例证。先看句法。

---

[1] 魏庆之：《诗人玉屑》卷一五引，见《宋诗话全编》第九册，第 9155 页。

[2] 叶燮等：《原诗一瓢诗话　说诗晬语》，第 8 页。

1. 吾党侯生字叔䛐。(《赠侯喜》)
生名师命其姓刘。(《刘生》)
惠师浮屠者，乃是不羁人。(《送惠师》)
有穷者孟郊，受材实雄骜。(《荐士》)
2. 截橑为欂栌，斫楹以为椽。
束蒿以代之，小大不相权。(《杂诗四首》其三)
我迁于南日周围，来见者众莫依稀。
爰有区子荧荧晖，观以彝训或从违。
……
或采于薄渔于矶，服役不辱言不讥。(《送区弘南归》)
攒天嵬嵬冻相映，君乃寄命于其间。
……
归来殒涕掩关卧，心之纷乱谁能删？(《雪后寄崔二十六丞公》)
3. 树兰盈九畹，栽竹逾万个。
……
人生诚无几，事往悲岂那。(《题合江亭刺史邹君》)
恶子不可说，鸱枭蝮蛇然。(《孟东野失子》)

第一类，介绍人物姓氏往往以散句入诗。第二类，以虚字入诗，或用于句首，如“爰有区子荧荧晖”，“或采于薄渔于矶”；或用于句中，如“斫楹以为椽”，“束蒿以代之”，“我迁于南日周围，来观者众莫依稀”，“观以彝训或从违”，“或采于薄渔于矶”，“君乃寄命于其间”，“心之纷乱谁能删”；或用于句尾，如“束蒿以代之”。有的诗句，一句之中连用几个虚字，如“或采于薄渔于矶”，“君乃寄命于其间”，“束蒿以代之”。第三类，以虚字押韵，如“个”、“那”属去声二十一个韵与诗中平声五歌韵相叶，“然”押诗中十四寒韵，这样便打破了七言诗“二二二一”（如杜甫《登高》之“无边落木萧萧下，不尽长江滚滚来”）、“四三”（如杜甫《登高》“万里悲秋常作客，百年多病独登台”）的句式节奏，和五言诗“二二一”（如王维《山居秋暝》之“明月松间照，清泉石上流”）、“二一二”（如王维《山居秋暝》之“竹喧归浣女，莲动下渔船”）的句式节奏，分别成为“一六”（如“我迁于南日周围”，“或采于薄渔于矶”）、“三一三”（如“来见者众莫依稀”）、“二五”（如“爰有区子荧荧晖”）、“一四”（如“有穷者孟郊”）和“四一”（如“惠师浮屠者”、“鸱枭蝮蛇然”）的句式节奏。以这种拗折硬拙的散句入诗也是服从韩愈的养气蓄势的，他在《答李翊书》中说：“气盛，则言之短长与声之高下者皆宜。”[1] 以诗而言，在韩愈看来，只要具备充沛的气势，句式节奏即使与规范的诗句节奏不符，也自然抑扬顿挫，铿锵有力，掷地有声。可见，以拗折硬拙的散句入诗，也是构成韩诗阳刚美的因素之一。

次看章法。韩愈多数诗，如《汴州乱》、《醉留东野》、《落齿》等都是用粗笔硬调重涂，而非轻描淡抹，即不像工笔画，而像狂草，一气贯注，大刀阔斧，充分显示出一种粗犷遒劲的阳刚美。这种写法显然是运古文气势和规模于诗歌创作的大胆尝试，非大手笔不能为。如《落齿》：“去年落一牙，今年落一齿。俄然落六七，落势殊未已。余存皆动摇，尽落应始止。……终焉舍我落，意与崩山比。”落牙齿本为区区小事，一般诗人可能三言两语轻描淡抹，韩愈却用

[1] 韩愈：《答李翊书》，见童第德选注：《韩愈文选》，人民文学出版社 1980 年版，第 28 页。

较大篇幅来大肆渲染，又不是用工笔精雕细刻，而是粗笔重涂，大有用牛刀割鸡之力，并且将落齿比作“崩山”。这就是古文规模，目的是造成有若崩山之势，贯注充沛的阳刚之气，以戒其柔弱纤巧。蒋抱玄说：“唯真最难写得痛，唯率最难写得快。是诗颇打出此关，然硬处正复不少耳。”[1] 良然。

以赋为诗，杜甫已肇其端，韩愈加以发展，变本加厉，几乎达到登峰造极的地步。他的《南山》诗就是一篇以赋为诗的杰作，它极尽铺张扬厉之能事，描写了终南山四季和晨昏不同的景色，光怪陆离，然后连用五十一个“或”字、十四组叠字，形象生动地穷尽了千山万壑的不同姿态，情感如注，势如奔马，使人叹为观止，是以文为诗的成功范例，创造了一种崭新的横空排奡的写诗法，集中体现了一种遒劲的阳刚美。我们认为此诗不仅吸收了汉大赋铺张扬厉的规模巨制，也深得汉大赋炫耀泱泱汉帝国气派之精神，因终南山为长安屏障，诗人立意大概在鼓吹大唐帝国的威力，说它足以同终南山相配，并非无为之作。这就是此诗富有阳刚美的内在因素。《山石》也是一篇优秀的赋体诗，元好问将秦观的《春雨》诗句“有情芍药含春泪，无力蔷薇卧晚枝”与韩愈的《山石》诗比较后说：“拈出退之《山石》句，始知渠是女郎诗。”[2] 与秦观女郎诗的阴柔美不同，韩愈的《山石》诗显然是男子汉的诗，的确具有一种风格壮美、气势遒劲的阳刚美。

李泽厚《美的历程》中有这样一段话：

---

[1] 转引自《韩昌黎诗系年集释》上册，第 174 页。

[2] 元好问：《论诗三十首》其二十四，见薛瑞兆等编：《全金诗》第四册，南开大学出版社 1995 年版，第 172 页。

> 诗常一句一意或一境，整首含义阔大，形象众多；词则一首（或一阕）才一意或一境，形象细腻，含意微妙……（词）所描绘的对象、事物、情节更为具体、细致、新巧，并涂有更浓厚更细腻的主观感情色彩，而不同于较为笼统、浑厚、宽大的“诗境”。[1]

它描述了诗、词的句与意比例的差异。我们认为，韩愈不少诗作一首才一意，所描绘的对象、事物、情节具体，这是运用古文规模入诗的结果。如《落齿》即用多笔墨写落齿的具体过程和心理变化；《郑群赠簟》从多侧面刻画篾席的精致和诗人如获至宝、爱不释手的珍爱之情。这一点类似词的表现手法，但不像词那样纤细工巧，而更为粗犷硬拙，不失力度感和阳刚之气。我们不妨拿韩愈的《雉带箭》与王维的《观猎》、苏轼的《江城子·密州出猎》略作比较：

观　猎

风劲角弓鸣，将军猎渭城。
草枯鹰眼疾，雪尽马蹄轻。
忽过新丰市，还归细柳营。
回看射雕处，千里暮云平。

江城子·密州出猎

老夫聊发少年狂，左牵黄，右擎苍，锦帽貂裘，千骑卷平冈。为报倾城随太守，亲射虎，看孙郎。　酒酣胸胆尚开张，

---

[1] 李泽厚：《美的历程》，第195页。

鬓微霜，又何妨。持节云中，何日遣冯唐？会挽雕弓如满月，西北望，射天狼。

雉带箭

原头火烧静兀兀，野雉畏鹰出复没。
将军欲以巧伏人，盘马弯弓惜不发。
地形渐窄观者多，雉惊弓满劲箭加。
冲人决起百余尺，红翎白镞随倾斜。
将军仰笑军吏贺，五色离披马前堕。

三篇同取材于狩猎，写法却各异。《观猎》以“角弓鸣”、“鹰眼疾”、“马蹄轻”三个典型细节来刻画打猎的壮观，描写猎获胜利而归只用“忽过新丰市，还归细柳营”一笔带过，轻捷如走弹丸，最后用“回看射雕处，千里暮云平”的特写镜头，凸显将军猎获的踌躇神态和豪迈气概，首尾照应，写得概括浑厚，意境阔大，诗意丰富。这是规范的诗的写法。《江城子·密州出猎》上片写太守出猎的服饰、姿态以及随从的壮观。下片抒发豪情壮志。这种先布景后抒情、借景抒情的章法是词的格套。《雉带箭》则不像上述二者写得笼统概括、时空跨度大，而是集中笔墨、按时空次序展开，依猎雉程序铺叙、渲染描写猎雉的全过程：猎场、猎火、野雉、猎鹰、狩猎者、观猎者、拉弓发箭、雉中箭下坠，以及将军的自得神态、观者的喝彩夸贺等，无不尽收笔底，绘声绘色，动静交错。虽然只刻画了一种意境，却无单薄琐细之感，大刀阔斧，粗笔硬调，一气呵成，极富阳刚美，显然是古文的规模和写法。沈德潜《唐诗别裁集》云：“李将军度不中不发，发必应弦而倒，审量于未弯弓之先。此矜惜已弯弓之候。总不肯轻见其技也。作诗作文，亦须得此意。”[1] 说明韩诗善于养气蓄势、引而不发，待气势蓄足再挥毫而发，纵势而下，篇终神完，使人膺服。如果以“将军弯弓惜不发”来比喻韩诗的写法，即欲扬先抑、蓄足气势，它正是古文规模的表征之一，是韩诗阳刚美的内核。据此，以李泽厚那段话来衡量，我们可以这样说，韩诗不仅开宋诗之先河（以文为诗方面），对宋词也不无启示（具体刻画方面）。

对韩愈“以文为诗”，历来颇有争议。首先发难的是宋人陈师道，他说：“诗文各有体，韩以文为诗……故不工尔。”[2] 陈氏的批评是从维护传统诗歌的形式规范出发，不无道理。韩愈“以文为诗”有时的确存在“矜其饾饤之巧……适可为酒令而已”[3] 的弊病。因为过多地以散句或古文规模入诗，容易导致诗歌散文化，从而丧失自身的审美特质。但我们应该看到，从整体观照，韩诗以文为诗有其创造性的一面，即自由形式之中有一种“不工之工”，实则寓工巧于拗折硬拙之中，同时打破了传统诗歌某些僵化模式，使诗歌能够更加自由地抒发思想感情，充分表现个性。如果说韩诗“以丑为美”拓宽了传统诗歌的表现题材，充实了阳刚美的内涵，那么韩愈“以文为诗”则丰富了传统诗歌的表现手法。前者使韩诗内容神秘凝重，后者使韩诗形式活泼多变。概而言之，韩诗的阳刚美主要体现在寓雄奇险怪的内容于活泼多变、自由灵动的形式之中，这就是韩愈诗歌的“一家之法”。

列宁说：“判断历史的功绩，不是根据历史家提供了现代所要求

[1] 转引自《韩昌黎诗系年集释》上册，第 112—113 页。
[2] 陈师道：《后山诗话》，见《历代诗话》上册，第 303 页。
[3] 王夫之：《薑斋诗话》卷下，见《清诗话》，第 14 页。

的东西，而是根据他们比他们的前辈提供了新的东西。”[1] 韩愈以他的诗歌在李、杜诗风之外，另辟蹊径，独树一帜，贯注着充沛的阳刚之气，给人一种遒劲的阳刚美感，从而奠定了他在中国诗歌史上的地位。

二、李贺、李商隐诗歌比较

李贺、李商隐是中晚唐时期重要的并对后世产生较大影响的诗人。他们的多数作品都给读者朦胧的美感效应，受到不少读者的青睐。本论试图探讨他们诗歌的异同及其形成的几个主要原因。

（一）心理机制与诗歌内核之同

1. 对动荡社会、黑暗政治的畏惧，是李贺、李商隐诗歌共同的悲剧心理机制。

李贺生活在德宗、顺宗、宪宗时期，他虽然为唐宗室郑王的后裔，号为“皇孙”，可是他父亲只在四川做个小官吏，又死得很早，家境早已衰落。这种实际上为布衣出身的寒门地位，使得李贺从小就发愤读书，胸怀抱负，渴望有一日能够施展才华。在韩愈、皇甫湜的鼓励下，他决定赴长安应进士举。然而一些妒忌者却以李贺父亲名晋肃，“晋”与进士之“进”同音，李贺当避家讳，不应参加进士考试为由，大肆散播流言，尽管韩愈特撰《讳辩》一文，极力为

[1] 列宁：《评经济浪漫主义》，《列宁全集》第 2 卷，人民出版社 1957 年版，第 150 页。

他辩护也无济于事，结果李贺被封建社会无情地排挤在名场之外。这一沉重打击，使得李贺内心感到十分压抑苦闷，一生充满英雄失路、理想幻灭的不平和愤懑。最后诗人在极度压抑中结束了短暂的一生。

姚文燮《昌谷诗注自序》云："元和之朝，外则藩镇悖逆，戎寇交讧；内则八关十六子之徒，肆意流毒，为祸不测。上则有英武之君，而又惑于神仙。有志之士，即身膺朱紫，亦且郁郁忧愤，矧乎怀才凡处者乎？贺不敢言，又不能无言。于是寓今托古，比物征事，无一不为世道人心虑……故贺之为诗，其命辞命意命题，皆深刺当世之弊，切中当世之隐。倘不深自弢晦，则必至焚身。斯愈推愈远，愈入愈曲，愈微愈减，藏哀愤孤激之思于片章短什。"[1]黄传祖也说："长吉多惧，惧则匿，则诡。……匿与诡与祸远。"[2]这两段话深刻揭示了对动荡社会、黑暗政治的畏惧，是李贺诗歌用笔曲折、题旨隐晦、具有朦胧性的悲剧心理机制。

李商隐一生经历了宪宗、穆宗、敬宗、文宗、武宗、宣宗六朝，早年受知于牛党人物令狐楚，不久令狐楚去世，诗人失去了政治依托，次年来到泾州入泾原节度使王茂元幕府担任幕僚，后来做了王茂元的女婿。王茂元只是受李德裕厚遇而非李党人物，但因王与牛党较疏远，因此李商隐被令狐绹及牛党人物目为"放利偷合，诡薄无行"、"背恩"而极力加以排挤。从此他被卷入朋党倾轧争斗的漩涡。尽管他曾多次向令狐绹陈情辩白，却未得到令氏的谅解。因此十几年中李商隐曾三试吏部，两入秘省，不断谋求在朝廷立足，又

[1] 姚文燮：《昌谷诗注自序》，见王琦等：《三家评注李长吉歌诗》，第191—192页。
[2] 黄传祖：《序》，见《三家评注李长吉歌诗》，第202页。

不断地遭到种种挫折，正如诗人以“流莺”自况，感叹偌大的京城却无栖歇的“花枝”（《流莺》）。诗人最终在漂泊天涯、辗转的幕僚生活中抑郁而寂寞地离开人世。

李商隐的诗歌，由于时代的折光，家境的寒微，一开始就染上了较浓的感伤色彩，但诗的意旨还比较明晰；卷入党争之后，由于畏惧心理和种种难言的隐痛，他后期的作品多托男女爱情，隐蔽地传达政治上的失意和苦闷，常将具体情感隐藏在客观物象或典故事象之中，造成诗旨的多义、诗境的朦胧，使得元好问有“独恨无人作郑笺”之叹（《论诗三十首》其十二）。

2. 对个体生存价值、生命意义的思考，对知识分子悲剧命运的高峰体验，是李贺、李商隐诗歌的内核。

政治腐败、社会黑暗时期，封建社会知识分子生存生命价值遭到严重贬抑和践踏、命运极其痛苦。政治越是腐败，社会越是黑暗，个体生存生命价值越是被贬抑毁灭，诗人们越是执著地思考生存的价值、生命的意义，因此对命运的体验便进入高峰层次。李贺所处时代，危机四伏，各种复杂的社会矛盾已经暴露出来。但由于家境破落，使得他选择了科举作为仕进的途径，而短暂的中兴气象，又刺激他去追求理想。在一些诗篇里，他直接抒发了欲弃文从武、投笔从戎、为国效力的抱负：“男儿何不带吴钩，收取关山五十州。”（《南园》其五）他以骏马自况才能，“莫嫌金甲重，且去捉飘风”（《马诗》其十六），希望有朝一日能得到君主的召唤重用，有所作为。但是封建社会所谓的“孝”，阻绝了李贺仕进的道路，残酷的现实无情地粉碎了他的政治理想。卑微的奉礼郎职务，与曾经博得韩愈、皇浦湜赏识的才华极不相称。“夜来霜压栈，骏骨折西风”（《马诗》其九），他抒发了良才受压抑的愤慨。于是诉说怀才不遇的悲愤，成为李贺诗歌的主要内容。残酷的社会现实，使得李贺不再像杜甫和盛唐多数诗人那样，也不像同时代的韩愈那样，对统治者抱有幻想，而转向对个体生命的体验，就比以前或同时的诗人执著、深刻得多。朱自清先生在《李贺年谱》中说："大抵贺赋性怪僻，而多奇情异采；既遭谤毁，幽忧弥甚，遂出其全力为诗。"[1]李商隐《李长吉小传》中也记载李贺创作"呕心沥血"之事。可见，李贺已把诗歌视为自己生命不可分割的部分，独特的生命体验是李贺诗歌的内核。

李商隐也曾是一个有"兼济"之志、期有作为的诗人。他在早期的《初食笋呈座中》诗中，以初出林的嫩笋自喻，抒发积极用世的凌云之志。在《偶成转韵七十二句赠四同舍》诗中也说："且吟王粲从军乐，不赋渊明归去来"，表达要建立功业的志向。他认为即使要"入扁舟"也须"回天地"之后（《安定城楼》）。然而李商隐所处的晚唐社会，政治黑暗，国运将尽，知识分子干预现实的责任感被现实自身粉碎，儒家兼济思想很难付诸实践，正如诗人所诉，"如何匡国分，不与夙心期"（《幽居冬暮》）。崔珏《哭李商隐》诗中"虚负凌云万丈才，一生襟抱未曾开"，即李商隐悲剧一生的最好写照。李商隐不仅政治上是个悲剧人物，爱情生活中也充满悲剧色彩。他一生漂泊在外，长期与妻子分离，加上妻子王氏去世较早，这种双重悲剧命运的打击和折磨，使得李商隐对人生命运的体验比李贺更细腻、深刻，更富有典型意义，反映出封建社会一代知识分子的悲剧命运和心理。钱钟书指出，《锦瑟》是一首作者自述生平创作甘苦的诗论，说明李商隐在诗歌创作中惨淡经营，倾注了毕生的心血。

[1] 《朱自清古典文学论文集》下册，第521页。

李商隐不少诗歌，特别是一些“无题诗”之所以朦胧难解，是因为诗人将他生命的复杂经历和情感、独特的体验，全部倾注于其中，使之具有“包蕴密致”的隐藏度和深刻性。

（二）诗旨隐蔽与诗境朦胧的构成因素之异

诗旨的隐蔽，诗境的朦胧，是李贺、李商隐诗歌的共同审美特征。但其中构成的内部因素不尽相同，从而形成他们诗歌各自独特的审美品格。以下试从三个方面来比较李贺、李商隐诗歌的异同。

1. 李贺诗歌的朦胧性主要表现在意境的虚荒诞幻上，李商隐诗歌的朦胧性主要表现在主题的多义上。

杜牧在《李长吉歌诗叙》中以十种物象或现象，描述了李贺诗歌的美学品格，其中“鲸呿鳌掷，牛鬼蛇神，不足为其虚荒诞幻也”[1]，是构成李贺诗歌意境朦胧的主要因素。的确，描写神鬼怪异世界，在李贺诗歌中占较大比重。如《梦天》写诗人梦游月宫，遇上一位仙女，仙女告诉他，在神仙世界里，“山中方七日，世上已千年”；从月宫俯视人间，广袤的九州小如九点烟尘，无边的大海也不过是泻在杯中的一泓水而已。幻象奇诡，意境朦胧迷离。即使是抒写怀才不遇的诗篇，也往往因穿插神鬼的描写，给诗歌涂上了一层朦胧色彩。如《秋来》，前两联写秋风吹起，蛐蛐鸣叫，引起诗人对时光流逝的惆怅，对怀才不遇的感伤。后两联突然转折：“思牵今夜肠应直，雨冷香魂吊书客。秋坟鬼唱鲍家诗，恨血千年土中碧。”在苦雨凄风的秋夜，只有古代怀才不遇的诗人之冤魂前来吊慰。桐风、衰灯、寒素、

[1] 杜牧：《李长吉歌诗叙》，见《中国历代诗学论著选》，第 307 页。

冷雨、秋坟、碧血等意象，构成这首诗幽冷朦胧的意境。

陈式《重刻昌谷集注序》云：“贺之为诗，无有不题定而觅意，却又意定而觅题。多是题所应讳，则借他题以晦之。”[1]它揭示了李贺诗歌多借他题以隐蔽真情的特征。可见，李贺诗歌是借神鬼怪异世界影射现实以寄托怀抱。《梦天》描写仙境的幽静悠长，正是反衬人世的动荡短促，寄寓了诗人对人世沧桑的深沉感慨。《天上谣》则虚构了一个天上乐园，反衬现实社会的混乱黑暗。而《金铜仙人辞汉歌》则借历史题材——汉武帝曾在长安建神明台，上有铜仙人舒掌捧露盘，以承云表之露。后魏明帝命人拆铜人迁往魏都，传说铜人拆离汉宫时泪流不止——抒发诗人忧时愤世的情感。诗中极力渲染铜人辞汉时的痛苦，即诗人对国势日蹙的唐王朝命运忧虑的心理写照。

李商隐最为人们传诵的是爱情诗，由于这类诗多数冠以“无题”，所以研究者历来有不同的理解。一种观点认为，李商隐的爱情诗是实赋本事纯写男女之情的；另一种观点则认为有所寄托，是借艳情寓慨。如清人朱鹤龄说：“其《梓州吟》云‘楚雨含情皆有托’，早已自下笺解矣。”这两种观点都以偏赅全，失之片面。纵观诗人一生，他的爱情诗的确与政治生活有密切联系，因而其爱情诗的内涵比较复杂。我们认为李商隐的多数爱情诗是寄托了政治内容和身世之感的，正如诗人自白：“巧啭岂能无本意”（《流莺》）、“楚雨含情皆有托”（《梓州罢吟寄同舍》）、“为芳草以怨王孙，借美人以喻君子”（《谢河东公和诗启》）。主题的多义——不确定性，是李商隐诗歌的主要内构因素。其中最典型的是《锦瑟》诗，历来对它主题

[1] 陈式：《重刻昌谷集注序》，见《三家评注李长吉歌诗》，第194页。

就有多种理解。刘攽认为“锦瑟”是令狐楚家婢女名，是一首爱情诗。[1]《古今乐志》云：“锦瑟之为乐器也，其柱如其弦数，其声有适怨清和……昔令狐楚侍人能弹此四曲，诗中四句，状此四曲也。”[2]认为它是一首描绘音乐的咏物诗。冯浩云：“此悼亡诗定论也。”[3]认为是追怀他死去的妻子王氏而作，是一首悼亡诗。张采田认为是李商隐晚年追叙生平、自伤身世之作。[4]而钱钟书先生则认为是李商隐总结生平创作的论诗诗。[5]这些理解都有一定道理，因为从全诗来看，只有“思年华”、“惘然”略露情感端倪外，其他诸句均为心态化的物象和物境的呈示。它们不是一般的情景交融，而是富于象征性——隐去了具体形象或意象、具体情感的特指性，便拓宽了诗的情绪，增大了审美上的随意性，读者可以结合诗人的身世经历，见仁见智。又如《无题》（昨夜星辰昨夜风）描写的是诗人对一段美好情事生活的回忆：星光闪烁，夜风和煦，在“画楼西畔桂堂东”，诗人与意中人出席了一次热闹的宴会，隔座送钩，分曹射覆，而彼此眉目传情，心灵相通。而今夕相隔两地，也能彼此心有默契。末联却于爱情阻隔的嗟叹中寄寓转蓬漂泊之感，使这首诗在爱情意旨上又添上了自伤身世的意味。它说明李商隐的无题诗多半是复杂情感的集合。葛立方说：“公（杨亿）尝论义山诗，以谓包蕴密致，演绎平畅，味无穷而炙愈出，镇弥坚而酌不竭。”[6]评价中肯。

2. 李贺、李商隐都注重捕捉审美直觉，如瞬间感觉、印象、幻

[1] 刘攽：《中山诗话》，见《宋诗话全编》第一册，第 444 页。
[2] 转引自《彦周诗话》，见《历代诗话》上册，第 394 页。
[3] 冯浩著，蒋凡点校：《玉谿生诗集笺注》，上海古籍出版社 1998 年版，第 494 页。
[4] 张采田：《玉谿生年谱会笺》，上海古籍出版社 1983 年版。
[5] 钱钟书：《谈艺录》（补订本），第 436—438 页。
[6] 葛立方：《韵语阳秋》，见《宋诗话全编》第八册，第 8212 页。

觉等，都执著于生命体验，但李贺诗中非理性成分较多，李商隐诗中理性因素较多。

李贺诗歌的非理性品格主要表现在两个方面：(1) 情感内容的非理性化。杜牧指出，与屈骚相比，李贺诗“理虽不及，辞或过之”[1]。这里的“理”主要指作品的思想内容。《离骚》是一首政治抒情诗，作者在抒发遭谗被逐的忧愤中寄寓了较浓的忠君思想，表达上尽管运用比兴、寄托和象征手法，所谓“善鸟香草以配忠贞，恶禽臭物以比谗佞”，但其情感指向比较确定，幻想的仙界的遇与不遇，实与现实中君臣的遇与不遇对应，具有伦理、道德、政治内容，符合我国读者的思维习惯和审美联想逻辑。李贺的诗歌，由于时代的原因，转向个体生命的体验，以表现自我为主，捕捉独特的心里感觉——一次性的、不可重复的审美直觉，多为悖逻辑、超经验，所以不易为读者的审美习惯接受，于是产生一种朦胧的美感效应。如在诗人的感觉世界里，太阳会发出玻璃的声响：“羲和敲日玻璃声”(《秦王饮酒》)；凄清的月色是月宫中的蟾蜍所泣，月亮像车轮轧过露水之地，沾湿了团光，月宫中桂树的芳香撒满了路途（《梦天》)；流云是银河中的水，潺潺有声（《天上谣》)；马骨会发出铜声：“向前敲马骨，犹自带铜声”(《马诗》)；古战场上阵亡的魂魄也会因饥饿而消瘦：“左魂右魄啼饥瘦。”(《长平箭头歌》) (2) 意象组合的悖逻辑。李商隐《李长吉小传》载：李贺“恒从小奚奴，骑距驴，背一古破锦囊，遇有所得，即书投囊中。及暮归……从婢取书，研墨叠纸足成之”[2]。说明李贺创作时并没有按先立意，然后围绕所

[1] 杜牧：《李长吉歌诗叙》，见《中国历代诗学论著选》，第 307 页。

[2] 李商隐：《李长吉小传》，见《三家评注李长吉歌诗》，第 13 页。

立意来构思、取象的流程进行，而是将出游所捕捉的一些零碎的意象、觅得的某些佳句组合成篇，这就难免在诗的意脉上产生中断阻隔，在时空上造成跳跃转换。这一点正是为读者审美经验所不易接受的。如《浩歌》，开头四句设想奇幻，用四个神话写山川衍变、沧海桑田，漫长的时间长河在诗人想象的世界里被高度压缩成短暂的一瞬。五句以后跳跃到对现实景象和宴饮场面以及产生的心理活动描写：神仙世界尚且如过眼烟云，现实人生更是如弹指一瞬。于是诗人表示要珍惜青春，奋发进取，不管遭遇多大困厄仍应及时努力，有所作为。《长歌续短歌》感叹人生无常，寄寓怀才不遇的苦闷。感觉、现实、历史、联想杂糅组合，时空跳跃转换，造成意境朦胧迷离。吴正子评《昌谷诗》曰："盖其触景遇物，随所得句比次成章，妍蚩杂陈，斓斑满目。此所谓天吴紫凤颠倒在短褐也。"[1]所谓"颠倒"即指李贺诗歌意象组合的悖逻辑、反理性，打破现实时空次序而服从于诗人的主观情感。

李商隐由于生活经历、身世遭遇更加复杂，所以他对生命的体验较李贺更为深刻。他的诗善于将主观意象与客观物象融铸成心态化的审美具象，这些审美具象注入了诗人的哲学思考和悲剧命运的体验，因此更富有理性内容。如《无题》（"相见时难别亦难"），除末联为幻想之辞外，前三联无一不是对刻骨相思、悲剧爱情的深刻体验，一对情人相见时的难得、别离时的难堪，对这种别离的无可奈何，那因日夜相思而感到容颜易衰、孤寂难挨、凄凉难禁，既是亲身感受、独特体验，又具有普遍性。特别是"春蚕到死丝方尽，蜡蜡炬成灰泪始干"一联，堪称体验爱情阻隔、刻骨相思的绝唱。

[1] 见吴企明编：《李贺资料汇编》，中华书局1994年版，第53页。

它所以能够引起读者的强烈感情共鸣，就在于它揭示了爱情悲剧的深刻哲理，富有典型意义。再看《锦瑟》：

锦瑟无端五十弦，一弦一柱思华年。
庄生晓梦迷蝴蝶，望帝春心托杜鹃。
沧海月明珠有泪，蓝田日暖玉生烟。
此情可待成追忆，只是当时已惘然。

这是一首自伤身世遭遇之作，中间两联分别由四组心态化物象组合而成，事理逻辑上各自独立，而在心理逻辑上又相互贯通。是走向没落的封建社会知识分子不甘沉沦而又无力解脱的悲剧心理和命运的深刻体验。刘学锴等认为它隐喻诗人“身世遭逢如梦似幻，伤春忧世似杜鹃泣血，才而见弃如沧海遗珠，追求向往终归缥缈虚幻”的含义。[1]如果将这种人生体验分层描述则为：诗人先由“虚静”的态度观照自然，经过反复体验对照，找到了“庄生梦蝶”、“杜鹃泣血”、“沧海遗珠”、“蓝田良玉”与这种悲剧命运的契合点，于是发生了“共感”，然后将悲剧命运和心理“物化”成四组物象。这一“虚静”—“共感”—“物化”过程，即由感性向理性深化体验的心路历程。刘克庄指出：“义山之作尤锻炼精粹，探幽索微，不可草草看过。”[2]李商隐诗歌于细微的感觉、深刻的体验中寓有理性内容，只有细心体味才能察觉。

3. 李贺、李商隐都常用象征手法，但李贺一般与赋体结合，李

[1] 刘学锴、余恕诚：《李商隐诗选》，第255页。
[2] 刘克庄：《后村诗话》新集卷四，见《宋诗话全编》第八册，第8511页。

商隐则多与比兴结合。所以从总体上看，李贺诗歌富有浪漫主义特色，朦胧度比较透明；李商隐诗歌富有象征主义特色，朦胧度比较隐晦。

李贺诗歌直接继承了屈原和李白的浪漫主义精神，想象奇诡，感情奔放，所以他多用古体，手法上铺叙描写为主。但由于时代原因，有些情感不便直露，所以又结合象征手法，曲折隐晦地传达出来，从而形成了不同于屈原和李白诗歌的独特风格。象征手法，虽然在屈原的作品里已经较多地运用，但情感指向比较确定。李贺诗歌中的象征寓意多为诗人独特的审美直觉，尚未积淀社会性审美经验认同的理性内容，故在接受者中造成某种心理距离，诗境的朦胧便由此而生成。如《致酒行》：

零落栖迟一杯酒，主人奉觞客长寿。
主父西游困不归，家人折断门前柳。
吾闻马周昔作新丰客，天荒地老无人识。
空将笺上两行书，直犯龙颜请恩泽。
我有迷魂招不得，雄鸡一唱天下白。
少年心事当拿云，谁念幽寒坐呜呃。

借历史上穷通变化之事，抒发人生遭遇无常的感慨。全诗分三层：第一层写劝酒场面；第二层写主人致酒勉励之词；第三层抒发诗人坚持高远志向，不因目前遭遇困厄而气馁。主要运用铺叙的赋之手法，有地点、人物、对话、心理描写，富有情节性，犹如一篇微型小说。尽管因对话交错使对话者双方不易确定，诗的结构上时空跳跃较大，加上“零落栖迟”、“天荒地老”、“幽寒坐呜呃”的独创而非理性化，使诗境比较朦胧。但由于赋体手法的运用，便增加了这种朦胧的透明度，使诗旨比较明晰。像《神弦曲》、《神弦》，从主题来看，是借神仙世界的描写影射中唐统治者提倡巫术、相信鬼神的现实，富有象征含义。但由于运用了赋体手法，便增加了这种诗旨的透明度。

李商隐继承了李贺诗歌的象征手法加以发展，缪钺指出：李商隐“取李贺作古诗之法移于作律诗，且变奇瑰为凄美，又参之杜甫之沉郁，诗境遂超出李贺之上”[1]。由于律诗篇幅的限制，因此李商隐不可能像李贺那样运用铺叙的赋体手法，它要求在有限的篇幅里表达丰富复杂的情感内容，这是李商隐多选择比兴与象征结合手法的原因。如同以“乐器”为题，李贺的《李凭箜篌引》主要运用铺叙的赋体手法，用系列神话描写李凭演奏箜篌的种种音乐意象，高度赞美李凭精湛的技艺，曲折表达诗人对乐曲的感受和评价，其朦胧性主要表现在意象的转换跳跃、意境的“虚荒诞幻”上。李商隐的《锦瑟》主要运用比兴象征手法，它既处处关合“锦瑟”本身，又隐喻象征自己的身世遭遇，诗境幽深得多。这大概是缪钺所说“超出李贺之上”的地方。

除《锦瑟》这样整体性象征与比兴结合的作品外，李商隐诗歌中个体象征与比兴结合的作品更多。即从整体上看，全诗并没有什么象征寓意，但因诗中运用了某些象征比兴手法，便给读者对全诗的理解带来了一定困难，从而产生一种朦胧美感效应。如：

曾是寂寥金烬暗，断无消息石榴红。(《无题二首》其一)

---

[1] 缪钺：《诗词散论》，上海古籍出版社1982年版，第31页。

黄陵别后春涛隔，湓浦书来秋雨翻。(《哭刘蕡》)

“曾是”句象征无望的相思，“断无”句象征青春年华的流逝。“黄陵”句象征阻隔的思念，“湓浦”句象征死别的悲怆。不一而足。

如果说浪漫主义是情感溢出物象，物象被淡化，现实主义是情景交融，那么象征主义则是将情感隐藏在物象之中，物象被凸现。李贺、李商隐诗歌在浪漫主义和象征主义诗歌之外，对屈原的象征手法加以发展，独创象征主义一格，丰富了我国古代诗歌的表现手法。在开拓内心世界方面为后世提供了可贵的艺术经验，这就是本论所探讨的意义所在。

三、黄庭坚“以剧喻诗”辨析

(一)“以剧喻诗”的文化背景

有宋一代，整个文坛进入文化整合融会而力求新变出奇的时期。就哲学上言，建构起儒道佛三教合流的理学；就思想上而言，兴起了正统、道统与文统之争；就文学而言，纷纷尝试以文为诗，以文为词，以诗为词，以赋为诗，以赋为词，以剧为诗，以禅为诗，以书法为诗等。其中关于宋人“以剧为诗”为王季思先生所发明，他发表《打诨、参禅与江西诗派》一文，后收入其《玉轮轩曲论》，由中华书局 1980 年 1 月出版。后来台湾学者张高评教授在其《宋诗之新变与代雄》一著[1]第七章《杂剧艺术对宋诗之启示》中作了较为全面详尽的发挥性伸论。但张氏未能结合具体作品来论述，使读者仍然不甚了了。本论试图以黄庭坚的诗歌为考察对象，作进一步论证；而对张教授所论黄庭坚“以剧喻诗”的“初时布置”也有不同看法，特提出来讨论，并作必要的辨析。

杂剧是由汉代百戏中的节目之一杂戏发展而来，经历了一个戏消剧长的演进过程，至宋代蔚为大观，无论宫廷教坊还是民间瓦舍勾栏的杂剧演出都很频繁，可以说它已成为宋代全社会全民性的文化娱乐节目。因此它对宋代文人的影响、进而渗透于他们的文学创作极其自然。王立之《王直方诗话》载：“欧阳公作《归田乐》四首，只作二篇，余令圣俞续之。及圣俞续成，欧阳公一简谢之云：‘正如杂剧人上名，下韵不来，须副末接续。’”[2]何薳《春渚纪闻》卷六“东坡事实·营妓比海棠绝句”条也载：“先生在黄日，每有燕集，醉墨淋漓，不惜与人。至于营妓供侍，扇书带画，亦时有之。有李琪者，小慧而颇知书札，坡亦每顾之喜，终未尝获公之赐。至公移汝郡，将祖行，酒酣奉觞再拜，取领巾乞书，公顾视久之，令琪磨砚，墨浓取笔大书云：‘东坡七岁黄州住，何事无言及李琪。’即掷笔袖手，与客笑谈，坐客相谓：‘语似凡易，又不终篇，何也？’至将彻具，琪复拜请。坡大笑曰：‘几忘出场。’继书云：‘恰似西川杜工部，海棠虽好不留诗。’一座击节，尽醉而散。”[3]黄庭坚于元祐年间被召为秘书郎，在汴京度过了六年的馆阁生活，此期间他不但有机会观看宫廷教坊的杂剧演出，从他的作品透露的信

[1] 张高评：《宋诗之新变与代雄》，台北市洪叶文化事业有限公司1995年版。
[2] 见《宋诗话全编》第二册，第1189页。
[3] 何薳：《春渚纪闻》，第90页。

息可知，他还逛过民间瓦舍勾栏，观看百戏伎艺表演，他的《傀儡诗》云："万般尽被鬼神戏，看取人间傀儡棚。烦恼自无安脚处，从他鼓笛弄浮生。"另《山谷词》中有《鼓笛令》四首，第一首下自注："戏咏打揭"，主要描摹"打揭"（赌博之一种）的情形；后三种是描写类似散乐的伎艺演出。[1] 以上所引材料足以说明，宋杂剧对宋代文人影响至深，"以剧喻诗"已成为诗坛一种风气。正是在这种文化氛围的影响和观剧经验的启示下，黄庭坚明确提出了"以剧喻诗"的诗学主张："作诗正如作杂剧，初时布置，临了须打诨，方是出场。"[2] 这段话不见于黄庭坚诗文集，而见诸《孔氏谈苑》卷五所引。孔平仲，字毅父，一作毅甫。临江新淦（今江西新干）人，治平进士，元祐中为秘书丞、集贤校理。与黄庭坚为同乡好友，两人有诗唱和，如黄庭坚有《次韵和答孔毅甫》、《戏呈孔毅父》等；又在元祐年间同在秘书省共事过。因此我认为他所引这段话可信度比较高。欧公、坡老都主要以杂剧中角色行当——副末接续副净出场表演，比喻诗篇之承转续接，而山谷则直接"以剧喻诗"，明确提出作诗恰似杂剧演出，开篇先要惨淡经营、预设诙谐情调，终篇要出人意表地"猛打诨出"，让人退思有味，忍俊不禁。

（二）宋杂剧"插科打诨"为宋诗借鉴

宋杂剧演出体制如何呢？灌圃耐得翁《都城纪胜》"瓦舍众伎"条云：

---

[1] 胡忌：《宋金杂剧考》，古典文学出版社 1957 年版，第 47 页。

[2] 孔平仲：《孔氏谈苑》卷五引，见《宋诗话全编》第一册，第 695 页。

杂剧中，末泥为长，每四人或五人为一场，先做寻常熟事一段，名曰艳段；次做正杂剧，通名为两段。末泥色主张，引戏色分付，副净色发乔，副末色打诨，又或添一人装孤。……大抵全以故事世务为滑稽，本是鉴戒，或隐为谏诤也，故从便跣露，谓之无过虫。……杂扮或名杂旺，又名纽元子，又名技和，乃杂剧之散段。在京师时，村人罕得入城，遂撰此端，多是借装为山东河北村人，以资笑。[1]

吴自牧《梦粱录》卷二十"妓乐"亦载，但他对宋杂剧的滑稽表演"隐为谏诤"说得更具体："凡有谏诤，或谏官陈事，上不从，则此辈（指伶人）妆做故事，隐其情而谏之，于上颜亦无怒也。"[2]从以上材料可知，宋杂剧一场四段，开场"艳段"，"做寻常熟事"；正杂剧为两段；最后一段为"散段"，要发乔打诨出场。关于"散段"，孟元老《东京梦华录》卷七"驾登宝津楼诸军呈百戏"条载之甚详："复有一装田舍儿者入场，念诵言语讫，有一装村妇者入场，与村夫相值，各持棒仗互相击触，如相殴态。其村夫者以杖背村妇出场毕"[3]。戏剧是一种表演艺术，诗歌是语言艺术，语言毕竟不能代替表演，因此"作诗正如作杂剧"，只能是吸取某些戏剧性因素。从黄庭坚诗歌创作实际来考察，我认为主要借鉴了宋杂剧的"全以故事世务滑稽"即"插科打诨"而设计谐趣，和"本为鉴戒，或隐为谏诤"而"寓庄于谐"。现分论之。

元祐年间，黄庭坚在汴京度过了六年的馆阁生活，这是黄庭坚

[1] 见孟元老等：《东京梦华录》（外四种），上海古典文学出版社 1956 年版，第 96—97 页。
[2] 见《东京梦华录》（外四种），第 309 页。
[3] 同上书，第 43 页。

一生比较快意的一段时期。他与苏轼、钱勰等人戏谑调侃、互相唱和，形成了“黄庭坚体”。如作于元祐元年（1086）的《和答钱穆父咏猩猩毛笔》：

爱酒醉魂在，能言机事疏。
平生几两屐，身后五车书。
物色看王会，勋荣在石渠。
拔毛能济世，端为谢杨朱。

钱穆父，名勰，诗人。为黄庭坚好友，曾出使高丽，带回几支猩猩毛笔。钱氏先有《咏猩猩毛笔》一诗，此为黄庭坚的唱和之作。诗人“以才学为诗”，网罗有关“猩猩”、“毛”和“毛笔”的典故，涉及《华阳国志》、《礼记》、《晋书》、《论语》、《庄子》、《孟子》等十二种书。首联破题说猩猩爱喝酒，又爱穿屐。猎人把酒和屐放在路上诱捕它们，猩猩即使像人能言，但不如人有防范之心，故被猎人诱杀。颔联说毛笔制作用料节俭，但著书丰富。颈联说猩猩毛笔来自域外和对充实书阁的贡献。末联说毛笔的文治之功。王直方认为它与韩愈的《毛颖传》有异曲同工之妙，这只是从取材、戏谑情调相同方面而言；如果从内容来看，我认为《毛颖传》借笔立传，讥骂统治者寡恩，用时就赐以高官，不用时便一脚踢开，虽然未必有影射，但使人容易与政治联系起来。《和答钱穆父咏猩猩毛笔》只用“猩猩”、“毛”和“毛笔”的有关典故，正如杨万里所说“用古人语，而不用其意”[1]，纯属打诨之笔，这是异于《毛颖传》之处。

[1] 杨万里：《诚斋诗话》，见《宋诗话全编》第六册，第5936页。

如末联反用《孟子》“杨氏为我，拔一毛而利天下，不为也”之意，说拔下猩猩的毛就能对世人有所帮助——制成毛笔用于抄书，真的要把这个道理告诉一毛不拔的杨朱！“临了打诨”，谐趣顿生。又如《子瞻诗句妙一世，乃云效庭坚体，盖退之戏效孟郊、樊宗师之比，以文滑稽耳。恐后生不解，故次韵道之》，从诗题来看，说“子瞻诗句妙一世，乃云效庭坚体”，好比韩愈戏效孟郊等，纯属“为文滑稽”之戏言，因为“苏黄”虽并称，但黄庭坚自愧不如苏轼当不是谦逊之辞，所以他特此说明“恐后生不解，故次韵道之”。全诗前十四句分别以“曹郐”和“大国楚”自喻和比苏轼的诗歌，说自己的诗“浅陋不成邦”，内容狭窄，视野短浅；苏诗则“吞五湖三江”，境界开阔，气势磅礴，无论是被贬黄冈时期的失意之作，还是任职于翰林院时期的得意之作，“句法提一律”，都是优秀作品，所以诗人说“坚城受我降”，表达对苏诗的膺服。自己的诗虽然像倒挂在涧壑被波涛舂撞的“枯松”，也不乏“万牛挽不前”的苍劲有力，但苏轼一人就能扛起它。这里虽不排除作者有自负之意，但我认为主要是反衬苏诗的笔力如椽，更高一筹。接着说自己被时人嗤笑，不能与晁补之、张耒并列于苏门之下，唯独承蒙苏轼你的明察与赏识，这使我更加崇敬你。最后四句说，我儿尚小，将来有否出息虽不可预料，但客人中也有称许他敦厚朴实的，他真的能与你孙女阿巽结为伉俪，那我先买一些红彩缠着酒缸吧。言外之意是，自己的诗歌虽不能与苏诗并驾齐驱，但两人的后代或许能够婚配。篇终打诨，娱人娱己。

这类作品纯属为文滑稽，主要借鉴宋杂剧的打诨手法，进行调侃戏谑，获得谐趣，娱人自娱，并没有什么讽刺性的政治影射。

关于宋杂剧在滑稽表演中“本为鉴戒，或隐为谏诤”的“寓庄于谐”，王国维在他的《宋元戏曲史》中“宋之滑稽戏”一章，汇集胪列了较多材料，现转引他所录刘攽《中山诗话》一则：

> 祥符、天禧中，杨大年、钱文僖、晏元献、刘子仪以文章立朝，为诗皆宗李义山，号“西昆体”，后进多窃义山语句。尝内宴，优人有为义山者，衣服败裂，告人曰：“吾为诸馆职挦扯至此！”闻者欢笑。

它通过优人装扮李商隐的滑稽表演，讽刺杨亿、刘筠、钱惟演为代表的“西昆体”诗人，片面地学习李商隐诗歌用典手法，误入形式主义歧途，并损害了李商隐的名声。宋杂剧这种在滑稽表演中“本为鉴戒，或隐为谏诤”的“寓庄于谐”，被黄庭坚引进到诗歌创作中来，最典型的作品是《题竹石牧牛并序》：“子瞻画丛竹怪石，伯时增前坡牧儿骑牛，甚有意态。戏咏。”

> 野次小峥嵘，幽篁相倚绿。
> 阿童三尺棰，御此老觳觫。
> 石吾甚爱之，勿遣牛砺角，
> 牛砺角尚可，牛斗残我竹。

这首诗作于宋哲宗元祐三年（1088），时作者在京师，任秘书省著作佐郎。王若虚批评说：“山谷《牧牛图》诗，自谓平生极至语，是固佳矣，然亦有何意味！”[1]陈衍桴鼓相应：“石既为吾所甚爱，

[1] 王若虚：《滹南诗话》卷三，见《历代诗话续编》上册，第 522 页。

唯恐牛之砺角，损坏吾石矣，乃以较牛斗之伤竹，而曰砺角尚可，何其厚于竹而薄于石耶？于理似说不去。”[1] 我认为作者并非厚于竹而薄于石，而在引出“牛斗”。联系此诗的写作背景，正处于北宋中后期，在娱乐性文化氛围的表象下，实则潜伏着严重的政治危机：北宋统治集团内部矛盾尖锐，党争剧烈，新旧两党之间，互相倾轧，两败俱伤现象十分严重。作者对此感到痛心和不安，他正是借画发挥，“隐为谏诤”，表达了希望调停党争、消弭两败俱伤、安定时局的心愿，此其一。其二，诗中所题咏的“石”、“竹”为苏轼所画，绝非闲笔。苏轼曾说过：“可使食无肉，不可使居无竹。无肉令人瘦，无竹令人俗。”（《于潜僧绿筠轩》）黄庭坚也说：“富贵于我如浮云，安可一日无此君？人言爱竹有何好，此中难为俗人道。”（《寄安福李令爱竹堂》）宋人如此厚爱“竹”、“石”，正是特定时代对一种绝俗人格理想的追求。此期间，见风使舵者、报私仇者、出卖同党者，甚至落井下石者，大有人在，如章惇、蔡卞、赵挺之、吕惠卿、陈举之流即是。因此在新旧两党频繁更替、政治风云变幻莫测的严峻形势下，保持耿介的人格节操，不随波逐流，不同流合污方显君子本色。宋人独取竹、石作为理想人格的载体，正是取诸劲节、坚定之意。可见，这里的竹、石必定寄托了作者及其同仁的耿介节操和人格理想。这就是本诗的深刻意味。这种严肃的内容，由于以调侃之笔出之，所以将陈衍被戏谑的表象瞒过，产生了“于理似说不去”的误读。再看《题李亮功戴嵩牛图》：

韩生画肥马，立仗有辉光。

---

[1] 陈衍：《石遗室诗话》，商务印书馆 1936 年版。

戴老作瘦牛，平田千顷荒。
觳觫告主人："实已尽筋力。
乞我一牧童，林间听横笛。"

韩生指韩干，戴老即戴嵩，两人都是唐代著名画家。韩干善画肥马，戴嵩善画瘦牛。李公寅，字亮功，藏有戴嵩牛图。黄庭坚此诗题戴嵩牛图，却从"韩生画肥马"起笔，说韩干画的肥马，立在皇帝的仪仗队里，很有光彩，而戴嵩所画瘦牛，却在千顷荒田耕作。显然前者只是作为后者之陪衬，在鲜明的反差中寄寓着象征含义：一尸位素餐，脑满肠肥，它正是朝廷那班占据要职而饱食终日却无所作为的平庸之辈的嘴脸；一终日劳碌，瘦骨嶙峋，它正是包括作者在内的那些屈居下僚、劳碌奔波的失意之士的写照。诗人面对这幅"耕牛图"进行审美观照，便联想到自己仕宦生涯奔波的劳碌，于是观照立即变成了"对号入座"，"乞我一牧童，林间听黄笛"——请叫个牧童照料我吧，让我在林中休息，听他吹笛子。这时，"牛"与"我"完全合而为一，表达了诗人希望急流勇退、归隐田园的愿望，抨击了时政的险恶。巧妙高明，令人拍案叫绝，忍俊不禁。但这种严肃的深意却以戏谑调侃之笔出之：一是将戴嵩的瘦牛图当作现实来看待，高度赞美了画的逼真活脱。这种明知故犯的错误引人发笑；诗中一"生"（少）一"老"，一"肥"一"瘦"又对比鲜明，恰似宋杂剧中的副末和副净，也极富调侃意味。《题郑防画夹五首》之一："惠崇烟雨归雁，坐我潇湘洞庭。欲唤扁舟归去，故人言是丹青。"也同一机杼，它通过两个富有戏剧性的动作——"我"信以为真，"故人"一语道破，产生喜剧效果，表达了诗人厌倦官场、向往归隐的心愿。

（三）“初时布置”与“临了打诨”的互动关系

张高评教授在论述宋杂剧“初时布置”对宋诗创作影响时，指出“杂剧之‘初时布置’与宋诗‘法式安排’相通”[1]，“试考黄庭坚论诗主张，极讲究法度，注意规矩准绳。既讲究法度关键，示学者以规矩准绳，则下笔作诗不得不重视‘谨严布置’功夫”[2]。然后引录了黄庭坚等若干则关于布置章法、句法和字法论述的材料，首条即是：

> 山谷言：“文章必谨布置！”每见后学，多告以《原道》命意曲折。后予以此概考古人法度，如杜子美《赠韦见素诗》……此诗前贤录为压卷，盖布置最为得正体，如官府甲第厅堂房室，各有定处，不可乱也。……然则自古有文章，便有布置，讲学之士不可不知也。[3]

我认为黄庭坚“作诗正如作杂剧，初时布置”与诗歌章法无关，更与诗歌句法、字法无涉。张教授以上所引关于《原道》“命意曲折”、《赠韦见素诗》“布置最为得正体”，与宋杂剧“初时布置，临了须打诨，方是出场”根本是风马牛不相及。诚然，注重诗歌章法经营，是黄庭坚一生的苦心追求，说明他对诗歌章法的布置、句法的经营、字法的安排，是多渠道取法融会各种艺术布置法度的。不能一见“布置”二字就不加区别地混为一谈。如何准确理解黄庭坚

---

[1] 《宋诗之新变与代雄》，第377页。

[2] 同上书，第379页。

[3] 范温：《潜溪诗眼》，见《宋诗话辑佚》上册，第323—325页。

“以剧喻诗”的内涵，我们再来仔细审读孔平仲那段话：

> 山谷云：“作诗正如作杂剧，初时布置，临了须打诨，方是出场。”盖是读秦少章诗，恶其终篇无所归也。

秦觏，字少章，秦观之弟。哲宗元祐六年（1091）进士，调仁和主簿。《全宋诗》录其诗三首：《赠王直方》、《呈东坡》、《和王直方夜坐》，均为七言绝句。从这三首诗来看，孔平仲所谓“终篇无所归”难以落实。再检视黄庭坚《书秦觏诗卷后》，只是肯定他“文字亹亹日新”，希望他“深根固蒂，令此枝叶畅茂也”[1]，即加强道德修养，也未涉及“布置”问题。因此，我们只有来看看今人的理解。王季思先生认为“打猛诨入，谓先发为种种痴呆可笑之举动、形状或语言也；打猛诨出，谓答以出乎寻常意想以外之解释也”[2]。王先生主要是解释吕本中所谓“如作杂剧，打猛诨入，却打猛诨出也”(《童蒙诗训》)，并以黄庭坚诗歌为例，对“打猛诨入”、“打猛诨出”分别作了较为详细的分析。其实这一观点来自宋人。陈善《扪虱诗话》下集云：“山谷尝言：‘作诗正如作杂剧，初时布置，临了须打诨，方是出场。’予谓杂剧出场，谁不打诨？只是难得切题可笑尔。山谷盖是读秦少章诗，恶其终篇无所归，故有此语。然东坡尝有《谢赐御书》诗曰：‘小臣愿对紫微花，试草尺书招赞普。’秦少章一见便曰：‘如何便说到这里？’少章之意，盖谓东坡不当合闹，然亦是不会看杂剧也。据坡自注云：‘时熙河新获鬼章，是日泾原复奏夏

---

[1] 屠友祥校注：《山谷题跋》，上海远东出版社 1999 年版，第 61 页。

[2] 王季思：《打诨、参禅与江西诗派》，见《玉轮轩曲论》，中华书局 1980 年版，第 242 页。

贼数十万人皆遁去’，故其诗云：‘莫言弄墨数行书，须信时平由主圣。犬羊散尽沙漠空，捷烽夜到甘泉宫。似闻指挥筑上郡，已觉谈笑无西戎。’乃知坡诗意自有在。”[1]元祐二年，北宋西部地区一个少数民族首领鬼章青宜阴谋叛乱，与西夏相勾结，率兵到洮州（今甘肃临洮县），企图引羌人做内应。后知岷州事种谊探到此情，报告朝廷。朝廷派遣将领作监丞游师与种谊合兵进攻鬼章，大败叛军，擒获鬼章。诗中作者自注即指此事。“小臣愿对紫微花，试草尺书招赞普”为全诗终篇二句。紫微花，即木槿花，唐姚崇曾为紫微令。赞普，吐番君号，此指西夏君主。这两句是说，我愿向宰臣请示，起草诏书，劝招西夏首领投降。因为诗之上文已说敌人的主力业已歼灭，主帅也被擒获，故有终篇二句。这一“答以出乎寻常意想以外之解释”，秦少章没有领会，故问“如何便说到这里”。这就是宋杂剧“打猛诨出”的做法，秦少章不明，所以陈善讥他“是不会看杂剧”。但是，这种“答以出乎寻常意想以外之解释”，也是黄庭坚的一贯做法和其诗歌章法结构上一显著特点，正如清人方东树所说“山谷之妙，起无端，接无端，大笔如椽，转折如龙虎，扫弃一切，独提精要之语。每每承接处，中亘万里，不相联属，非寻常意计所及”[2]。张高评教授正是将“初时布置”理解为黄庭坚诗歌的章法、句法和字法结构的。因此，我认为王季思先生仍然没有解决黄庭坚“以剧喻诗”中“初时布置”的含义问题。

不过王先生下面一段话倒是涉及诗歌“初时布置”与“临了打诨”之关系。他说：“山谷绝句每先作一二没头没脑无从理会语，一

---

[1] 陈善：《扪虱诗话》下集，见《宋诗话全编》第六册，第5571页。

[2] 方东树：《昭昧詹言》卷一二，第314页。

下点明，读者乃恍然有会于其用意之所在。长篇结处，亦多如此：如《和子瞻效庭坚体诗》，起云：'我诗如曹郐，浅陋不成邦；公如大国楚，吞五湖三江'，皆就诗而言，结忽云：'小儿未可知，客或许敦庞。诚堪婿阿巽，买红缠酒缸。'阿巽是东坡孙女，言小儿或可配阿巽，正言其诗之不足比东坡，其即山谷所谓'临了打猛诨出场'处"[1]。不难看出，诗之终篇"打诨"，犹如杂剧打诨出场，决非突然来几句滑稽说笑，这样观众不仅会"没头没脑无从理会"，也不会产生喜剧效果。比之于今之相声艺术，要逗观众发笑，必须先巧妙布置设计包袱，不断抖开包袱的过程，就是将喜剧逐渐推向高潮的过程。王先生已经注意到黄庭坚诗歌开篇"作一二没头没脑无从理会语"决非离题，而是有"用意"的。我认为"先作一二没头没脑无从理会语"即精心布置设计包袱；"一下点明"即全将包袱兜底抖开；"读者乃恍然有会于其用意之所在"即揭示了"临了打诨"与"初时布置"之关系。至此我们更加明确，黄庭坚"以剧喻诗"中"初时布置"与张高评教授所析诗歌章法、句法、字法是两码事。

杂剧"初时布置"包括哪些内容呢？张高评教授详细分析了宋杂剧巧妙安排段数、开场、正戏、登场、出场，如何发挥"插科使砌"、"搽灰抹土"等表演艺术，甚至包括书会先生、优伶、文士惨淡经营和优伶收拾勾栏，指出这些环节都属"初时布置"。[2]这样理解应该说没有问题，但认为它与黄庭坚"以剧喻诗"中的"初时布置"有相通之处，则牵强附会。周贻白先生说：宋杂剧"所表演的故事，多半是根据他们所欲达到的目的，或讥讽，或嘲骂，或诙谐逗笑，而来设

---

[1] 王季思：《打诨、参禅与江西诗派》，见《玉轮轩曲论》，第245页。

[2] 张高评：《宋诗之新变与代雄》，第378—379页。

想出一项合乎他的要求的情节，安排故事，创作故事；并不是根据一个既有的故事，而按其情节表演出来”[1]。我认为这段话倒是可视为黄庭坚“初时布置”一语的最好注脚。再让我们回过头来解读《题竹石牧牛并序》，我认为诗中小序是作者为了达到终篇充分的喜剧效果而精心设计布置的。可以设想，假如没有这段“小序”，我们解读全诗，充其量只能感到诗人用了夸张手法，高度赞美《竹石牧牛图》的逼真活脱。但布置这样一段小序，便不同凡响。从诗序可知，“竹”“石”为苏轼所画，诗人反复声称“石吾甚爱之”、“牛斗残我竹”，其酷爱“石”“竹”可知。其实它十分巧妙地恭维了苏轼画技之高超，表达了自己与苏轼的志同道合、趣味相投。避免了赤裸裸地奉承，不至于让人感到肉麻。同样，把画中“前坡牧儿牛骑牛”当现实来调侃，也高度赞美了画的栩栩如生，巧妙恭维了李伯时“增前坡牧儿骑牛”的点睛之笔。但是，夸张过头便走向它的反面，调侃对调侃话语本身又起了解构作用。可以想见，李伯时面对黄庭坚的揶揄，只有付之一笑。因为，“勿遣牛砺角”可指“牧童”，也可指李伯时，如果不是他“增前坡牧儿骑牛”，黄庭坚便无以调侃，当然也就不会有终篇的谐趣，更不会有这首名作问世。因此也可以这样说，作者在赞美的同时，又似乎在责怪李伯时制造对“石”“竹”的残害，从而否定他所增牧童骑牛的必要。作者正是在这种肯定与否定的模棱两可之中，使李伯时哭笑不得，让读者回味无穷、忍俊不禁。同时，又不让统治者抓到政治影射的把柄。难怪黄庭坚视它为生平最得意之作。可见，诗中小序是作者精心布置的，是为篇终“打诨出场”服务的。再看《观伯时画马礼部试院作》：

---

[1] 周贻白：《中国戏剧史讲座》，中国戏剧出版社 1958 年版，第 34 页。

仪鸾供帐饕虱行，翰林湿薪爆竹声，风帘官烛泪纵横。
木穿石槃未渠透，坐窗不邀令人瘦，贫马百赍逢一豆。
眼明见此玉花骢，径思着鞭随诗翁，城西野桃寻小红。

此诗作于元祐三年（1088），苏轼主持礼部考试，黄庭坚、李伯时均为阅卷官。“仪鸾司在拱宸门外嘉平坊，掌奉乘舆、亲祠、郊庙、朝会、巡幸、宴飨及内庭供帐之事”[1]，“翰林司在大宁门内，掌供御酒茗汤果及游幸宴会，内外筵设”[2]。何等富丽堂皇、奢侈阔绰！诗中却说寒陋弊败、糜烂发霉，感到郁闷难熬，日益消瘦。它正是周贻白先生所说，是诗人“根据他欲所达到的目的”——打诨出场，“诙谐逗笑”，“而来设想出一项合乎他的要求的情节，安排故事，创作故事”。作者有意将试院描写得如此封闭压抑，即“初时布置”，是为诗终篇所达到“打诨”目的而预设：观赏李伯时所画马，突发奇思，幻想拿着鞭子，跟随着苏轼，骑马去城西郊外观赏桃花春景。看来这一调侃手法为黄庭坚惯用。

这又引出一个问题：如上所述，谐趣设计、寓庄于谐是“黄庭坚体”的特点之一，何以见得它是受到宋杂剧的影响和启示呢？因为谐趣设计、寓庄于谐，也是我国古代文学早已有之的表现手法之一，如庄子、陶渊明、杜甫、韩愈等都常用，难道说他们也接受了杂剧的影响？我认为判定黄诗谐趣设计、寓庄于谐是不是引进宋杂剧“打诨”艺术的结果，关键要看它的“初时布置”与“临了打诨”有否构成互动的有机整体。如《和答钱穆父咏猩猩毛笔》首联“爱

[1] 徐松：《宋会要辑稿》第三册，中华书局1957年版，第2862页。
[2] 同上书，第2856页。

酒醉魂在，能言机事疏”实已为末联“拔毛能济世，端为谢杨朱”埋下伏笔：正因为猩猩疏于防范、被人猎杀，才可能被“拔毛”。《子瞻诗句妙一世，乃云效庭坚体……》正因为有初时自己诗歌不能与苏轼诗歌相匹敌之布置，才有临了两人后代堪称婚配的打诨。《题李亮功戴嵩牛图》本题戴嵩牛图，却从韩干画马起笔，目的是通过一肥一瘦的强烈反差，引出篇末瘦牛因不堪重负、乞求脱枷的打诨。这便使全诗的“为文滑稽”或是“寓庄于谐”，正如宋杂剧的“初时布置”与“临了打诨”的内在联系，有机统一起来。据此，张高评教授所论“杂剧之‘弄影戏语’与宋诗之‘雅俗相济’相通；杂剧之‘得其意思’与宋诗之‘以形写神’相通”[1]，都失之主观武断。

诗歌是语言艺术、抒情艺术，戏剧是舞台艺术、叙事艺术。因此，诗歌中的“初时布置”不可能像戏剧中的“初时布置”那样，“设想出一项合乎他的要求的情节，安排故事，创作故事”。由此看来，黄庭坚“以剧喻诗”中的“初时布置”，主要指戏剧诙谐情调的设计，它正是后来吕本中所谓“打猛诨入”之意。从学界对黄庭坚及“江西诗派”的具体作品分析来看，“打猛诨入”并没有明显的可笑之处，犹如相声中的包袱未抖开之前并不觉得好笑一样。待包袱兜底抖开之后，即王季思先生所说“一下点明”，才引发读者（观众）捧腹大笑。它表明在实现诗歌谐趣过程中，“初时布置”与“临了打挥”是相辅相成、密不可分的有机整体，并构成互动关系：没有初时诙谐情调的布置，便不会获得“临了打诨”的喜剧效果；而“临了打诨”又使读者对莫名其妙的“初时布置”之用意——诙谐情调“恍然有会”。这大概就是孔平仲和陈善所谓黄庭坚“读秦少章

[1] 《宋诗之新变与代雄》，第377页。

诗，恶其终篇无所归也”之意，即秦觏诗歌开篇由于没有诙谐情调的预设，所以“临了打诨”就“无所归”了——只是加上去的噱头尾巴，不但不能引人发笑，反而令人感到别扭。

要言之，黄庭坚“以剧喻诗”中“初时布置”与“临了须打诨”之关系，即吕本中《童蒙诗训》中“打猛诨入”与“打猛诨出”之关系。过去我们只注意到何谓“打猛诨入”、何谓“打猛诨出”，却忽略了两者之间的密不可分、相辅相成之互动关系。只有理解了这一关系，才能准确把握黄庭坚“以剧喻诗”中“初时布置”的真正含义。

四、山谷诗集三家注述论

山谷诗生前已有结集，流传于文人学子之中，这类结集既有他自编手定的，也有为仰慕他的后学所辑者，今传世者有作者外甥洪炎于南宋建炎二年（1128）所编《内集》三十卷，即《豫章黄先生集》，又称“前集”、“正集”；李彤于南宋孝宗时所编《外集》十四卷[1]，又称“后集”；作者族孙黄㽦于淳熙九年（1182）所编《别集》二十卷。洪炎《豫章黄先生集序》曰：“凡诗断自《退厅》始，《退厅》以前盖不复取，独取《古风》二篇冠诗之首，以见鲁直受知于

[1] 《四库全书总目提要》：“《内集》编于建炎二年，《别集》编于淳熙九年，《年谱》则编于庆元五年（1199）。盖《外集》继《内集》而编，《别集》继《内》、《外》两集而编，《年谱》继《别集》而编。独李彤之编《外集》，未着年月，然考《外集》第十四卷《送邓慎思归长沙》诗，‘慎’字空格，注云‘今上御名’，是《外集》亦编于孝宗时也。三集皆合诗文同编。”祝尚书《宋人别集叙录》认为编于建炎或绍兴间，见《宋人别集叙录》卷一一《豫章黄先生集》上册，中华书局 1999 年 11 月版，第 506 页。

苏公，有所自也。”《外集》所收为作者手编之《焦尾》、《敝帚》二集及手批之《南昌集》之诗而成，仅删去其中伪作五十余篇。《别集》在《外集》的基础上，“类次家所传集，博求散亡，得诗七十六首云云”（《山谷别集诗注跋》）。

山谷是我国古代“以才学为诗”的典范。正如任渊所指出：“盖其学该通乎儒、释、老、庄之奥，下至于医、卜、百家之说，莫不尽摘其英华，以发之于诗”（《黄陈诗集注序》）。山谷诗用事博洽，委实令人望而生畏；山谷认为杜诗“无一字无来处”（《答洪驹父书》），于是提出“点铁成金”（《答洪驹父书》）、“夺胎换骨”之诗法（见惠洪《冷斋夜话》），其诗大量化用前人之诗不遗余力。因此为山谷诗集作注，颇具难度。自任渊为山谷内集诗作注后，史容、史季温分别又为山谷外集诗、别集诗作注。尽管三家注释水平参差不齐，但对后人研究山谷诗，无疑具有弥足珍贵的参考价值。综合考察山谷诗集三家注，本论试从以下三方面加以述论。

（一）考证写作时地，揭橥创作背景

山谷诗集三家注，均有对写作时地的考证或创作背景的揭橥，其中任注更为详赡，黄㽦《山谷年谱序》称：“近世惟传蜀本诗集旧注（按：即《山谷内集诗注》），援据为详。”为《内集》作注者任渊，字子渊，号天社，蜀新津（今四川新津）人。官至潼川提刑，著有《祈庵集》四十卷[1]，已佚。所著《山谷黄先生大全诗注》，又称《山谷内集诗注》，序曰：

[1] 见陈振孙：《直斋书录解题》卷一八，《文献通考·经籍考》卷六七作《祈庵集》。

> 近世所编《豫章集》，诗凡七百余篇，大抵山谷入馆后所作。山谷尝仿《庄子》，分其诗文为内外篇，此盖内篇也。晚年精妙之极，具于此矣。然诠次不伦，离合失当。今以事系年，校其篇目，各如本第，其不可考者，即从旧次，或以类相从。诗各有注，厘为二十卷云。

可知任氏注打破了原编次第，包括山谷自定《退听堂录》编次与洪炎《豫章集》编次，而“以事系年”，对山谷内集诗作了重新编年。任氏《黄陈诗集注序》曰：“始山谷来吾乡，徜徉于岩谷之间，余得以执经焉。暇日因取二家之诗，略注其一二。第恨寡陋，弗详其秘，姑藏于家，以待后之君子有同好者，相与广之。政和辛卯重阳日书。”据此其注当在政和元年（1111）之前。其体例为编年体，不仅在总目每篇题下有提要，且于正文内均有题注，或考证写作时地，或揭橥创作背景。如首篇《古诗二首上苏子瞻》总目题注：“东坡守徐州，山谷教授北京。初通书，并以此二诗寄意。东坡亦有报书及和章。”揭橥山谷此诗的创作缘起是因敬仰苏轼而欲与之结交。又据山谷与东坡所通书“今日窃食于魏，会合下开幕府在彭门”，注曰：“‘魏’即北京，‘彭门’即徐州”，从而确定此诗作于“东坡守徐州、山谷教授北京”期间，再据《东坡集》考定此诗写作的具体时间为元丰元年（1078）戊午。如此，此诗的写作时间、地点（北京，今河北大名）、缘起就十分清楚了。又如《赠郑交》总目题注：“山谷在荆州为兴上人书此诗，跋云：‘癸亥岁，予解官太和，过武宁，闻清上人当来延恩，因谒郑子通问消息，题诗子通之壁。’”揭橥此诗写作缘起：山谷途经洪州武宁，闻讯他所仰慕长老法安将来延恩，于是拜访旧友郑交处士以恭候。从正文此诗题注得知，郑交少时曾跟随法安数年。任氏据法安“死于元丰八年，山谷为之铭”，考定此诗写作的具体时间为元丰六年。

在《双井茶送子瞻》、《和答子瞻》、《子瞻以子夏丘明见戏聊复戏答》、《省中烹茶怀子瞻用前韵》四篇总目下注：“当是今岁春送新茶所作。”理由是后一篇“诗有‘翰林贻我东南句’，谓东坡先生。按《实录》，元年九月丁卯，东坡迁翰林学士。《东坡集》有《次韵黄鲁直赤目》诗，即此韵。而元年十月，山谷迁《实录》院检讨官，今岁又为著作，故有‘愿载轩辕讫鼎湖’之句”。任氏据山谷诗句、《神宗实录》所载东坡所任翰林院、《东坡集》中次韵诗以及山谷任职于馆阁诸材料，考定以上四篇为元祐二年（1086）作者任著作佐郎时所作。[1]

综观任注，其对山谷内集诗多数作品均有考证写作时地，或揭橥创作背景。对其中不能确定写作时地、创作背景之作，一一注明或“张方回家本编次”；或“《豫章集》元次前篇，今从之”；或“从《豫章集》旧次”；或“附前篇”、“次前篇”；或“右二篇《栾城集》有和章，今略依仿以为次”；或“因后篇附见”；或“右二篇并以时序为次”；或“右三篇未必同时所作，然效进士体以教儿侄，今附见”；或“因前篇纪梦附见”等。有的作品未遵《豫章集》编次，而重新作了编年。如《次韵徐仲车喜董元达访之作南郭篇四韵》、《次韵仲车为元达置酒四韵》、《次韵仲车因娄行父见寄之诗》总目注曰：“右三篇，元在《紫极观（宫）诗》后，诗有‘万里远归来，

---

[1] 任渊考证山谷诗创作年代也偶有失误，如《次韵文潜立春日三绝句》，任氏考定为山谷在“黄州所作”，而钱钟书辨正云：“按此诗乃崇宁元年十二月中作，时山谷已罢太平州。”（《谈艺录》，中华书局 1984 年版，第 10 页）又如《次韵徐仲车喜董元达访之作南郭篇四韵》三首，任氏编在崇宁元年（1102），而黄䓖考证编定在元丰三年（1080）。

烦公问健否'之句，盖晚年所作。"故移至《追和东坡题李亮功归来图》之后。《次韵文潜》、《和文潜舟中所题》总目注曰："右二诗，并次前篇。时文潜已到黄，山谷自鄂往见之。前诗有'风雪牖户勤塞向'之句，盖冬深所作。""前篇"指《武昌松风阁》。《宿黄州观音院钟楼上》总目注曰："元在《次韵文潜》后，诗有'潘何'之语，今迁于此，为后诗张本。""后诗"指《谢何十三送蟹》。以上诸篇调整编排次序，作了适当的考证。但一些篇目的重新编次却未提出任何理由，如《赠送张叔和》总目注曰："原在《送谢公定诗》后。"于是将其从《送谢公定作竟陵主簿》与《奉答谢公定与荣子邕论狄元规孙少述诗长韵》之间，移至《奉答谢公定与荣子邕论狄元规孙少述诗长韵》之后，这样，《送谢公定作竟陵主簿》与《奉答谢公定与荣子邕论狄元规孙少述诗长韵》就同附《谢公定和二范秋怀五首邀予同作》之后，系于元祐元年（1085），大概是考虑将三首有关送或答谢公定之作编排在一起的缘故。又如《赠李辅圣》总目注曰："元在《刘邦直诗》后。"《跋子瞻和陶诗》总目注曰："元在《紫极宫诗》前，今附见。"《题墨轩和遵老》总目注曰："元在《凉轩》前。"《次韵文安国纪梦》、《寄贺方回》总目注曰："右二篇，元在《画阁诗》后。"《以椰子茶瓶寄德孺二首》总目注曰："元在《到桂州诗》后。"以上诸篇，无论挪前或移后，都未提出根据。另有《演雅》、《送刘士彦赴福建转运判官》、《谢黄从善司业寄惠山泉》、《次韵子实题少章寄寂斋》原为作者所删，为任氏补录加注。[1]

---

[1] 《文学遗产》2005年第4期刊张承凤《论任渊及其〈山谷诗集注〉》一文，对任注有比较中肯的评价，可参阅。

为《外集》作注者史容，字仪甫，号芗室居士，眉州（今四川眉山）青神人，仕至太中大夫。嘉定元年（1208），其年已逾七十，所著《山谷外集诗注》付梓，钱文子为之作序。淳祐庚戌十年（1250），其孙季温再于闽宪刊其晚年修订本。《外集注》在总目中每条编年下均有写作时地提要，如“嘉祐六年辛丑”下注曰：“是岁山谷从其母舅李公择游学淮南。”系于是年的作品有《溪上吟》、《清江引》，在“治平三年丙午”下注曰：“是岁山谷再贡于乡，俱为首选。”编次于是年的作品有《次韵叔父圣谟咏莺迁谷》、《次韵十九叔父台源》、《叔父钓亭》、《岩下放言五首》。在“崇宁三年甲申”下注曰：“崇宁二年十一月，山谷以荆南所作《承天塔记》谪宜州，是岁自潭州历衡、永、全州、静江府，以趋贬所。”总目所编次作品不另加题注，仅两篇作品有题注，一篇是《溪上吟》，题注曰：“元注云：‘时年十七。’”另一篇是系于熙宁五年壬子的《武陵》，题注曰：“《年谱》作《杂诗》八首，今七首删去。”至于对作品写作时地、创作背景的具体考证和揭橥，主要置于正文篇目之下加题注。写作时地不可考者，均系于山谷早年乡居期间，如《次韵十九叔父台源》题注：“黄氏《年谱》：山谷叔父讳襄，字圣谟，自号台源先生。此数诗，皆是聚族居乡日所作。凡诸父、昆弟相与题咏、赓唱，不可系以岁月者，悉附于早年乡居之时。”与任注不同之处，史氏《外集注》经历了两种体例的编次——分体本与编年体本。分体注本编次悉依李彤所编原《外集》的编次，只是将原《外集》的七卷本改成十四卷本，即每二卷相当于原本的一卷，卷一至卷一〇为古体诗，卷一一至卷一四为律诗。编年体本为十七卷，它在分体本的基础上作了增补和修改，“复参诸书为之增注，且细考山谷出处岁月，别行诠次，不复以旧集古律诗为拘”[1]。如分体本卷三《寄耿令几父过新堂邑作乃几父旧治之地》的写作时间定为元丰二年（1079），而编年体本“别行诠次”，载于卷一四，系于元丰七年山谷赴德州德平镇任所作；分体本卷九《过致政屯田刘公隐庐》题注为崇宁元年（1102）山谷由萍乡往江州经途所作，编年体卷九则改为元丰年间，并“细考山谷出处岁月”；“按蜀本《拜刘凝之画像诗》置之崇宁元年，时山谷自荆入岳，遵陆至萍乡，回途自筠阳豫章山行，由东林太平观至江州。初不经南康；且道纯已卒于元祐前，而诗中有‘少子似公贤’之句，则是诗作于元丰无疑。”[2]《流民叹》题注：“按《实录》：熙宁二年正月，判汝州富弼言：‘唐、邓、襄、汝，地广不耕，河北流民至者日众，若尽给以闲田，使获生养，实两得其便’云云。此诗言河北灾伤，流民至襄、叶间，可见在叶县作。”不仅考证了写作时地，且揭橥了创作背景。《听崇德君鼓琴》题注：“《前集》有《姨母李夫人墨竹诗》，《外集》十一卷有《观崇德墨竹歌》，其序云：姨母崇德君，赠新墨竹图，且令作歌。米元章《画史》云：朝议大夫王之才妻，南昌县君李氏，尚书公择之妹，能临松竹木石等画，见本即为之，卒难辨。又《别集》有《酌崇德君寿酒诗》，并叶县作。惟《前集》诗，任氏编入元祐三年馆中作。”它据《外集》卷一一《观崇德墨竹歌》和《别集》卷上《酌崇德君寿酒诗》俱叶县作，将《听崇德君鼓琴》一诗编入卷二，写作时地考定为熙宁四年（1071）辛亥山谷任叶县尉期间，而不同意任氏将《姨母李夫人墨竹诗》编入元祐三年馆中作。通行的十七卷本《外集注》未选《观崇

---

[1] 史季温：《外集注》（淳祐本）跋。

[2] 参见黄宝华：《山谷诗集注·前言》，上海古籍出版社2003年版。

德墨竹歌》，可知此所谓"《外集》十一卷有《观崇德墨竹歌》"指李彤所编次的《外集》本所录，而史容将其删汰，今见诸谢蕴山于乾隆四十九年（1784）所刊刻《山谷诗外集补》卷一。有的篇目写作时地一仍山谷元注，如《还家呈伯氏》题注："元注云：叶县作。"然后补充山谷"出处岁月"加以说明："山谷年二十三，治平四年丁未，登进士第，授汝州叶县尉，明年改元熙宁。"

然史容考证山谷诗写作时地，揭橥创作背景，亦有失严谨之处。如《再作答徐天隐》系于元符三年（1100）庚辰，附于《碾建溪第一奉邀徐天隐奉议并效建徐体》诗后，题注曰："与晁无咎赠答诗，虽同是'建徐体'，而非同时作。当是徽宗初即位时作也。"宋徽宗于元符三年五月即位。但据《王直方诗话》[1]"山谷诗言用人"条载："山谷尝有诗云：'人才包新旧，王度济宽猛。'至建中初，又曰：'闭奸有要道，新旧随宜收。'（按：即《再作答徐天隐》）……大抵言朝廷用人也。"[2] 如此，《再作答徐天隐》当系于建中靖国元年（1101）辛巳。虽然创作时间只相差七个月，但从创作时间考证的严谨性来要求，这一作品的系年是不够准确的。

《别集》注者史季温，字子威，绍定五年（1232）进士，宝祐中官至秘书少监。《别集注》共录诗六十一题，八十二首。总目没有任何提要，而在正文多数篇目之下加题注，其编次所依《年谱》系年者，乃从黄罃所编《别集》七十题中择出的四十五题，其余十五题被删除。但有些题注对《年谱》系事作了补充，如《嗣深尚书弟晬日》题注："山谷叔父讳廉，字夷仲，终于给事中。幼子叔敖，字嗣

[1] 王直方与山谷交往甚密，其诗话所载山谷言论和诗歌创作活动当真实可信。
[2] 傅璇琮编：《黄庭坚和江西诗派卷》上卷，中华书局 1978 年版，第 29—30 页。

深，丙午生，终于户部尚书。建炎间，山谷之兄大临尝跋此诗云：嗣深弟初生，骨爽神秀，气已万里。故山谷有此佳句。黄罃《年谱》系此诗于治平四年丁未，时山谷初登第。”又如《压沙寺梨花》题注：“赵舜钦《茅斋诗话》云：大名压沙梨花之盛闻于天下，鲁直为国子监教授日，曾有诗一绝，《外集》十二卷又有《次韵晋之五丈赏压沙寺梨花》一首。《年谱》系元丰戊午岁。”另十六题为史季温所增益。其编次或据诗话、笔记确认写作年代，如《牧童》题注：“《西清诗话》云：世传山谷七岁作。”《送人赴举》题注：“《西清诗话》云：鲁直少警悟，八岁能作诗。《送人赴举》云云，此已非髫稚语矣。”《和王明之雪》题注：

按吴曾《漫录》云：欧阳季默问东坡：“山谷诗何处好？”东坡不答，但称重黄诗。季默云：“如‘夜听疏疏还密密，晓看整整复斜斜’，岂是佳耶？”东坡云：“正是佳处。”此诗赋元祐丁卯春雪，时在馆中……此篇次前韵。

由此考定此诗作于元祐二年（1087）丁卯。或据《外集注》确定写作时地，如《答余洪范》题注：“洪范名下。元丰四年，山谷自太和考试举人于南安军，时为赣州郡掾。归途相见，尝和其二绝句，有‘南康郡下参军耳’，‘南康’即赣之郡名也。诗见《外集》。”又如《寄刘泗州》题注：“寄泗州凡二首，前篇载《外集》第十四卷，后篇载此。元丰甲子岁赴德平镇经途所作。”元丰甲子即公元1084年。或据山谷、东坡等行实考证写作时地，如《谢五开府番罗袄》题注：“熙宁中，山谷为宫教。‘五开府’者，酒余，脱浅色番罗袄衣之。山谷醉中作此。”《次韵任道雪中同游东皋之作》题注：“山谷

《与王观复书》云：有李仔任道，本梓人，而寓江津二十余年。其人言行有物则，参道得其要，老成人也。集中有《答任道》诸诗，元符二年自黔移戎至江津作。"《次韵清虚喜子瞻得常州》题注："东坡自元丰二年十二月谪黄州，居黄五年。至元丰七年八月，量移汝州。八年得请居常州。苏子由为王定国作《清虚堂记》，'清虚'即定国也。"据此考定此诗以及《次韵清虚同访李园》、《次韵清虚》、《次韵公秉子由十六夜忆清虚》四诗皆元丰八年（1085）乙丑作。

《和柳子玉官舍十首》题注："东坡《破琴诗（并引）》：柳瑾字子玉，善作诗及行草。《洪驹父诗话》云：山谷父名庶，字亚夫，能诗。其《怪石绝句》云：……或疑此十首亚夫作。今两存之，以见山谷诗句得之家传，犹杜子美于审言也。"这组诗是山谷所作，抑或其父所作，季温虽存疑惑，还是编入《山谷别集诗注》。黄宝华批评他"别择不精"[1]，我认为过重，因为季温已作申明。

（二）昭示全篇立意，阐发章句义理

许尹曰："任君子渊，博极群书，尚友古人。暇日遂以二家诗为之注解，且为原本立意始末，以晓学者，非若世之笺训，但能标题出处而已也"（《山谷诗集注序》）。如正文《古诗二首上苏子瞻》题注昭示全篇立意："前篇'梅'以属东坡"，"后诗'松'以属东坡；'茯苓'以属门下士之贤者；'菟丝'以自况。"经任氏提要，二诗之立意昭然若揭：其一谓苏轼守徐州乃大材小用，因此以"梅"喻之，说他

[1] 参见黄宝华：《山谷诗集注·前言》。

具有辅佐皇帝、治理国家的宰相之才。[1] 由于小人妒忌谗言，苏轼因此被外放。“但使本根在，弃捐果何伤？”谓苏轼天生大材，目前外放只是暂时的，日后必有大用。不仅高度赞美了苏轼的才能和品质，也对其处境寄寓了深切的同情和安慰。其二以“松”喻苏轼，既寓“树大招风”之意，与其一“孤芳忌皎洁”一脉相承，又含“树大则风声远扬”之意，又与其一之预言紧密呼应。三个比喻，不仅揭示了苏轼及门下士、作者之间相依为命的亲密关系，又寄寓深刻之用意：青松、茯苓、远志（借指菟丝）均可入药，由治病延年之疗效引申医国之能力。“医和不并世，深根且固蒂”，尽管尚未遇到荐用贤士的人，那就加强自身修养吧，等待时机为国效力。这对失意的苏轼无疑是一种极大的精神支持和慰藉。为此得到苏轼的极力推重：“《古风》二首，托物引类，得古诗人之风。”又如《题伯时画严子陵钓滩》：“平生久要刘文叔，不肯为渠作三公。能令汉家重九鼎，桐江波上一丝风。”任注：“东汉多名节之士，赖以久存。迹其本原，政在子陵钓竿上来耳。”此诗系于元祐三年（1088），时山谷在秘书省兼史局。正当新旧党争剧烈，出现了不少见风使舵、丧失名节之徒。联系任氏昭示，全诗的立意豁然明朗：以严子陵拒老同学光武帝刘秀之聘，开创东汉一代崇尚名节之风，成为汉代政权稳固的一个重要因素，寄寓作者希望调停党争、整顿浇薄世风的愿望。

任注阐发章句义理之妙，层现迭出，精彩纷呈。《次韵刘景文登邺王台见思五首》其五颔联：“嫁作荡子妇，寒机泣到明。”注曰：“言其中年之诗多哀伤也。”刘孝孙，字景文，河南祥符人。好学能诗

[1] 《尚书·说命》：“若作和羹，尔惟盐梅。”殷高宗武丁得傅说为相，喻其为调味之盐梅。后因以调和鼎鼐作宰相治国的代称。

文，曾为王安石赏识提拔，并深受苏轼、黄庭坚爱重。此诗作于元丰七年（1084），时刘景文在相州，怀才不遇。首联云：“公诗如美色，未嫁已倾城。”以国色天香喻刘诗，极赞其艺术魅力。颔联突然陡转，令人不解。经任氏阐发，诗之义理豁然贯通。《次韵子由绩溪病起被召寄王定国》：“人才包新旧，王度济宽猛。”注曰：“‘新旧’谓欲兼用熙、丰人材也。嘉祐、治平之政近于宽，熙宁、元丰之政近于猛，要当相济。”结合时事阐发义理，有助于我们对全诗感情的把握以及对山谷政治态度的了解。“斯文吕与张，泉下亦苏醒。”注曰：“‘吕’谓中丞吕诲献可，‘张’谓监察御史里行张戬天祺。按《实录·王安石传》：吕诲……张戬……皆论列变法非是，以次罢去。山谷诗意谓：元祐初召用诸人，而献可、天祺皆前死矣。然朝廷选用谏官，时政一新，亦可伸其愤懑之气于泉下也。献可熙宁四年五月卒，天祺亦相继去。”以史证诗，相得益彰。《次韵子瞻赠王定国》：“远志作小草，蛙衣生陵屯。但为居移气，其实何足言。名下难为久，丑好随手翻。”前四句注曰：“诗意谓士当特立独行，不以穷达所居之异，而易其操。定国本贵公子，尝坐东坡累迁谪宾州，颇能自处云。”后二句注曰：“言名士未必有其实，往往随世俯仰，乍贤乍佞也。”条分缕析，深得六句义理。《次韵答张文潜惠寄》：“南山有君子，握兰怀令姿。但应洁斋俟，勿咏无生诗。”前两句注曰：“此句当以属二苏，文潜盖其门下士也。《小雅》曰：‘南山有台，北山有莱。乐只君子，邦家之基。’《汉官仪》：‘尚书郎怀香握兰。’东坡元祐初为礼部郎中，故山谷用此事。”后二句注曰：“宋玉《登徒子好色赋》：秦章华大夫曰：臣尝从容郑卫溱洧之间。群女出桑，臣观其丽者，因称诗曰：‘遵大路兮揽子祛，赠以芳华辞甚妙。’于是处子含喜微笑，窃视流眄。复称诗曰：‘寤春风兮发鲜荣，洁斋俟兮惠音声。赠我如此兮不如无生。'因迁延而辞避。……山谷引用，意谓兰草之芳馨，非芍药凡草可比，知我者必以是为好，姑修洁以俟之可也。士之于世，政如女之从人，不可自献。故山谷以此为况。"旁征博引，彰显义理。

诚然，任氏阐发章句义理，有时也有失当之处。如《次韵王荆公题西太一宫壁二首》其一："风急啼乌未了，雨来战蚁方酣。真是真非安在？人间北看成南。"前两句任氏只注明字面来历，未深究义理。其大意谓：元祐时期，新党失势，唾骂王安石之声鹊起，有的甚至说"北宋之亡亡于荆公"，大有"风急""雨来"之势。"啼乌"、"战蚁"喻当时指责荆公者。山谷虽然与王安石政见不同，但在王失势、众人群起而攻之甚至落井下石时，他无一党同伐异语，并对王的人品诗品予以肯定，评荆公其人"视富贵如浮云，不溺于财色酒气，一世之伟人"；评荆公"暮年小诗，脱去流俗"。又《有怀半山老人再次韵二首》其二："啜羹不如放麑，乐羊终愧巴西。欲问老翁归处，帝都无路云迷。"后二句注曰："诗意谓神考威灵在天，公当从之，非谗邪所能间也。"未得义理。黄宝华解释正确，他说："二句实谓荆公谢世，人天相隔，路杳云迷。"[1]《寄黄几复》："桃李春风一杯酒，江湖夜雨十年灯。"注曰："两句皆记忆往时游居之乐，今既十年矣。"不当。前句写往时游居之乐，后句写十年之后两人的凄凉处境。此诗作于元丰八年（1085）乙丑，时作者在山东德平镇，几复在广东四会。据山谷《黄几复墓志铭》载，两人于熙宁九年（1076）同科出身，"十年"指两人在京城欢聚之后，一别就是十年。二句说，当年我们欢聚在京城，正值桃李盛开的季节，呼朋饮酒赋诗，多么春风得意；如今我们各自流落在江湖之上，十年来每

[1] 黄宝华选注：《黄庭坚选集》，上海古籍出版社 1991 年版，第 204 页。

逢夜雨只有以灯为伴，多么孤独寂寞。表达了山谷仕途失意的感慨。

《外集注》也有对全篇立意的昭示，如《读方言》注曰："此篇言：索寞无酒，因读《方言》，愿多有好事者载酒肴来问奇字，因得大嚼耳。古者固有抱经纶之术，而隐于筑钓，后为师、为相。我则异于此，所望不奢也。若使麦田丰而富汤饼，足矣。"《重赠徐天隐》注曰："此诗具言朝廷进贤黜奸，人心欣快，庶几复见盛治，如咸平、景德间，不啻唐之贞观、开元也。"昭示两篇立意，言简意赅，颇得要领。相对而言，《外集注》对章句义理的阐发，较对全篇立意的昭示更胜一筹，这里略示几例。《何造诚作浩然堂陈义甚高然颇喜度世飞升之说筑屋饭方士愿乘六气游天地间故作浩然词二章赠之》其二："尘尘三昧开门户，不用丹田养素霞。"注曰："诗意劝以释氏三昧，勿学道家修养之法。"稍加解释，义理自见。《思亲汝州作》："车上吐茵元不逐，市中有虎竟成疑。"注曰："时富韩公以前宰相刺汝州。诗意谓，丞相初不以此为罪，而或谗之，三人成虎耳。"显豁用典意图，指出山谷赴汝州任因愆期被镇相富弼苛责扣留，乃小人谗言。《流民叹》："桓侯之疾初无证，扁鹊入秦始治病。投胶盈掬俟河清。一箪岂能续民命！虽然犹愿及此春，略讲周公十二政。"注曰："诗意谓扁鹊已去，而始治病，固无及矣。以一箪食、一瓢饮，而欲救民死，言赈济无益也。虽如此，而及今春讲荒政，犹庶几焉。"串释讲解，意脉分明。《次韵奉送公定》："燕赵游侠子，长安轻薄儿。狂掉三寸舌，蹴登九极墀。覆手云雨翻，立谈光阴移。歃血盟父子，指天出肝脾。从来国器重，见谓骨相奇。筑岩发梦寐，猎渭非熊螭。百工改绳墨，一世擅文词。全人胆肩肩，瓮盎妩且宜。"注曰："山谷诗意，谓熙宁用人，非贤而谓之贤，贤则指为不肖也。所谓'游侠子'、'轻薄儿'，盖言当时新进少年，趋时苟合，以口舌捷给，躐等进用。虽歃血而盟，自谓披腹而出肝脾，其言皆不足信也。王介甫素有重名，称为‘国器’，其遇主得时，如起于‘筑岩’、‘钓渭’，而改制立法，自眩文词，附己者超迁之，语不合意辄摈斥不用。所谓悦闉跂支离、瓮盎大瘿，而视全人；无疾者，乃诋为丑恶也。”阐发详赡，义理贯通。《赠陈师道》：“呻吟成声可管弦，能与不能安足言。”注曰：“诗意谓，吟咏之际，而自成声音，可被之管弦，不复有能否之念。如东坡《南行集叙》：‘夫昔之为文者，非能为之为工，乃不能不为之为工也。’”引类旁证，互为发明。

《别集注》昭示全篇立意，亦每每提纲挈领，切中肯綮。如《濂溪诗》注曰：“二章因言以见先主山水之乐，得之于心，至于人与我相忘，此东坡所谓‘与造物为徒’欤！”卒章显志，疑义顿释。《观秘阁苏子美题壁及中人张侯家墨迹十九纸率同舍钱才翁学士赋之》注曰：“是篇始则美苏公之才，中则伸苏公之冤，终则叹人才之难，谓当爱护。诗人箴规美刺之体备矣。”彰幽昭昧，提纲挈领。阐发章句义理，《别集注》也时有点睛之笔。如《牧童》：“多少长安名利客，机关用尽不如君。”注曰：“意谓用尽机关，以争名利，反不若牧童之安逸也。”深入浅出，一语道破。《临河道中》：“可怜此物无根本，依草着木浪自芳。风烟雨露非无力，年年结子飘路旁。不如归种秋柏实，他日随我到冰霜。”注曰：“山谷意谓：如草木之依附，随即飘零，不若慕秋柏之梗介，以阅冰霜也。”托物言志，剥茧抽丝。《奉答圣思讲论语长句》：“暮堂吏退张灯火，抱取《鲁论》来讲评。”注曰：“此盖以讲学为急，为政次之。”语含调侃，委婉挑明。《梅花》：“飘泊风尘少滋味，一枝犹傍故人香。”注曰：“此言虽飘泊风尘，而清香不改，山谷盖以自况也。”轻轻点拨，使人豁然顿悟。《和东坡送仲天贶王元直六言韵》其五：“天子文明浚哲，今年不次用人。九原埋此佳士，百草无情自春。”注曰：“时徽庙嗣位，复用元老大臣，故山谷有是诗。”交代时代背景，揭示因果关系。

《外集注》与《别集注》，无论昭示全篇立意，还是阐发章句义理，有一个共同的鲜明特点，即均置篇末（前者有个别例外）。由于首章未标其目，虽然使人在阅读山谷诗的过程中颇有“山重水复”之疑惑，但“卒章显其志”，突然给人“柳暗花明”的惊喜，这是其独特之处。

（三）笺训词语含义，寻绎诗句来历

我国古代汉语词汇丰富多彩，一词多义现象十分突出。因此，如果只是孤立地笺训词语含义，要正确解读中国古典诗歌仍然无济于事。为诗作注，只有根据具体语境，选择最符合作者本意的解释，才能贯通全篇大意，注释山谷诗尤为如此。三家注均有孤立笺训词语含义、不加选择地胪列诗句来历而不顾及具体语境之弊，所谓“此借其字面”是也。诚然，山谷以才学为诗，喜欢逞才炫博，追求字字有来历，时有“借用其字”现象。但毕竟山谷“一字一句，必月锻季炼，未尝轻发，必有所考”（任渊《黄陈诗集注序》），多数情况下，山谷措辞用语必有所谓；引诗使事，或“点铁成金”，或“夺脱换骨”。黄宝华在点校《山谷诗集注》中已纠正了三家注中若干错误或舛讹，这里不再赘述。本论主要摭取三家注中笺训注解欠妥、或当加注补引而黄宝华未指出之处，加以是正或讨论。

《次韵刘景文登邺王台见思五首》其五颈联曰：“绿琴蛛网遍，弦绝不成声。”任氏注引傅玄《琴赋序》：“蔡邕有绿绮琴，天下名器也。”又引《礼记·檀弓》：“子夏既除丧，而见予之琴，弹之而不成声。”“绿琴”字面来历注引正确，但所引后则材料只注出“不成声”语源，山谷诗意当出自《列子·汤问》：“伯牙善鼓琴，钟子期善听，伯牙鼓琴，志在登高山，钟子期曰：‘善哉！峨峨兮若泰山。’志在流水，钟子期曰：‘善哉！洋洋兮若江河。’伯牙所念，钟子期必得之。”以及《吕氏春秋·本味篇》：“钟子期死，伯牙破琴绝弦，终身不复鼓琴，以为世无足复为鼓琴者。”《次韵吴宣义三径怀友》：“佳眠未知晓，屋角闻晴哢。”任注引：“古诗：春眠不觉晓，处处闻啼鸟。”此为唐代孟浩然《春晓》诗，不应不知。《送刘士彦赴福建转运判官》：“骑从严弓刀。”任氏注引“唐人诗云：大雪满弓刀，单于夜遁逃。”不仅漏引作者与诗题，且错乱无序。卢纶《塞下曲六首》其三：“月黑雁飞高，单于夜遁逃。欲将轻骑逐，大雪满弓刀。”《送谢公定作竟陵主簿》：“涧松无心古须鬣，天球不琢中粹温。”任氏注引：“《文选》张景阳诗：郁郁涧底松。”误。此为左思《咏史》其二中诗句。《南楼画阁观方公悦二小诗戏次韵》其一：“十年华屋网蛛尘。”任氏注引：“《文选》曹颜远诗曰：生存华屋处。”误。此为曹植《野田黄雀行》：“生存华屋处，零落归山丘。”编次在前的《壶中九华》诗，任氏注引正确。《鄂州南楼书事四首》其四：“武昌参佐幕中画，我亦来追六月凉。老子平生殊不浅，诸君少住对胡床。”“胡床”当加注：一种可以折叠的轻便坐具。陶穀《清异录·陈设·逍遥座》载：“胡床，施转关以交足，穿便绦以容坐，转缩须臾，重不数斤。”[1]此诗为崇宁元年（1102）山谷流寓鄂州（治所在今武汉市武昌）登南楼有感而作。在此之前，山谷经历了长达六年的谪居黔州、戎州的流放生涯，遇赦后赴太平州任，仅九日即罢职。诗意

[1] 陶穀：《清异录》，见《宋元笔记小说大观》第一册，第93页。

谓：我来鄂州，正好赶上凉爽天气，平生福分不浅，今朝欲与诸君同坐胡床，尽情共赏这里如画的风景！表现了山谷置生死荣辱于不顾、将心中的愤懑一寓山水的豁达襟怀。可见，“胡床”语义注出，全诗用意方显。

《次韵叔父圣谟咏莺迁谷》：“鸦舅颇强聒，仆姑常勃溪。”史容注引：“陆龟蒙《挑菜诗》云：‘行歇每依鸦舅影，挑频时见鼠姑心。’按《本草》：牡丹一名鼠姑，用之去心。以类推之，则鸦舅亦当是一种草木之名。山谷特借‘鸦舅’字以名鸦耳。”误。“鸦舅”有二义：一指乌桕；一指鸟名，似鸦而小，黑色，嘴边有毛劲，能逐鸦，鸦见避之。梅尧臣《宿州河亭书事》诗云：“林中鸦舅狞，席上蝇虎攫。”从“强聒”一词来看，显然指鸟鸣；再从下句来看，两句相对，均写鸟无疑，应题《咏莺》之义。若指草木，谓借其“以名鸦”，不是舍近求远而颇费周折吗？《答永新宗令寄石耳》：“雁门天花不复忆，况乃桑鹅与楮鸡。”史容注：“‘桑鹅’未详。”桑鹅，即桑耳。生于桑树上的菌。可食，亦可入药。李时珍《本草纲目·菜之五·桑耳》（释名）引陶弘景曰：“桑耳，桑懦，又呼为桑上寄生，名同物异也。”[1]陶穀《清异录·蔬·五鼎芝》载：“北方桑上生白耳，名桑鹅，贵有力者咸嗜之，呼五鼎芝。”[2]《奉答子高见赠十韵》：“谢生石蕴玉，志尚本丘壑。”史容注引：“陶潜诗：少无适俗韵，雅志在丘壑。”误。陶渊明《归园田居》：“少无适俗韵，性本爱丘山。误入尘网中，一去三十年。”史氏所引尽管意思未变，但“壑”与“年”韵不协。其实编次于后的《次韵师厚答马著作屡赠诗》“尝闻马南郡，少有拔俗韵”，史

[1] 李时珍：《本草纲目》（三）卷二八，中国书店 1988 年版，第 23 页。

[2] 陶穀：《清异录》，见《宋元笔记小说大观》第一册，第 52 页。

容注引则正确。《闰月访同年李夷伯子真于河上子真以诗谢次韵》："谈笑一樽非俗物，对公无地可言愁。"史容注引："李白诗：且须沽酒对君酌，与尔同销万古愁。"漏引数句。李白《将进酒》："主人何为言少钱，径须沽酒对君酌。五花马，千金裘，呼儿将出换美酒，与尔同销万古愁。"《伯氏到济南寄诗颇言太守居有湖山之胜同韵和》："历下楼台追把酒，舅家宾客厌论文。"史容注引："老杜《赠太白》云：重与细论文。"杜甫《春日忆李白》诗题误作《赠太白》。《外集注》中当补注的也为数不少。如《次韵叔父圣谟咏莺迁谷》："黄鸟怀好音。"山谷直接化用杜甫《蜀相》"隔叶黄鹂空好音"句，当补注。《次韵十九叔父台源》："闻道台源境，锄荒三径通。"上句当注引《论语·里仁》："朝闻道，夕死可矣。""万壑秋声别，千江月体同。"(《次韵十九叔父台源》)当补引王禹偁《村行》："万壑有声含晚籁。"《寄傅君倚同年》："相思对明月，谈笑如清光。"可补引李白《月下独酌》其一"举杯邀明月，对影成三人"和《永王东巡歌十一首》其二"为君谈笑静胡沙"。《招子高二十二韵兼简常甫世弼》："吾党二三子，士林耸孤标。"可补引韩愈《山石》："嗟哉吾党二三子。"《圣柬将寓于卫行乞食于齐有可怜之色再次韵感春五首赠之》其五："金张席贵宠。"可补引左思《咏史》其二："金张籍旧业，七叶珥汉貂。"《汉书·金日磾传赞》载："七世内侍，何其盛也。"戴逵《释疑论》曰："张汤酷吏，七世珥貂。"金、张指金日磾和张安世两家族。日磾、安世两人是西汉宣帝时的权贵。张汤系安世之父。《发赣上寄余洪范》："木落山明数归雁，郁孤栏楯绕深秋。……它日欲言人不解，西风散发棹扁舟。"前一句可补引柳宗元《游南亭夜还叙志七十韵》："木落寒山静，江空秋月高。"后二句史容注引："嵇叔夜诗：散发岩岫。"不如直接注引李白《宣州谢朓楼饯别校书叔云》："人生在世不称意，明朝散发弄扁舟。"《题阳关图二首》其一："想得阳关更西路，北风低草见牛羊。"上句当补引王维《渭城曲》："劝君更尽一杯酒，西出阳关无故人。"下句史容注引："高欢玉壁之败，使斛律金作《敕勒歌》，其词曰：'山苍苍，天茫茫，风吹草低见牛羊。'欢自和之，哀感流涕。"《敕勒歌》当作："天苍苍，野茫茫，风吹草低见牛羊。"不知史氏所本。

《从舅氏李公择将抵京辅以归江南初自淮之西犹未秋日思归》："归心摇摇若秋带，哀操切切如蝉吟。"史季温注引："谢朓《辞随王笺》：归志莫从，邈若坠雨，翩似秋蔕。注：秋蔕去于树，喻已别王也。恐'秋带'字误。"非。秋带，悬挂秋千之绳也，喻归心荡漾。《临河道中》："村南村北禾黍黄，穿林入坞岐路长。据鞍梦归在亲侧，弟妹妇女笑两厢。甥侄跳梁暮堂下，惟我小女始扶床。"首句季温注引："古诗：蔌蔌衣中落枣花，村南村北响缲车。"此为苏轼《浣溪沙》词中句，误作古诗。次句系糅合苏轼《浣溪沙》"酒困路长惟欲睡"与《定风波》"莫听穿林打叶声"而成，可补注。"跳梁"当加注：亦作"跳踉"，犹跳跃。语出《庄子·逍遥游》："子独不见狸狌乎？卑身而伏，以候敖者；东西跳梁，不辟高下。"这里状甥侄的活泼可爱。《观秘阁苏子美题壁及中人张侯家墨迹十九纸率同舍钱才翁学士赋之》："永无湔祓期，山鬼共幽篁。"注引："退之诗云：惧终莫湔洗。"所引不确。"湔祓"有二义：一作洗涤解；一作"湔拔"，荐拔之意。《战国策·楚策四》云："君独无意湔拔，使仆为君长鸣乎？"如上所述，注者昭示全诗立意为："是篇始则美苏公之才，中则伸苏公之冤，终则叹人才之难，谓当爱护。诗人箴规美刺之体备矣。"显而易见，"湔祓"在此取"荐拔"一意。季温引诗与释意前后矛盾。《和范廉》："岁晚虚前席，天涯作使星。"上句季温注引："《汉史》：文帝征贾谊人见，帝方受厘宣室，问鬼神之本，夜半前席。"可补引李商隐《贾生》："宣室求贤访逐臣，贾生才调更无伦。可怜夜半虚前席，不问苍生问鬼神。"《寄刘泗州》："生天生地尝为主，此事惟应作者知。"可补引《庄子·大宗师》："夫道有情有信，无为无形；可传而不可受，可得而可见；自本自根，未有天地，自古以固存；神鬼神帝，生天生地；在太极之先而不为高，在六极之下而不为深，先天地生而不为久，长于上古而不为老。"《和王明之雪》："歌楼处处催沽酒，谁念寒生泣白华？"可补引杜甫《秋兴八首》其一："寒衣处处催刀尺，白帝城高急暮砧。"李贺《致酒行》："少年心事当拏云，谁念幽寒坐呜呃。"《元师自荣州来追送余于泸之江安绵水驿因复用旧所赋此君轩诗韵赠之并简元师法弟周彦公》："岂如道人山绕门，开轩友此岁寒君！"可补引孟浩然《过故人庄》："开轩面场圃，把酒话桑麻。"《杂吟》"长歌三日绕，短舞万人看"；《答余洪范》"婆娑一世间，浩荡怀友生"。其中"长歌"、"友生"注引字面来历过于烦琐，择别不精，有逞才炫博之嫌。

山谷诗集三家注中笺训词语含义、寻绎诗句来历，在此主要就其注释和所引诗歌语料方面的错误或舛讹，作了简要的是正，只是个人之见。至于三家注所引其他材料，如果逐一核对，肯定还有不少错漏或舛讹，限于水平，留待博学君子正之。

从总体上来评价，"诸家注文中引述的某些图书文献，今已失传而无从核正，唯因如此而弥足珍贵"[1]。但其中以任注为优当为公论。在考证写作时地、揭橥创作背景上，由于洪炎所编《豫章集》"诠次不伦，离合失当"，任氏在完全没有所本的条件下，广泛搜集第一手

[1] 刘尚荣校点：《黄庭坚诗集注·校点说明》，中华书局 2003 年版。

材料，细致考证山谷出处岁月，“以事系年，校其篇目，各如本第”。尽管仍有不少“不可考者，即从旧次，或以类相从”，但其对山谷诗的注释和发明，有筚路蓝缕之功。二史注援据诸书，梳理各种线索，对所录山谷不少作品之写作时地和创作背景，亦作了一一深究，但其分别多了两种或三种参照：《内集注》、《年谱》、《外集注》。即便如此，二注中仍有不少作品系年未考，只据同类题材或同一题咏事物或同一体式等，编次于后，这种做法不一定都靠得住。在昭示全篇立意上，三家注均显不足，对山谷作品的立意，作出全局性的、纲领性的昭示，只限极少数篇目。在阐发章句义理上，三家注均有发明，点睛之笔，随处可见。即便如此，由于属局部性的阐发，多数情况下，仍然难以贯通全篇。偏离失当之处，各自存有，诚所难免。在笺训词语含义、寻绎诗句来历上，任注更为全面、精确、透彻、博洽；二史注虽不乏妥帖、详赡，但当注不注、未详存疑、征引中不加甄别地胪列诗句字面来历材料的现象，相对而言，甚于任注。

引用书目

《马克思恩格斯选集》，人民出版社 1972 年版。

《列宁全集》，人民出版社 1957 年版。

普列汉诺夫著，曹葆华译：《没有地址的信》，三联书店 1964 年版。

《辞海》（缩印本），上海辞书出版社 1979 年版。

永瑢、纪昀主编：《四库全书总目提要》，海南出版社 1999 年版。

阮元校刻：《十三经注疏》，中华书局影印本 1980 年版。

严可均校辑：《全上古三代秦汉三国六朝文》，中华书局 1958 年版。

《二十二子》，上海古籍出版社 1986 年版。

《诸子集成》，上海书店 1986 年版。

曹础基：《庄子浅注》，中华书局 1982 年版。

王世舜：《尚书译注》，四川人民出版社 1982 年版。

《国语》，上海古籍出版社 1978 年版。

李梦生：《左传译注》，上海古籍出版社 1998 年版。

张㧑之：《世说新语译注》，上海古籍出版社 1996 年版。

彭定求等编：《全唐诗》，中华书局 1960 年版。

董诰等编：《全唐文》，中华书局 1983 年版。

赵殿臣：《王右丞集笺注》，上海古籍出版社 1984 年版。
李白著，王琦注：《李太白全集》，中华书局 1977 年版。
李白著，瞿蜕园、朱金诚校注：《李白集校注》，上海古籍出版社 1980 年版。
仇兆鳌：《杜诗详注》，中华书局 1979 年版。
钱仲联：《韩昌黎诗系年集释》，上海古籍出版社 1984 年版。
马其昶：《韩昌黎文集校注》，上海古籍出版社 1986 年版。
童第德选注：《韩愈文选》，人民文学出版社 1980 年版。
柳宗元：《柳河东集》，上海人民出版社 1974 年版。
王琦等：《李贺诗歌集注》，上海古籍出版社 1978 年版。
吴企明编：《李贺资料汇编》，中华书局 1994 年版。
冯浩著、蒋凡点校：《玉谿生诗集笺注》，上海古籍出版社 1998 年版。
张采田：《玉谿生年谱会笺》，上海古籍出版社 1983 年版。
刘学锴、余恕诚：《李商隐诗选》，人民文学出版社 1986 年版。
金雍集，施建中等整理校订：《金圣叹选批唐诗六百首》，北京出版社 1989 年版。
北京大学古文献研究所编：《全宋诗》，北京大学出版社 1998 年版。
唐圭璋编纂，王仲闻参订，孔凡礼补辑：《全宋词》，中华书局 1999 年版。
黄庭坚：《豫章黄先生文集》，四部丛刊影印宋刊本。
黄庭坚：《黄文节公全集》，乾隆刊本。
刘尚荣校点：《黄庭坚诗集注》，中华书局 2003 年版。
黄宝华：《山谷诗集注》，上海古籍出版社 2003 年版。
黄宝华选注：《黄庭坚选集》，上海古籍出版社 1991 年版。
傅璇琮编：《黄庭坚和江西诗派卷》，中华书局 1978 年版。
屠友祥校注：《山谷题跋》，上海远东出版社 1999 年版。
朱熹撰：《四书章句集注》，中华书局 1983 年版。
薛瑞兆等编：《全金诗》，南开大学出版社 1995 年版。

朱东润主编：《中国历代文学作品选》，上海古籍出版社 1979 年版。

《古今图书集成》，中华书局影印本 1934 年版。

彼德·琼斯编、裘小龙译：《意象派诗选》，漓江出版社 1989 年版。

唐晓渡等：《中国当代实验诗选》，春风文艺出版社 1987 年版。

李丽中：《朦胧诗·新生代诗百首点评》，南开大学出版社 1988 年版。

班固撰、颜师古注：《汉书》，中华书局 2000 年版。

房玄龄等：《晋书》，中华书局 2000 年版。

李延寿：《南史》，中华书局 1875 年版。

刘昫等：《旧唐书》，中华书局，1975 年版。

欧阳修、宋祁撰：《新唐书》，中华书局 2000 年版。

马端临：《文献通考》，中华书局 1986 年版。

梁令娴：《艺蘅馆词选》，广东人民出版社 1981 年版。

张玉穀著、许逸民点校：《古诗赏析》，上海古籍出版社 2000 年版。

游国恩等：《中国文学史》，人民文学出版社 1963 年版。

公仲等著：《台湾新文学初编》，江西人民出版社 1989 年版。

郭绍虞主编：《中国历代文论选》，上海古籍出版社 1979 年版。

傅璇琮等主编：《中国诗学大辞典》，浙江教育出版社 1999 年版。

陈良运主编：《中国历代诗学论著选》，百花洲文艺出版社 1995 年版。

何文焕辑：《历代诗话》，中华书局 1981 年版。

丁福保辑：《历代诗话续编》，中华书局 1983 年版。

吴文治主编：《宋诗话全编》，江苏古籍出版社 1998 年版。

唐圭璋编：《词话丛编》，中华书局 1986 年版。

赵仲邑：《文心雕龙译注》，漓江出版社 1982 年版。

郭绍虞：《宋诗话辑佚》，中华书局 1980 年版。

严羽著、郭绍虞校释：《沧浪诗话校释》，人民文学出版社 1961 年版。

罗大经:《鹤林玉露》,中华书局 1983 年版。

朱熹:《诗集传》,上海古籍出版社 1980 年版。

徐度:《却扫篇》,文渊阁四库全书本。

胡应麟:《诗薮》,上海古籍出版社 1979 年版。

方东树:《昭昧詹言》,人民文学出版社 1984 年版。

叶燮等:《原诗·一瓢诗话·说诗晬语》,人民文学出版社 1979 年版。

王士禛:《带经堂诗话》,人民文学出版社 1963 年版。

《清诗话》,上海古籍出版社 1999 年版。

王夫之:《读通鉴论》,中华书局 1975 年版。

袁枚著、王英志校点:《随园诗话》,江苏古籍出版社 2000 年版。

刘熙载:《艺概》,上海古籍出版社 1978 年版。

陈衍:《石遗室诗话》,商务印书馆 1936 年版。

王国维著、滕咸惠注:《人间词话新注》,齐鲁书社 1981 年版。

吴梅:《词学通论》,华东师范大学出版社 1996 年版。

闻一多:《唐诗杂论》,上海古籍出版社 1998 年版。

《朱自清古典文学论文集》,上海古籍出版社 1981 年版。

钱钟书:《谈艺录》(补订本),中华书局 1984 年版。

缪钺:《诗词散论》,上海古籍出版社 1982 年版。

俞陛云:《诗境浅说》,上海书店影印本 1984 年版。

张高评:《宋诗之新变与代雄》,台北市洪叶文化事业有限公司 1995 年版。

陈植锷:《诗歌意象论》,中国社会科学出版社 1990 年版。

夏之放:《文学意象论》,汕头大学出版社 1993 年版。

周光培主编:《历代笔记小说集成·唐代笔记小说》,河北教育出版社 1994 年版。

《历代笔记小说大观·宋元笔记小说大观》,上海古籍出版社 2001 年版。

何薳著、张明华点校:《春渚纪闻》,中华书局 1983 年版。

孟元老等：《东京梦华录》（外四种），上海古典文学出版社 1956 年版。
陈振孙著，徐小蛮、顾美华点校：《直斋书录解题》，上海古籍出版社 1987 年版。
徐松：《宋会要辑稿》，中华书局 1957 年版。
李时珍：《本草纲目》，中国书店 1988 年版。
周贻白：《中国戏剧史讲座》，中国戏剧出版社 1958 年版。
王季思：《玉轮轩曲论》，中华书局 1980 年版。
胡忌：《宋金杂剧考》，古典文学出版社 1957 年版。
祝尚书：《宋人别集叙录》，中华书局 1999 年版。
葛路：《中国古代绘画理论发展史》，上海人民出版社 1982 年版。
鲁迅：《鲁迅全集》，人民文学出版社 1981 年版。
周作人：《扬鞭集》，北新书局 1926 年版。
《爱因斯坦文集》，商务印书馆 1976 年版。
爱克曼辑录：《歌德谈话录》，人民文学出版社 1978 年版。
伍蠡甫主编：《西方文论选》，上海译文出版社 1979 年版。
黑格尔著、朱光潜译：《美学》，商务印书馆 1979 年版。
拉法格著、罗大冈译：《文论集》，人民文学出版社 1979 年版。
彼得罗夫斯基：《普通心理学》，人民教育出版社 1981 年版。
弗里迪南·索绪尔：《普通语言学教程》（中译本），商务印书馆 1982 年版。
伍蠡甫主编：《现代西方文论选》，上海译文出版社 1983 年版。
《中国现代文学思潮流派论集》，人民文学出版社 1984 年版。
李泽厚：《美的历程》，中国社会科学出版社 1984 年版。
滨田正秀著、陈秋峰译：《文艺学概论》，中国戏剧出版社 1985 年版。
恩斯特·卡西尔：《人论》（中译本），上海译文出版社 1985 年版。
斯达尔夫人：《论文学》，人民文学出版社 1986 年版。

文化部教育局编：《西方现代哲学与文艺思潮》，上海文艺出版社 1987 年版。
苗东升：《模糊学导引》，中国人民大学出版社 1987 年版。
乔治·斯坦纳：《海德格尔》，中国社会科学出版社 1989 年版。
杨柳编：《花非花：象征主义诗学》，旅游教育出版社 1991 年版。
贺善侃等：《思维艺术学》，中国纺织大学出版社 1995 年版。
诺伯特·维纳著，钟韧译：《维纳著作选读》，上海译文出版社 1998 年版。
道原：《景德传灯录》，四部丛刊本。
普济著、苏渊雷点校：《五灯会元》，中华书局 1984 年版。
李淼等：《佛禅大智慧》，吉林人民出版社 1994 年版。
沈奇、王荣：《台湾诗论精华》，陕西人民出版社 1995 年版。
萧涤非：《介绍杜甫的七律〈蜀相〉》，《唐诗鉴赏集》，人民文学出版社 1981 年版。
艾略特著、周煦良译：《诗与宣传》，载《新诗》1936 年第 1 期。
钱钟书：《通感》，载《文学评论》1962 年第 1 期。
赵毅衡：《意象派与中国古典诗歌》，载《外国文学》1979 年第 4 期。
艾略特著、曹庸译：《传统与个人才能》，载《外国文艺》1980 年第 3 期。
马茂元：《漫谈杜诗〈蜀相〉：兼与萧涤非先生商榷》，载《江海学刊》1982 年第 6 期。
洛夫：《诗坛春秋三十年》，载《中外文学》1982 年第 12 期。
杜书瀛：《文学物象论》，载《文艺研究》1987 年第 6 期。
刘登翰：《历史，多姿的向我们走来》，载《台港文学选刊》1990 年第 1 期。
何明：《论中国古代美学范畴的模糊思维》，载《思想战线》1990 年第 3 期。
李丽芳：《论艺术家生命体验的意义》，载《思想战线》1990 年第 3 期。
罗青：《录影诗学宣言》，载《台港文学选刊》1990 年第 5 期。
吴晟：《宋词理性成分摭议》，载《江西师范大学学报》1991 年第 2 期。

祁海文：《刘勰艺术“意象”论说解》，载《松辽学刊》1992年第2期。

洛夫：《隐题诗的形构探索》，载《台港文学选刊》1994年第7期。

朱丰顺：《也谈意象问题》，载《文艺理论与批评》1995年第1期。

黄霖：《意象系统论》，载《学术月刊》1995年第7期。

张承凤：《论任渊及其〈山谷诗集注〉》，载《文学遗产》2005年第4期。